SUSANNE HASENSTAB

Das Leben kann mich kreuzfahrtweise

Autorin

Susanne Hasenstab, geboren 1984, studierte Romanistik und Skandinavistik in Frankfurt/Main und Lausanne. Sie arbeitet als freie Autorin und Kolumnistin für unterschiedliche Printmedien und beim Radio. Zusammen mit ihrem Bühnenpartner Emil Emaille tritt sie mit kabarettistischen Leseprogrammen auf. In ihrer Freizeit macht sie gern Yoga, reist und belauscht andere Leute, um Inspirationen für ihr Bühnenprogramm zu sammeln.

Besuchen Sie uns auch auf www.instagram.com/blanvalet.verlag und www.facebook.com/blanvalet.

Susanne Hasenstab

Das Leben kann mich kreuzfahrtweise

Roman

blanvalet

Penguin Random House Verlagsgruppe FSC® N001967

1. Auflage
Taschenbuchausgabe 2022 by Blanvalet,
einem Unternehmen der Penguin Random House Verlagsgruppe GmbH,
Neumarkter Straße 28, 81673 München
Copyright der Originalausgabe © 2021 by Blanvalet
in der Penguin Random House Verlagsgruppe GmbH,
Neumarkter Straße 28, 81673 München
Redaktion: René Stein
Umschlaggestaltung: © www.buerosued.de
Umschlagmotive: © Getty Images, Stevegraham; www.buerosued.de
LA · Herstellung: DM
Satz, Druck und Bindung: GGP Media GmbH, Pößneck
Printed in Germany
ISBN 978-3-7341-1118-1

www.blanvalet.de

Kapitel 1

Im Hinblick auf mein Vorhaben, endlich mit Günther Schluss zu machen, kam mir die drohende Kreuzfahrt gerade recht. Wahrscheinlich hätte ich sonst noch viel ablehnender reagiert, als meine Mutter mich anrief und mir mitteilte, dass sie »gebucht« habe.

Ich war gerade im Büro mit einem Flyer-Entwurf für einen Kehrmaschinen-Hersteller beschäftigt und hatte gleichzeitig im Browser einen Artikel geöffnet, der sich mit dem Thema »*So lösen Sie sich endlich aus toxischen Beziehungen*« beschäftigte, als mein Handy vibrierte.

Auf dem Display das Foto meiner Mutter. Sie steht fröhlich winkend an der Reling eines Kreuzfahrtschiffes, hinter ihr ist der Markusplatz in Venedig zu sehen. Das Foto habe ich selbst gemacht, vor etwa einem Jahr, als wir dazu beitrugen, die altehrwürdige, von Verfall und Untergang bedrohte Lagunenstadt zu versenken, da wir – gewissen- und ruchlose Kreuzfahrer – unser Monsterschiff durch die engen, schutzlos daliegenden Kanäle quetschten. Nie mehr Kreuzfahrt, hatte ich mir nach dieser Reise geschworen. Zugegebenermaßen weniger aus Mitgefühl mit Venedig oder dessen Einwohnern, sondern eher aus Selbstschutz, denn meine Mutter, wie soll man sagen, ist eine recht fordernde Reisebegleiterin. Das Foto dient mir seitdem als Menetekel, mich an meinen gefassten Vorsatz zu erinnern.

»Ines? Ines!«, ruft sie, kaum dass ich ans Telefon gegangen bin.

»Mama, ich bin im Büro«, murmele ich, »kannst du später ...«

»Ines?! Hörst du mich?« Meine Mutter klingt gehetzt, fast schon panisch. Wüsste ich nicht, dass dies ihre normale Telefonstimme ist – ich müsste annehmen, sie befinde sich in einer akuten Notlage.

»Bist du dran? Ich hör dich so schlecht«, ruft sie und schnappt nach Luft. »Ich wollte nur sagen, ich hab gebucht, du musst dir Urlaub nehmen, aber im Juni hattest du sowieso Urlaub, oder?«

Vom Tonfall her hätte sie auch schreien können: *Kommen Sie schnell, da ist ein Mann in meinem Haus, er hat ein Messer, oh Gott, er kommt in mein Zimmer!*

»Mama, was hast du gebucht?«

»Es waren nur noch zwei Glückskabinen frei, ich musste zuschlagen, sonst wären sie weg gewesen, und als Bonus haben wir sogar ein Krabbenmenü inklusive, hat der vom Reisebüro mir gesagt, das ist in diesem teuren Edelrestaurant, ›Das elfte Gebot‹. Stell dir mal vor, ein exklusives Krabben-Menü, denk dran, dass wir das nicht verfallen lassen, das müssen wir dort gleich einfordern!«

»Was bitte hast du gebucht, Mama?!« Mir schwant nichts Gutes.

»Ines, schreib auf, am 1. Juni geht's los, von Hamburg ans Nordkap, da wollt ich schon immer mal hin, aber da müssen wir aufpassen, da sind bestimmt Eisbären, die kommen doch immer weiter von der Arktis runter wegen dem Klimawandel! Hast du lange Unterhosen? Da oben kann's auch im Sommer Minusgrade haben!«

»Mama, du willst mir jetzt nicht sagen, dass du …«

»Island ist auch dabei«, unterbricht sie mich, »da komm ich doch sonst nie hin, aber ich wollte schon immer mal nach Island!«

»Mama, hast du einfach 'ne Kreuzfahrt für mich mitgebucht, ohne mich zu fragen?!«

»Es war keine Zeit, das Angebot wär sonst weg gewesen, hast du dir das notiert mit dem Termin und dem Krabbenmenü? Du musst dann an die Rezeption gehen und das einfordern, das lassen wir uns nicht entgehen, ist ja teuer genug alles! Island, hoffentlich bricht da kein Vulkan aus, Nordkap, Norwegen und wieder zurück, Balkonkabine, ist zwar teurer als innen, aber egal, was soll's, ich leb nur einmal, wie lang soll ich denn noch warten, bis ich mir was gönne? Die Frau Weigand ist zwei Monate nach ihrer Pensionierung gestorben!«

Ich atme tief durch und gehe mit dem Handy auf den Balkon, damit nicht das ganze Büro die Liveübertragung meiner ungewollten Urlaubsplanung mitbekommt.

»Mama«, sage ich dann in möglichst strengem Tonfall, »du willst mir jetzt nicht sagen, dass du einfach eine Kreuzfahrt gebucht hast, ohne mich zu fragen, und dass ich da jetzt mit muss!«

»*Mit muss, mit muss*!«, äfft mich meine Mutter theatralisch nach, »das klingt ja, als würde ich dich ins Straflager zwingen! So kommt's, wenn man Kinder großzieht, nichts als Undank!«

Es folgt eine chaotische Argumentationskette, die mich von der Sinnhaftigkeit einer neuerlichen Mutter-Tochter-Kreuzfahrt überzeugen soll. Verschwenderisch schleudert sie mir zuerst ihr stärkstes Druckmittel entgegen, und zwar die Androhung ihres baldigen Todes, sie sei immerhin schon neunundsechzig, und da könne es jeden Moment vorbei sein, die Frau Merget vom Eckhaus gegenüber wäre ja auch so gerne noch auf Kreuzfahrten gegangen, habe dieses Ziel aber immer weiter in die Zukunft verschoben, und jetzt – *zack!* – Pflegefall, und dass ich es bitter bereuen würde, meiner alten Mutter diesen Wunsch – »Es ist kein Wunsch, es sind vollendete Tatsachen!«, protestiere ich kraftlos – ihr diesen letzten einen Wunsch abgeschlagen zu haben.

»Und die ersten zwei Wochen im Juni hast du doch sowieso Urlaub, hast du neulich erzählt, das hab ich mir gemerkt«, trumpft sie weiter auf.

»Aber du kannst mich nicht einfach so verplanen, vielleicht hätte ich ja was anderes vorgehabt«, erwidere ich schwach, innerlich wissend, dass die Kreuzfahrt beschlossene Sache ist.

»Aha, was hättest du denn Spannendes vorgehabt?«

Ich lache hilflos und gebe mich geschlagen. Natürlich hätte ich nichts vorgehabt, beziehungsweise das, was ich vorgehabt hätte, kann ich meiner Mutter keinesfalls erzählen.

»Okay, Mama«, seufze ich, »gehen wir auf Kreuzfahrt.«

Kapitel 2

Ich sitze mit Günther am *Wurstbänkchen*, einer bruchreifen Imbissbude am Flussufer, etwa anderthalb Kilometer außerhalb der Stadt. Wenn wir uns nicht direkt in meiner Wohnung treffen, ist das Wurstbänkchen in den Sommermonaten einer unserer beliebtesten Zufluchtsorte: wacklige Biertischgarnituren, deren Oberflächen noch nie in Kontakt mit einem Wischlappen gekommen sind, auf einer leicht abfallenden Wiese, die die Wurstbänkchen-Gäste im Lauf der Zeit zu einem braungrünen Bodenbelag zusammengetrampelt haben, aus dem noch einzelne, verzweifelte Grashalme ragen. Im Schatten von Trauerweiden und schiefen, mit Bierwerbung bedruckten Plastiksonnenschirmen können wir Händchen halten und so tun, als wären wir ein ganz normales Pärchen, das während eines romantischen Spaziergangs am Fluss zufällig in die groteske Kulisse des Wurstbänkchens gestolpert ist und sich nun aus Kuriositätsgründen – hach, wie authentisch! – hier bei Dosenbier und Currywurst auf den ranzigen Bänken zur Rast niederlässt.

Später, beim Spiele- und Tapas-Abend mit unseren Freunden, können wir dann erzählen, was wir heute Lustiges entdeckt haben, da müssten wir unbedingt mal zusammen hin, das sei irgendwie abgefahren, ein idealer *Place* auch, um ironisch-schrottige Fotos für Insta zu machen.

Aber wir haben keine gemeinsamen Freunde, denen wir vom Wurstbänkchen berichten könnten. Uns steht kein Pärchenabend und kein gemeinsamer Brunch oder Wochenendtrip bevor. Die Existenz des Wurstbänkchens ist für uns bittere Notwendigkeit, da wir uns sonst nirgends blicken lassen dürfen.

Das Wurstbänkchen ist ein kulturelles und soziales Vakuum. Keine Verbindung zu jener Welt, der wir angehören. Man läuft hier nicht Gefahr, entdeckt zu werden. Hier sitzen ausschließlich Senioren, aber nicht die fitten, agilen Senioren, die auf der Apotheken-Umschau oder auf Werbeanzeigen für *Busrundreisen für Best Ager* durch Patagonien oder Namibia abgedruckt sind, sondern das genaue Gegenteil: Worst Ager, die sich jeden Vormittag mit Mühe und Not gichtgeplagt bis zum Wurstbänkchen schleppen. Winzerprosecco, Kümmelschnaps und Weizenbier, bis die Sonne untergeht. Für weitere Reisen fehlt ihnen die Kraft und das Geld. Dass die hochstehenden Kulturfreunde von Günther und Sanna sich ans Wurstbänkchen verirren würden, ist komplett ausgeschlossen.

Günther erzählt mir gerade voller Begeisterung von einer Dokumentation, die er kürzlich gesehen hat. Brutpflege bei Pinguinen, unheimlich interessant sei das. »Der Mann brütet zwei Monate lang das Ei aus, bleibt da in der eisigen Kälte stehen. Die Frau geht weg, isst ganz viel Fisch und kommt dann wieder, um das Kleine und den entkräfteten Mann zu füttern. Erstaunlich, oder?«

Ich bin den Tränen nah. Nicht wegen der rührenden Aufopferungsbereitschaft der Pinguin-Eltern, sondern weil ich heute wirklich mit Günther Schluss machen muss.

»Apropos füttern.« Ich bemühe mich um ein Lächeln. »Soll ich uns was zu essen holen? Currywurst wie immer?«

»Ich mach das schon, Süße.« Günther beugt sich über den Tisch, gibt mir einen Kuss und steht dann auf, um sich an der Bude hinter zwei Senioren anzustellen, die schwarze Unterhemden, Jogginghosen und Filzpantoffeln tragen.

Es ist sowieso klar, dass es unser letztes Treffen vor der Kreuzfahrt ist und wir uns für zwei Wochen nicht sehen werden. Jetzt muss ich Günther nur noch erläutern, dass ich möchte, dass wir uns auch danach nicht mehr sehen, denke ich. Die Kreuzfahrt als Absprung in die Freiheit. Unsere Beziehung basiert auf einer unguten Mischung aus Besessenheit und Ratlosigkeit. Wir wissen nicht, was wir miteinander anfangen sollen, kommen aber auch nicht voneinander los. Das scheinbare Hauptproblem ist, dass Günther verheiratet ist. Dabei kommt mir die verhasste Widersacherin Sanna, deren Existenz uns in die Wurstbänkchen-Heimlichkeit zwingt, bisweilen gerade recht, denn so kann ich mich vor der Frage drücken, ob ich wirklich mit ihm zusammen sein wollte, wenn es denn möglich wäre.

Er ist zu alt und zu verheiratet, rede ich mir zu, wir essen jetzt unsere letzte Currywurst, und dann machst du Schluss, so einfach ist das.

Ein Flusskreuzfahrtschiff gleitet vorbei, an Deck stehen winkende und fotografierende Menschen. Die Wellen schleudern eine in Ufernähe schwimmende Entenfamilie unsanft hin und her, einige der Küken treiben ab. Die Familie geht jedoch routiniert mit der Störung um und sortiert sich rasch wieder zu einem braunfiedrigen Klumpen.

Günther gibt mir von der Bude her ein Zeichen, dass es irgendeine Verzögerung in der Essensausgabe gebe, ich nicke und zucke mit den Schultern. Je später wir unsere Henkersmahlzeit einnehmen, desto länger kann ich unser Ende hinauszögern, denke ich. Die Henkerswurst. Wäre ein schöner Name für eine Mittelalter-Band.

Vier schwergewichtige Senioren, drei Frauen und ein Mann, bringen die Bierbänke neben mir fast zum Durchbrechen, als sie sich schnaufend niederlassen. Mehrere kleine Hunde werden unter dem Tisch angebunden. Zu Prosecco und Underberg eröffnet sich ein deprimierendes Gespräch über Stützstrümpfe, wobei der Mann den Ton angibt, ist wohl so was wie der Hahn im Korb. Er zeigt den Frauen, bei denen nicht klar ist, in welchem Verhältnis sie zu ihm stehen, seine Stützstrümpfe unter der Stoffhose. Sie werden ausgiebig bewundert, weil sie so zart sind. »Trotzdem zerreißen sie nicht, wenn man sie mit den bloßen Händen hochzieht!«, behauptet der Gockel. Er benutze nie einen Handschuh beim Hochziehen der Stützstrümpfe. Die Frauen finden das toll, noch nie hätten sie es geschafft, ohne den Spezialhandschuh ihre Stützstrümpfe anzuziehen. Die Frauen zeigen sich nun auch gegenseitig ihre Strümpfe, die jedoch nicht so fein gearbeitet sind wie die des Mannes. In der Venenklinik hätte man ihr gesagt, sie solle abspecken, erzählt die eine. Große Entrüstung am Tisch. In der Venenklinik werde man nur gedemütigt, ruft der Mann, sie solle ins Strumpfstübchen in der Vita-Klinik gehen, da sei es besser und billiger.

»Abspecken!«, empört sich die Betroffene weiter, »so unverschämt, der soll mir die Strümpfe ausmessen und sich nicht einmischen, wieso soll ich abnehmen, wenn ich was an den Venen hab?«

Ja, wo sei da denn der Zusammenhang?, rufen ihre Freundinnen, unglaublich, man solle die Venenklinik in Zukunft meiden. Deswegen gehe er nur noch ins Strumpfstübchen in der Vita-Klinik, beschließt der Mann die Diskussion, »die messen dich aus und halten ihren Mund.«

Günther kommt mit zwei Dosen Cola Light zurück. Currywurst und Pommes können heute länger dauern, habe es geheißen, es gebe irgendein Problem mit der Fritteuse, die sei überhitzt und müsse erst abkühlen, oder sie sei noch nicht heiß genug, sowas in der Art.

»Naja, solang wir auf die Würste warten, kriegst du schon mal mein Geschenk.« Er wühlt in seinem schwarzen Rucksack.

»Ich hab doch gar nicht Geburtstag.«

»Für die Kreuzfahrt!«

Ich öffne vorsichtig das mit bunten Luftballons bedruckte Papier. Zu Hause habe ich eine ganze Schachtel, die nur mit Günther-Geschenkpapier gefüllt ist. Zugang zu hübschem, teilweise sogar exquisitem, mit Goldfäden durchzogenem oder mit echten Federn beklebtem Papier hat er reichlich, da er Inhaber eines Schreibwarengeschäfts in der Fußgängerzone ist. Mit dem zwischen Burger King und O2-Shop eingequetschten Laden kann er sich nur über Wasser halten, da er das Gebäude von seinem Vater geerbt hat und daher keine Miete zahlen muss. Dieses Geschenkpapier, denke ich, ist das letzte, was zu meiner geliebten Sammlung dazukommt. Oder soll ich es als Anti-Sentimentalitätstraining hier und jetzt entsorgen, im stinkenden blauen Müllsack, der mit Reißzwecken an unseren Nachbartisch getackert ist und den die Wespen umschwirren? Unter dem Papier kommt ein

Buch zum Vorschein: *Ozean-Tango – Leidenschaft auf hoher See*. Das Cover ist in nostalgischen Sepiatönen gehalten und zeigt ein eng umschlungenes Tanzpaar auf dem Deck eines Hochseedampfers. Es muss sehr windig an Deck sein, denn die Frau trägt ein überdimensional langes Seidentuch, das luftig exakt parallel zur Reling flattert, sogar um den Buchrücken herum bis auf die Rückseite.

»Das Cover ist etwas kitschig«, entschuldigt sich Günther, »aber das Buch soll gut sein, der Autor ist Argentinier, kennst du ihn?«

Ich schüttele den Kopf.

»Hab mich extra beraten lassen in der Buchhandlung, was man jemandem schenken kann, der eine Kreuzfahrt macht. Kannst mir ja dann danach erzählen, wie es dir gefallen hat.«

»Danke.« Ich muss schlucken und vermeide es, ihn anzusehen.

Warum ich so traurig sei, will Günther wissen. »Es sind doch nur ein paar Tage. Du hast eine schöne Zeit mit deiner Mutter, lässt dich verwöhnen, kriegst tolles Essen, entdeckst spannende Länder, und dann sehen wir uns ja bald schon wieder und haben noch den ganzen Sommer vor uns.« Er habe neulich einen tollen See entdeckt, eine halbe Stunde von hier, da könne man Tretboote ausleihen und rund um eine kleine, nur von Graureihern bewohnte Insel fahren, das könnten wir dann zusammen machen, sobald ich zurück sei, das sei dann quasi unsere eigene Miniaturkreuzfahrt, und neben dem See gebe es ein portugiesisches Restaurant, die hätten angeblich den besten Stockfisch Deutschlands, nebst zweiundfünfzig verschiedenen Gin-Sorten.

»Klingt super, oder?«

Günther schaut mich so lieb und so begeistert von seinem Vorschlag an, dass mir schlichtweg die Worte fehlen. Kann er nicht mal irgendetwas sagen oder tun, was mir den Einstieg ins Trennungsgespräch (so heißt das auf den Ratgeberseiten) erleichtern würde? Denn es sei wichtig, einen passenden Einstieg ins Trennungsgespräch zu finden, aber ich erinnere mich nicht mehr, wie genau solch ein Einstieg aussehen soll. Ein idealer Einstieg für mich wäre es, wenn Günther sich rülpsend in der Nase bohren, sich Schuppen vom Kopf kratzen, mich mit Cola bespritzen und einen Underberg nach dem nächsten kippen würde, um sich anschließend würgend über den Biertisch zu erbrechen. Dann hätte ich einen schönen Einstieg, könnte sagen: »Schatz, so geht das nicht mehr, es war sehr schön bis hierhin, doch nun möchte ich meine Zukunft ohne dich gestalten, da ich der Meinung bin, dass wir uns in zu unterschiedliche Richtungen entwickelt haben.«

»Also ich an deiner Stelle würde mich riesig auf die Kreuzfahrt freuen«, fährt Günther fort. »Ich wollte auch schon immer mal so was machen, aber Sanna hatte nie Lust, sie hasst Schiffe, so eine Kreuzfahrt würde sie nervlich nicht verkraften, sie kann ja nicht mal in eine Schiffsschaukel.«

Sanna, seine Frau. Eine finnische Musikerin, die im Staatsorchester die erste Geige spielt oder so etwas in der Art, und die ständig krankgeschrieben ist, da die Posaunen, Trompeten und Jagdhörner hinter ihr so laut blasen, dass sie davon Hörstürze, Tinnitus und manisch-depressive Zustände bekommt, die dann über Wochen und Monate anhalten können. Mehr weiß ich nicht von ihr und will auch nicht mehr wissen.

Sanna sei als Kind mal auf einer Fähre von Helsinki nach Warnemünde in ein Unwetter gekommen, sagt Günther, die Fähre sei fast gesunken, im Prinzip sei sie »nur durch Zufall« nicht gesunken, er habe neulich auch eine interessante Dokumentation darüber gesehen, dass Kreuzfahrtschiffe und Fähren viel unsicherer seien als allgemein bekannt, und dass die Kreuzfahrtmafia alles unternehme, um die unzähligen Beinahe-Havarien zu verschleiern.

»Na, du machst mir ja Mut«, rüge ich ihn, obwohl eine eventuelle Schiffshavarie mir kaum Angst macht. Dann wären wenigstens alle Probleme gelöst, denke ich, der ganze Liebeskummer zusammen mit mir im Nordpolarmeer versenkt. Seebestattung zum Nulltarif, da freuen sich auch die Angehörigen, die sich die Beerdigungskosten sparen und zusätzlich eine Entschädigung vom Kreuzfahrtunternehmen bekommen. Auch für die Umwelt wäre es von Vorteil, wenn unser Schiff unterginge, so ein Unglück sorgt ja zumindest kurzzeitig für etwas Abschreckung. Die Buchungszahlen würden eine Weile in den Keller rauschen, und die verseuchten Weltmeere und von Kreuzfahrern überrollten Küstenstädte könnten aufatmen und sich von Schwermetallen, Feinstaub und Müll regenerieren, eine Art Kreuzfahrtschiff-Detox-Kur.

»Ach, ihr geht schon nicht unter«, behauptet Günther, »und wenn ihr doch in Seenot kommt, rufst du mich an, ich komm sofort und rette dich.«

Das Einzige, was ihn bezüglich meiner Kreuzfahrt etwas betrübt stimme, sei der Zeitpunkt, seufzt er. »Die ersten zwei Juniwochen, das ist genau die Zeit, in der Sanna bei ihrer Familie in Finnland ist, da hätten wir beide so viel Zeit gehabt.«

Könntest du bitte aufhören, ständig deine Gattin zu erwähnen?, denke ich und spüre mit einer gewissen Befriedigung so langsam etwas wie Wut in mir aufsteigen.

»Du meinst, dir wäre es lieber, wenn die Kreuzfahrt im Juli oder August wäre?«, frage ich.

»Naja, ich hätte mich gefreut, mit dir im Juni was zu unternehmen.«

»Aha, und mit welcher Begründung hätte ich die Kreuzfahrt verschieben sollen?« Meine Stimme gewinnt auf unangenehme Art an Schärfe. »Soll ich sagen, Mama, schön und gut, aber lass uns lieber im Juli in See stechen, denn mein verheirateter, doppelt so alter Liebhaber hat im Juni ausnahmsweise Zeit für mich, weil seine Gattin da auf Familienbesuch in Finnland weilt. Ach so, mein Kind, wird meine Mutter sagen, das ist mehr als verständlich, ich werde rasch umbuchen!«

Günther stützt den Kopf in die Hand und vertreibt mit kraftlosem Wedeln eine Wespe von seiner Cola-Dose.

»Ich bin überhaupt nicht doppelt so alt«, sagt er nach längerem Schweigen.

»Als wir uns kennengelernt haben, warst du genau doppelt so alt: Ich sechsundzwanzig und du zweiundfünfzig. Und jetzt bin ich fast dreißig und du fünfundfünfzig.«

Das sei zwar korrekt, aber ich müsse bedenken, dass sich im Laufe der Zeit das Verhältnis immer mehr zu seinen Gunsten verschieben werde, sagt Günther. Er werde nie mehr doppelt so alt sein wie ich. »Überleg mal, wenn du vierzig wirst, bin ich erst sechsundsechzig, dabei müsste ich eigentlich ja schon achtzig sein, wenn ich doppelt so alt wäre.«

Ob er sie verlassen solle, fragt er dann übergangslos.

»Ich mach's«, sagt er, da ich nicht antworte, »ich mach's, und dann? Was ist dann? Ich bin doch sowieso zu alt für dich, wie du nicht müde wirst, mir ständig unter die Nase zu reiben. Du würdest mich sowieso nicht wollen.«

Wir sitzen uns zermürbt gegenüber und schweigen. Der heillos verknuddelte Beziehungsknoten, der sich seit unserer ersten Begegnung gebildet hat, ist auf keine Art und Weise mehr zu entwirren. Es ist an der Zeit, das Knäuel entzweizuhacken.

»Günther, vielleicht sollten wir besser Schluss machen.«

Das war natürlich zu vage formuliert, ärgere ich mich gleich, man soll doch klar formulierte Ich-Botschaften aussenden, die den Trennungswunsch deutlich und unmissverständlich transportieren. Aber ich bin wirklich unheimlich schlecht im Schlussmachen.

»Ich bin jetzt sowieso zwei Wochen weg auf dem Schiff«, höre ich mich sagen, »die Zeit können wir ja nutzen, um Abstand zu gewinnen.«

»Willst du Schluss machen oder Abstand gewinnen?« Günther sieht mich ehrlich verstört an.

»Ähm. Beides.«

»Beides? Ach, wie furchtbar.« Günther stöhnt, nimmt meine Hand und legt sie sich an die Wange.

Wir sind beide kurz davor loszuheulen, als sich ein ungepflegter Mann im blauen Trainingsanzug direkt neben Günther an den Tisch setzt. Ob er mal kurz stören dürfe, er sammele Unterschriften zum Erhalt des Wurstbänkchens. Die Imbissbude sei vom Abriss bedroht, Baugenehmigung, Hochwasserschutz, Rathaus, Bürokratie, und sie bräuchten fünfhundert Unterschriften, sonst kämen die Bagger. Er hat wohl ein ernstzunehmendes Kehlkopfproblem, spricht mit pfeifender, heiserer Stimme, schnappt alle drei Worte nach Luft und stellt schließlich einen großen gelben Plastik-Senfeimer auf den Tisch, aus dem er mehrere Zettel holt, die besagten Unterschriftenlisten. Wieder und wieder erläutert er auf umständliche Art den Vorgang, der erfolgen müsse, um das Wurstbänkchen zu retten, man solle unterschreiben, mit einem Stift, einen Stift habe er irgendwo, und es hätten ja schon viele unterschrieben, aber die Bürokratie, fünfhundert Unterschriften, ansonsten die Bagger, und dann sei es ein für alle Mal fort, das schöne Wurstbänkchen.

Auch nachdem wir unterschrieben haben, erklärt er nochmals die Dringlichkeit der Problematik und bedankt sich mehrfach für unsere Unterstützung, bevor er endlich wieder die Unterschriftenlisten in seinen Senfeimer packt und verschwindet.

»Was ist eigentlich mit unseren Currywürsten?«, ist das Erste, was mir einfällt, als er weg ist. Die Unterbrechung macht es mir unmöglich, sofort wieder in die erforderliche Dramatik unseres Trennungsgesprächs zurückzufinden. Günther scheint es ähnlich zu gehen.

Froh über meinen Themenschwenk, stemmt er sich sogleich in die Höhe, um zur Imbissbude zu gehen und sich nach dem Verbleib unserer Bestellung zu erkundigen. Mit der Verkäuferin verstrickt er sich in einen heftigen Disput, den ich nicht verstehen kann, da die gerade lauthals lachende Stützstrumpf-Rentnergruppe im Weg sitzt. Sichtlich empört kommt er zurück, während die Verkäuferin die Klappe, die das Vordach ihrer Bude bildet, herunterlässt und dahinter verschwindet. Offensichtlich ist Feierabend im Wurstbänkchen.

»Komm, wir gehen!«, schnaubt Günther. »Unglaublich, so ein Saftladen, so was hab ich ja noch nie erlebt!«

Die Imbissfrau habe ihm auf unfreundlichste Weise zu verstehen gegeben, sie habe unsere Currywürste ausgerufen, aber es sei keine Reaktion erfolgt. Offenbar haben wir sie nicht gehört, da wir gerade von ihrem seltsamen Kehlkopf-Kompagnon mit dem Senfeimer und den Unterschriftenlisten abgelenkt waren und zusätzlich ja die Stützstrumpfrentner jede Menge Lärm veranstalteten. Da niemand die Würste abgeholt habe, habe sie sie verschenkt.

»Verschenkt?«, staune ich, während wir nebeneinander auf dem Fahrradweg zurück in Richtung Stadt marschieren.

Verschenkt, ja, obwohl er die Würste ja bereits vorab zusammen mit der Cola bezahlt habe, verschenkt an die nah bei der Essensausgabe sitzenden Stützstrumpfrentner, die die Würste sogleich verspeist hätten.

»Und dann sagt sie, wir sollten das nächste Mal halt besser aufpassen, und es sei jetzt Feierabend, und damit ging die Klappe runter. Und wir unterschreiben noch für den Erhalt dieser elenden Bruchbude!«

Man könnte ja zurückgehen und unsere Namen von der Liste streichen lassen, schlage ich vor. »Vielleicht sind es die entscheidenden Unterschriften. Mit uns haben sie fünfhunderteins, und dann nur noch vierhundertneunundneunzig und das Wurstbänkchen wird abgerissen.«

Naja, relativiert Günther. Viel schlimmer als die erlittene Schmach im Wurstbänkchen sei die Tatsache, dass ich Schluss machen wolle. »Oder Abstand gewinnen, wie du es nennst.«

»Es ist besser so, alles andere führt doch zu nichts.«

Wir laufen händchenhaltend unter den riesigen Trauerweiden hindurch. Wenn ein Radfahrer, Jogger oder Hundeausführer entgegen kommt, lösen wir die Hände, bis er an uns vorbei ist, ein eingespielter Automatismus derer, die nicht gemeinsam als Pärchen wahrgenommen werden wollen.

Nach längerem Schweigen beginnt Günther, mir von der Preisgünstigkeit des Parkhauses, wo er heute sein Auto abgestellt habe, zu berichten. Es sei ein neu eröffnetes Parkdeck am Rande des Klostergartens, wo man ein halbes Jahr zum Schnupperpreis von einem Euro vierundzwanzig Stunden lang parken könne.

»Aha«, sage ich. Angesichts der Tatsache, dass wir gerade dabei sind, unsere Beziehung zu beerdigen und uns nach diesem Treffen womöglich nie mehr sehen werden, erscheint mir das billige Parkhaus als ein allzu profanes Gesprächsthema. Aber was erwarte ich denn? Liebesschwüre unter Trauerweiden? Dass er einen Dolch zieht und sich vor Kummer ersticht? Einen Kniefall, flehentliches Bitten und Betteln, ihn nicht zu verlassen? Wahrscheinlich geht er davon aus, dass ich es sowieso nicht ernst meine, denke ich mit leichtem Gruseln. Er weiß, dass ich nicht von ihm loskomme. Fakt ist, dass ich mir von ihm stundenlang Vorträge über die erschwinglichsten Parkhäuser Deutschlands anhören könnte, ohne mich zu langweilen. Solange er dabei meine Hand hält, bin ich glücklich und willenlos.

Durch mein trauriges Vorhaben, meine Zukunft ohne ihn verbringen zu wollen, sei er nun zumindest in der richtigen Stimmung für die Doku-Serie, die er gerade angefangen habe zu schauen, sagt Günther. Da gehe es um eine ehrenamtliche Köchin, die durch Europa reise und Sterbenden in Hospizen ihre Lieblingsgerichte koche. Der Filmemacher sei derselbe, der auch die Samsara-Doku gedreht habe, die Gespräche mit den sterbenden Mönchen in Bhutan.

Was die Themen angeht, mit denen er sich beschäftigt, wundere ich mich über gar nichts mehr. Er ist so umtriebig und wissbegierig, dass es mir manchmal ein schlechtes Gewissen macht. Er nutzt jede freie Minute, um in lehrreichen Dokus Einblicke in andere Lebenswelten zu erhalten und sich Wissen anzueignen. Mithilfe eines achtsamkeitsbasierten Sprachprogramms lernt er gerade alle romanischen Sprachen parallel, ganz allein zu Hause am Computer. Auch die von ihm hoch geschätzten Serien über Kokain-Kartelle und mexikanische Drogenbosse sind nur in zweiter Linie unterhaltsame Abenteuergeschichten, für Günther sind es vornehmlich Lehrstücke über Moral und das immerwährende Böse in der Welt.

Ich frage mich manchmal, weshalb ich ihm so wichtig bin, dass er immerhin seine Ehe aufs Spiel setzt und sie für mich, so behauptet er ja zumindest, sogar beenden würde. Seinen immensen Weiterbildungsdrang finde ich entzückend, aber die Begegnungen mit mir können ihm in dieser Hinsicht doch wirklich nichts Neues bieten. Ich lese gerne Liebesromane, gehe zum Pilates, schaue *Girls* und sammle Kochrezepte, die ich dann nie nachkoche. Ansonsten bin ich mit meinem Job bei der Werbeagentur und dem Nachgrübeln über meine aussichtslose Beziehung zu ihm geistig vollkommen ausgelastet. Vielleicht ist es einfach der Sex, der ihn immer wieder meine Nähe suchen lässt, wobei ich mich des Eindrucks nicht erwehren kann, dass es ihm auch nicht vornehmlich darum geht. Und dass der Sex mir sogar wichtiger ist als ihm. Zumindest gehen dem Liebesakt meistens ausgedehnte Frühstücksverabredungen, Spaziergänge und endlose Berichte über lehrreiche arte-Dokus voraus, die er seit unserer letzten Begegnung gesehen hat und die ich alle nicht kenne. Zum Abschluss gehen wir meistens zu mir in meine kleine Zweizimmerwohnung, dort sitzen wir dann erstmal in der Küche und trinken eine Kanne Tee, Cappuccino, Rotwein, je nach Tageszeit. Mehrfache Klogänge wegen der ganzen Flüssigkeitsaufnahme, bis ich ihn dann schließlich ins Schlafzimmer zerre und seine Nacherzählungen hochinteressanter Wissenschaftssendungen zum abrupten Ende bringe, indem ich beginne mich auszuziehen.

»Gehen wir noch zu dir?«, fragt mich Günther mit Hundeblick, als wir an seinem Auto angekommen sind, »auf ein Glas Wein?«

»Vielleicht besser nicht«, antworte ich zögernd und verdrehe innerlich über mich selbst die Augen. Was ist das wieder für eine bescheuerte Aussage, Frau Rückgrat? *Vielleicht besser nicht.*

Einen Abschiedskuss will Günther aber, »bevor du dich dann vor mir aufs Kreuzfahrtschiff flüchtest und ich dich nie wiedersehe.«

Ein Abschiedskuss muss erlaubt sein, da stimme ich ihm zu, und steige zu ihm auf den Beifahrersitz. Über Handbremse und Schaltknüppel gekrümmt haben wir in unserer Anfangszeit ganze Nachmittage eng umschlungen verbracht, wir sind geübt im Knutschen in orthopädisch ungünstiger Umgebung.

Allerdings scheint uns der Wageninnenraum dieses

Mal mit besonderer Ablehnung zu empfangen, alles ist viel beschwerlicher und unpraktischer als früher. Ich verheddere mich mit der Hand in einem langen USB-Kabel, das von der Radiokonsole herunterhängt. Im Fußraum liegen Prospekte, eine Wasserwaage und CD-Hüllen, die ich versuche, zur Seite zu schieben, während ich mich zu Günther hinüber lehne, die mir aber immer wieder unter die Füße rutschen.

»Entschuldigung, ich hab nicht aufgeräumt, ich wusste nicht, dass wir im Auto landen«, murmelt er zwischen zwei Küssen und versucht, das USB-Kabel herauszuziehen, wobei er versehentlich das Navigationsgerät aktiviert, das auf Finnisch eine strenge Ansage an uns richtet.

»Oh Gott, ich dachte eben, das ist Sanna«, erschreckt sich Günther, »ihre Stimme klingt so ähnlich.«

Bei seinem Versuch, das Navi auszuschalten, geht erst das Radio an, dann öffnet sich plötzlich hinter uns die Schiebetür des Autos.

»Verdammt, das ist neulich schon mal passiert, die Elektronik spinnt.« Günther löst sich von mir, steigt aus und zieht die Schiebetür wieder zu. »Wenn man länger im Auto sitzt und nicht losfährt, geht die Tür von selbst auf, weil das Auto denkt, man will raus und könnte sich selbst nicht mehr befreien.«

Günther steigt wieder ein und lässt sich seufzend auf den Fahrersitz fallen.

»Wie unromantisch«, sagt er, »tut mir leid.«

Ich gebe ihm einen Kuss und kraule ihm den Hinterkopf. »Komm. Wir gehen lieber zu mir in die Wohnung.«

Kapitel 3

Hamburg – Tag 1

»Ich hab's gewusst, weit und breit kein Gutschein fürs Krabbenmenü, das ist wieder typisch! Um alles muss man kämpfen!« Meine Mutter läuft empört auf und ab, während ich die Koffer aus dem Gang in unsere Kabine wuchte.

»Wir müssen sofort zur Rezeption und den Gutschein einfordern, die wollen uns den vorenthalten, die denken, wir merken das nicht! Na, denen sag ich Bescheid!«

»Lass uns doch erst mal auspacken«, stöhne ich und hieve unsere Koffer nacheinander aufs Doppelbett. »Du darfst diesmal keine Souvenirs kaufen, Mama, hast du gehört? Dein Koffer ist jetzt schon tonnenschwer!«

»Ach komm, die Fahrt hat noch gar nicht angefangen, da soll ich mich schon wieder beschränken«, empört sie sich. »Was kauf ich denn schon, ein paar Trolle vielleicht und irgendwas Kleines für die Enkel, wobei, die danken's mir ja doch nicht, ach schau mal, hier liegt was, ist das der Krabbengutschein?«

Meine Mutter holt einen kleinen Pappaufsteller aus dem Plastikeinbauregal neben ihrer Seite des Bettes. »Lies mir mal vor, was da steht, ich kann nicht so gut lesen ohne Brille!«

Sie hält mir das Pappschild etwa zwei Millisekunden

lang direkt vor die Nase und zieht es dann wieder weg, da sie sich wohl kurzfristig entschlossen hat, die Entzifferung der Aufschrift trotz fehlender Sehhilfe selbst vorzunehmen.

»Ich freue mich, Ihre Kabine pflegen zu dürfen«, liest sie vor, »herzlich willkommen an Bord, Ihr Kabinensteward Vishnu Sun ... Was steht da? Vishnu Sundanarariam.«

Ja, ja, Kabine pflegen, das sei ja alles schön und gut, schimpft sie und wirft den Pappaufsteller zurück ins Regal, die wollten sich doch nur vorab schon ihr Trinkgeld sichern, die Vishnus, aber weit und breit sei kein Krabbengutschein zu finden, und der Mann im Reisebüro habe gesagt, der Gutschein liege bei Anreise auf der Kabine bereit, so werde man für dumm verkauft, und in der Kabine seien übrigens wieder viel zu wenige Haken und Ablageflächen, wie beim letzten Mal in Venedig. Und da sehe man mal, dass die Kreuzfahrtgesellschaft die ganzen Feedback-Bögen überhaupt nicht zur Kenntnis nähme und auswerte, denn sie habe die fehlenden Haken und Ablageflächen in der Vergangenheit schon mehrfach bemängelt.

»Resonanz: Null! So ist das auf der Welt, es wird gespart an allen Ecken und Enden!«, resümiert sie, schiebt einen Prospektaufsteller voller Werbematerial (*Wellnessträume auf hoher See – Verwöhnung pur in unserem Ocean Spa*) in die hinterste Regalecke und beginnt, ihr Medikamenten-Arsenal aufzubauen. Ich setze mich gähnend aufs Bett, lehne mich an die Kabinenwand und lege die Füße auf meinem Koffer ab, während sie eine Großpackung Heilerde, eine Vorratstube Voltaren, diverse Vitamintabletten-Dosen, eine Flasche mit grüner Flüssigkeit – wahrscheinlich ein desinfizierendes Rachenspray –, drei Packungen Isländisch-Moos-Pastillen (wie passend zum Reiseziel, denke ich) und einen straff mit Haushaltsgummis umwickelten, backsteingroßen Klumpen aus diversen angebrochenen Tablettenblistern ordentlich im Regal drapiert, als richte sie eine Museumsvitrine mit wertvollen Ausstellungsstücken ein.

»Viel zu wenig Platz und Stauraum«, redet sie dabei weiter, »die denken nicht daran, dass man hier die nächsten zwei Wochen verbringen muss, die wollen einen doch nur auf die öffentlichen Decks locken, wo man konsumieren muss, deshalb machen die die Kabinen so ungemütlich, wir gehen jetzt gleich zur Rezeption, der Gutschein, denk dran, Ines, hast du gehört?«

»Mhm.« Ines hat gehört.

Ich schließe die Augen und übe mich in der Kunst des achtsamen Weghörens. Eine Meditationstechnik, die ich auf den vergangenen Kreuzfahrten aus der schieren Not heraus selbst entwickelt habe. In den nächsten Tagen werde ich sie perfektionieren müssen, will ich diese Reise ohne Nervenzusammenbruch überstehen. Achtsames Weghören bedeutet, in der Haltung des reinen Gewahrseins den erratischen Redefluss meiner Mutter emotional unbeteiligt an mir vorüberziehen zu lassen, aber stets aufmerksam genug zu sein, um auf eventuelle, aus dem logischen Nichts an mich gerichtete Fragen antworten zu können.

»Und der Schrank ist ja allein mit diesen zwei riesigen Schwimmwesten schon voll, guck mal, wie riesig die sind! Müssen die unbedingt in der Kabine sein? Vielleicht kann man die an der Rezeption abgeben! Dass die das für einen verwahren.«

»Die brauchen wir doch, wenn das Schiff untergeht, Mama. Da muss es schnell gehen, da können doch nicht alle zweitausend Passagiere erst an die Rezeption und sich da ihre Schwimmweste aushändigen lassen.«

»Wenn das Schiff untergeht, nützen dir auch die Schwimmwesten nichts«, behauptet meine Mutter, »wir fahren ins Nordpolarmeer, da bist du in einer Minute erfroren, also sind die Westen völlig sinnlos, die nehmen nur Platz weg. Wann ist denn jetzt diese blöde Seenotrettungsübung?«

»Um vier«, seufze ich.

»Und da müssen wir hin? Wir haben doch schon Kreuzfahrten gemacht, warum müssen wir da nochmal mitmachen, das ist doch reine Schikane.«

»Das ist verpflichtend für alle, ist halt so.«

»Ich kann mir sowieso nicht merken, wo diese Rettungsstation ist«, bemängelt Mama weiterhin den Sinn der zwangsweise verordneten Seenotrettungsübung, »ich kann ja nicht mal die Schwimmweste anziehen!«

In der Tat versucht sie gerade, sich die ausladende, orangefarbene Rettungsweste überzuwerfen und festzuschnallen. Hilflos zerrt sie an diversen Schnüren und Klettverschlüssen.

»Siehst du? Und wenn das Schiff dann untergeht, und ich bin in Panik, dann kann ich das erst recht nicht, da musst du dann bei mir bleiben und mir helfen. Ich hab die Weste komplett falsch rum an, oder?«

»Ja.«

»Aber wie … Ah, jetzt hab ich's! So rum, aha, aha, und dann den Gurt da unten durch! Womit man sich alles beschäftigen muss im Urlaub!« Sie lässt einen Verschluss einrasten und zurrt den Brustgurt fest.

»Mama, du brauchst die Weste noch nicht anziehen, bis zu der Übung dauert es noch über eine Stunde.«

»Ich lass die jetzt an. Wenn ich die jetzt auszieh, weiß ich dann ja wieder nicht, wie ich die anzieh!« Sie behält sie tatsächlich an und packt weiter ihren Koffer aus. Natürlich stößt sie jetzt überall an und kommt mit ihrer sperrigen Oberkörper-Ummantelung kaum zur Badezimmertür hinein und hinaus. Auch dass die Badezimmertür so eng sei, führt sie auf die perfide Strategie der Kreuzfahrtgesellschaft zurück, den Passagieren den Aufenthalt in der Kabine zu verleiden.

»Und die Duschtür ist noch viel enger als die Badtür«, tönt es aus dem Bad, »du kommst gar nicht in die Dusche, wenn du die Schwimmweste anhast!«

Ich wundere mich, auf welche abseitigen Ideen sie mitten in ihrem Redeschwall immer wieder kommt. Wieso sollte man mit Schwimmweste duschen wollen? Während das Schiff irgendwo zwischen Island und dem Nordkap sinkt, könnte ein Kreuzfahrer vielleicht den Wunsch verspüren, nochmal schnell zum Aufwärmen eine heiße Dusche zu nehmen, überlege ich, bevor er dann vom Balkon ins zwei Grad kalte Wasser hüpft.

Ich muss an Günther denken, der keine Saunas mag, obwohl er mit einer Finnin verheiratet ist. Die Saunaverweigerung wird ihm wohl des Öfteren von Sanna zum Vorwurf gemacht, führte bislang aber noch nicht zum Beziehungs-Aus. Sobald das Schiff ablegt, werde ich nicht mehr an Günther denken, nehme ich mir vor. Dann beginnt eine neue Zeitrechnung, ja geradezu ein Abenteuer, ein neuer Lebensabschnitt. Es kann ja wohl nicht sein, dass ich komplett lahmgelegt werde durch diese desaströse Beziehungskiste ohne Zukunft. Aus, Schluss, vorbei. Wenn das Schiff ablegt, ist das Kapitel Günther beendet.

Die Zeit bis zur Seenotrettungsübung verbringe ich damit, aus dem bodentiefen Balkonfenster auf das graue Containerterminal vom Hamburger Hafen zu starren und Günther zu vermissen. Das darf ich ja, das Schiff liegt ja noch im Hafen.

Die Seenotrettungsübung ist wirklich eine lästige Angelegenheit, da muss ich meiner Mutter recht geben. Der Vorgang läuft dergestalt ab, dass man sich auf einen gellenden Alarmton hin die Schwimmweste überzieht und sich zu seiner persönlichen »Sammelstation« begibt, in unserem Fall Deck 5. An der Sammelstation versammelt man sich dann, mehr muss man an Aktivität nicht aufbringen. Bis sich alle Passagiere an ihrer jeweiligen Station versammelt haben, vergeht jedoch eine Zeitspanne, die endlos und zermürbend erscheint, wenn man dicht an dicht und mit reichlich Körperkontakt von allen Seiten in einer orangefarbenen Plastikschwimmwesten-Menge steht. Noch dazu ist es ein ungewöhnlich warmer Sommertag, die Hamburger Hafenluft auf Deck 5 durchzieht eine zarte Brise von Öl, Diesel und Kreuzfahrerschweiß. Über ein Megafon werden Kabinennummern von Gästen ausgerufen, die noch fehlen. Vier verwirrte Senioren, die sich zuvor wohl an einer falschen Sammelstation eingefunden hatten, werden von einem Steward herbeieskortiert und der wartenden Menge einverleibt, die sich nun noch dichter zusammendrängt, da vorn an der Reling ein Fluchtweg frei bleiben muss. Meine Mutter wurde durch unachtsames Verhalten im Sammelvorgang von mir abgedrängt und steht jetzt zwei Reihen hinter mir. Ich lege den Kopf in den Nacken und versuche, nach oben zu atmen, um an frischere Luft zu kommen. Eine endlose Lautsprecherdurchsage beginnt, die uns darauf hinweist, was man alles an Bord keinesfalls tun darf, da es zum sofortigen Untergang des Schiffes führen würde. Feuer machen darf man nicht, und rauchen darf man nicht, wenn das Schiff gerade betankt wird, da jeder Funkenflug eine Katastrophe auslösen könne; außerdem: Der Crew darf man nicht widersprechen, in den Maschinenraum darf man nicht gehen, und auf keinen Fall darf man etwas über Bord werfen, egal was, es gibt nichts, was ungefährlich genug wäre, um bedenkenlos über Bord geworfen zu werden. Im Prinzip ist das auch ein Selbstmordverbot, denke ich. Vor meinem inneren Auge sehe ich einen depressiven, suizidal veranlagten Kreuzfahrer an der Reling stehen, bereit, seinem Leben ein Ende in den Fluten des Ozeans zu setzen. Doch dann denkt er zurück an die Seenotrettungsübung, in der nachdrücklich das Verbot ausgesprochen wurde, etwas von Bord zu werfen, und sei es der eigene Körper. Schuldbewusst nimmt er von seinem düsteren Plan Abstand und geht zur Happy Hour.

Der Rentner, dessen linker Oberarm an meinen rechten gepresst wird, erzählt gerade von der »Provence letzten Monat«, da sei es auch so warm gewesen wie heute, und da hätten sie eine ganztägige Wanderung mit Eseln gemacht, und er wisse nun, dass man mit Eseln sehr laut und streng sprechen müsse, sonst könne man sich nicht gegen sie behaupten. Der »Führer« sei ein Witzbold gewesen, er habe immer gesagt, man müsse mit dem Esel so verfahren, »als würden Sie mit Ihrer Frau sprechen, die macht sonst ja auch, was sie will!«

Seine Reisebegleiter lachen ob dieser gelungenen Anekdote.

Links neben mir bricht ein Senior zusammen, er wird nach vorn durchgereicht und an der Reling auf einen Klappstuhl gesetzt. Die endlose Lautsprecherdurchsage mit den Warnhinweisen wird noch einmal wiederholt, diesmal auf Englisch. Ein genervtes Stöhnen geht durch die Menge. Eine Oma in vorderster Front zeigt einer Mitarbeiterin an, dass sie auch kurz davor ist umzukippen, ein weiterer Klappstuhl wird organisiert. Als der Kapitän dann endlich die Übung für beendet erklärt, verfallen alle Schwimmwesten in hektische Betriebsamkeit und drängen ins Schiffsinnere zurück. Anstatt zu warten, dass die Menge mich auf sie zutreibt, kämpft meine Mutter sich völlig sinnlos und mit verzerrtem Gesicht gegen den Strom der Senioren zu mir durch und packt meinen Unterarm, als sei er nach einer gefährlichen Flussdurchquerung der rettende Ast in Ufernähe. Wenn sie schon am ersten Tag so ihre Energie verpulvert, wird sie den Rest der Reise erschöpft im Bett liegen und Tierfilme schauen, denke ich.

»Komm mit, wir gehen jetzt gleich zur Rezeption«, ruft sie mir zu, »die ist doch auch auf Deck 5, da müssen wir nicht erst nochmal in die Kabine zurück, wir gehen da jetzt gleich hin und beschweren uns!«

Die Idee, die Seenotrettungsübung mit einem Beschwerdebesuch an der Rezeption zu verbinden, haben außer uns anscheinend noch andere Kreuzfahrer. Etwa fünfzig Passagiere mit Schwimmwesten tummeln sich bereits im Rezeptionsbereich und stauen sich bis ins Treppenhaus zurück. Aus den Aufzugtüren quellen unablässig weitere, allesamt beschwerdewillige Menschen.

Meine Mutter reißt sich mitten im Getümmel die Schwimmweste vom Leib und drückt sie mir in die Hand. Eine kluge Aktion, denn nun ist sie um einiges wendiger und dünner als die restlichen, unförmig verdickten Passagiere. So kann sie sich geschickt in entstehende Lücken zwängen und hat sich in Windeseile in eine günstige Warteposition vorgekämpft.

Ich bringe unsere Schwimmwesten in unsere Kabine auf Deck 8 und kehre dann zurück an die Rezeption, um meiner Mutter bei der geplanten Krabbenbeschwerde beizustehen. Die wartenden Kreuzfahrer haben inzwischen zwei recht ordentliche Schlangen gebildet, wir stehen in der linken Schlange ganz vorn und haben nur noch ein Kreuzfahrer-Pärchen vor uns.

»Ich weiß nicht, was die alles zu besprechen haben«, flüstert meine Mutter mir unwillig zu, »ich hätte mich lieber am anderen Schalter anstellen sollten in der rechten Schlange geht's viel schneller!«

In der rechten Schlange, ein schöner Buchtitel, denke ich, so könnte man einen Lyrikband nennen, den Erfahrungsbericht eines Nazi-Aussteigers, oder die letzten Gedanken einer Futtermaus im Terrarium eines Pythonpärchens.

Das grauhaarige Rentnerpaar am Schalter vor uns hat beige Outdoorhosen an, die man mit Reißverschlüssen in Kniehöhe abtrennen kann. Wie praktisch! Sie sind somit eindeutig der Gruppe der Aktivsenioren zuzuordnen. Müsste man eine grobe Einteilung der Kreuzfahrer vornehmen, so ließen sich fast alle entweder als Aktiv- oder Passivsenioren bezeichnen. Die Aktivsenioren, so habe ich auf den vergangenen Fahrten mit meiner Mutter festgestellt, nutzen die Schiffsreise, um auf effektive Art und Weise möglichst viele Städte und Regionen zu erkunden. Sie stehen immer schon scharrend mit ihren Outdoorsandalen an der Gangway, noch bevor das Schiff an einem Hafen angelegt hat. Sie buchen stundenlange, strapaziöse Landausflüge mit Bus, E-Bike, Stand-Up-Paddle-Brett oder Segway, von denen sie völlig erschöpft zurückkommen, mit achthundert beeindruckenden Fotos auf dem Handy, die sie dann alle in die WhatsApp-Gruppe der Familien stellen und sich ärgern, dass weder von Kindern noch Enkeln eine Reaktion kommt.

Die Passivsenioren schütteln über die Aktivsenioren nur nachsichtig den Kopf. Denn die Ausflüge sind erstens überteuert, zweitens anstrengend, drittens verpasst man dadurch mindestens zwei Mahlzeiten an Bord – insgesamt ein aus Sicht der Passivsenioren komplett sinnloser Entdeckerdrang, der nur mit der Angst der Aktivsenioren erklärt werden kann, die ahnen oder befürchten, an der Schwelle zur Reiseunfähigkeit zu stehen und die daher in der ihnen noch verbleibenden Zeit möglichst viele Ziele und Städte abhaken wollen.

Besagte Schwelle haben die Passivsenioren bereits überschritten, meist ziemlich heiter sogar. Gegen ihren Verfall leisten sie keinen Widerstand mehr. Körperliche und geistige Gebrechen bedeuten auch Freiheit. Die Freiheit von dem Drang, das schöne Schiff ständig verlassen zu müssen. Die Passivsenioren sind ausnahmslos schwer übergewichtig, rotgesichtig und kurzatmig, mit körperlichen Einschränkungen bis hin zur baldigen Bettlägerigkeit versehen, genießen den Aufenthalt an Bord jedoch mehr als die gestressten Aktiven. Auch mit Krücken, Rollator und Sauerstoffgerät lässt sich die ganze Welt bereisen, und zwar ohne dass man sich dafür weiter fortbewegen müsste als vom Bett zum Buffet und vom Buffet zurück zum Bett. Und irgendwann dann vom Buffet zur Bahre, denke ich. Eventuell mit Umweg über das Bett.

Am anderen Schalter rechts neben uns steht ein eindeutiger Passivsenior. Er ist schwer übergewichtig, trägt braune Cord-Hausschuhe und bemängelt, dass der Fernseher in seiner Kabine „nicht lauter als vierzig" eingestellt werden kann.

Da meine Mutter das große *Wahren Sie bitte die Privatsphäre!*-Schild nicht beachtet, stehen wir den Aktivsenioren vor uns fast auf den Hacken. Ich kann hören, dass sie sich darüber beschweren, keine Quittung für einen vorab online im Bordportal gebuchten Landausflug in Island (*Die Geysire auf dem Rücken der Islandpferde entdecken*) erhalten zu haben. Lediglich das Whale-Watching, die Busfahrt zum Nordkap, der Besuch des Eisbär-Museums in Hammerfest und die Segway-Tour zu den Trollen auf den Lofoten seien bestätigt worden. Die Rezeptionistin schaut lange in den Computer, telefoniert und verweist die beiden dann an den »Fernweh-Schalter« auf Deck 10, da würden ihnen die Ausflugsexperten die fehlende Islandpferd-Quittung ausdrucken.

Endlich sind wir an der Reihe und können unsere Krabbenbeschwerde vorbringen. Die Stimme und die Körperhaltung meiner Mutter verströmen ihre innere Überzeugung, eine explizit auf sie persönlich gemünzte, böswillige Benachteiligung vereiteln zu müssen.

»Hm, da ist jetzt irgendwie nichts im Computer vermerkt.« Die junge Rezeptionistin blickt ratlos auf ihren Bildschirm. »Sind Sie sicher, dass das bei Ihrer Reise inkludiert ist?«

»Ja, natürlich, der Mann im Reisebüro hat's mir gesagt, dass wir bei Sofortbuchung zusätzlich ein exklusives Krabbenmenü an Bord erhalten! Im Elften Gebot, diesem Bezahlrestaurant!«

»Ich schau noch mal, vielleicht ist das ein Versehen.«

Die schlimmsten Ahnungen meiner Mutter scheinen sich zu bewahrheiten und werden von ihr auch lautstark und anklagend geäußert. Sie glaubt nämlich nicht an ein Versehen, sondern vermutet ein perfides Lockangebot seitens der Kreuzfahrtgesellschaft, mit dem man Kunden ködern und zur Sofortbuchung verleiten wolle, ohne dann die versprochene Bonusleistung zu erbringen.

»Mama, beruhig dich doch.«

»Ist doch wahr!«

Die Rezeptionistin verschwindet ohne Erklärung in einer fast unsichtbaren Tür, die in der Holzverkleidung hinter ihr eingelassen ist. Vielleicht sucht sie im Bauch des Schiffes einen Vorgesetzten, der die Krabbenproblematik beheben soll. Uns bleibt nichts anderes übrig als zu warten.

Am Schalter neben uns entspinnt sich derweil ein mindestens genauso großes Drama. Die Protagonisten – der schwerhörige Kreuzfahrer mit Fernseher-Problem ist abgefertigt – fallen mir auf, da sie nicht in meine Aktiv- und Passivsenioren-Kategorie passen. Es scheint sich um ein Vater-Sohn-Gespann zu handeln, oder um ein Groß-vater-Enkel-Gespann, jedenfalls um eine recht exotische Kombination. Vielleicht sind sie Teil eines größeren Familienverbunds, überlege ich, so etwas gibt es manchmal: Oma und Opa, die mit Sohn, Schwiegertochter und Enkelkind eine Kreuzfahrt unternehmen. Und während ihre Frauen schon die Kabinen wohnlich dekorieren, müssen die Männer an der Rezeptionsfront kämpfen, Mängel ansprechen und auf Ungerechtigkeiten und Versäumnisse der Kreuzfahrtgesellschaft hinweisen. So wie Mama und ich es auch gerade tun, wir haben ja keine Männer, die wir vorschicken könnten.

Der Jüngere der beiden ist etwa Ende dreißig und erschreckend gutaussehend. Wobei hier vor allem erschreckend ist, dass ich idiotischerweise gleich ein schlechtes Gewissen gegenüber Günther bekomme, den ich ja aus meinem Gedächtnis tilgen möchte, weswegen mir ein junger, großer, gutaussehender Kreuzfahrtpassagier mit gebräuntem Teint und dunklen wirren Haaren eigentlich sehr gelegen kommen sollte, denn … Der Streit, der sich neben uns entfacht hat, ist so laut, dass ich meinen Gedankengang nicht fortführen kann. Der vermutliche Vater oder Großvater ist ein dürrer, kleiner Greis um die achtzig, mit seinem Gehstock pocht er immer wieder heftig auf den Boden und beschimpft den dicklichen, rotwangigen Rezeptionisten in österreichischem Dialekt.

»Des Leben is a aanzige Schikane«, zetert der Alte. »I geh in kei Innenkabine! I hab Urlaub! I geh in meim Urlaub in kei Innenkabine, i hab Klaustrophobie, i geh in kein Flugzeug, kein Bus, kein Fahrstuhl und kei Innenkabine!« Erneut rammt er seinen Stock in den Boden, als wolle er ein Loch in den Rumpf des vermaledeiten Schiffs stoßen, wo man ihn aus irgendwelchen Gründen in eine Innenkabine stecken will.

»Herr Wagner, Sie sind aber auf eine Innenkabine gebucht«, erklärt der Rezeptionist geduldig.

»I hob an Preisausschreiben gewonnen, I hob extra an Upgrade machen müssen, und dann steckens mich in die Innenkabine, was sann des für Sitten?«, zetert der benachteiligte Greis.

»Mein Vater hat die Kreuzfahrt bei einem Preisausschreiben gewonnen«, legt der attraktive Sohn auf Hochdeutsch nach, »und wir hatten extra ein Kabinen-Upgrade gemacht, weil er wegen seiner Klaustrophobie nicht in einer Innenkabine schlafen kann.« Er bemüht sich um einen leisen Tonfall. Sämtliche wartenden Kreuzfahrer verfolgen mittlerweile das Spektakel am Kopf der rechten Schlange.

»I hob an Preisausschreiben gewonnen, und dann steckens mich in die Innenkabine«, wiederholt der Greis, »des nenn ich großzügig, aan Gewinner in die Innenkabine!«

»Papa, beruhig dich bitte, ich klär das schon«, zischt ihm der Sohn zu.

»Heit is net mein Dog!« Der Alte wendet sich beim Sprechen nun sogar schon teilweise nach hinten um, zu seinem Publikum. Wie ein Theaterschauspieler hebt er die dürren, in einem grauen Sakko steckenden Ärmchen zum Himmel. »I reg mich auf über die Blödheit von die andere Leut, des is mei Schicksal!«

»Papa, nicht so laut bitte.« Der Sohn ist offensichtlich peinlich berührt, jedoch ist ihm auch eine gewisse Resignation anzumerken, als habe er ähnliche Szenen mit seinem Erzeuger schon allzu oft erlebt.

Das Problem der Österreicher ist, so scheint es, ein weitaus gravierenderes als unser verschwundener Krabbengutschein. Für über sechshundert Euro habe man ein

Upgrade in eine Balkonkabine gebucht, erläutert der Sohn dem Rezeptionisten nochmals, der aber nur mit dem Kopf schüttelt und sagt, hier sei das nicht vermerkt, und das Schiff sei ausgebucht, sodass er ihnen nicht kurzfristig eine Balkonkabine anbieten könne.

»I hätt gar net herkommen dürfen! I hätts wissen müssen! Früher hot des alles noch Stil gehabt«, deklamiert der Greis in Richtung seines Publikums. »Heit kann des ganze Gesocks a Kreuzfahrt machen. Früher hast an Smoking gebraucht. Da war noch a gewisse Eleganz im Spiel. A Selektion, wennst so willst. A Selektion is net des Schlechteste!«

Sein irrer, flackernder Blick, in dem sich die Angst vor einer Nacht in der fensterlosen Innenkabine spiegelt, streift seine Zuhörer, fünfzig unelegante, mit Schwimmwesten bekleidete Piefke-Senioren, die sicherlich seine Art der Selektion nicht überstehen würden.

»Papa, jetzt reicht's!«, rügt ihn der Sohn und wendet sich mit einer Art Schulterzucken, einer Geste zwischen Verzweiflung und der Bitte um Vergebung, in meine Richtung. Ich versuche ein möglichst verständnisvolles Lächeln, er lächelt zurück und verdreht die Augen. Die Ähnlichkeit zu seinem verbitterten, zerknitterten Vater äußert sich zum Glück nur in einer fast identischen Nase, ziemlich groß und markant geschwungen, fast wie ein Indianer oder Römer, denke ich.

»Man könnte höchstens den Florian fragen, ob der noch was machen kann«, sagt der Rezeptionist und greift zum Telefonhörer, was den Greis erneut erbost, denn wer sei bitte der Florian?!

»I will jetzt in mei Balkonkabine und net den Florian fragen!«

»Herr Wagner, lächeln Sie doch mal«, erwidert der Rezeptionist völlig unvermittelt und freundlich, »immer lächeln, Sie haben ja schließlich Urlaub.«

Das hat er bestimmt in einem Freundlichkeits-Workshop gelernt, denke ich. Plötzlich taucht unsere Rezeptionistin wieder aus der Holzverkleidung auf und sagt, dass der Krabbengutschein morgen in unsere Kabine gebracht werde, das sei ein Missverständnis gewesen, sie entschuldige sich vielmals. Kaum hat sie ausgeredet, werden wir auch schon von einem nachrückenden Rentner weggedrängt, der mit mürrisch entschlossenem Blick einen Aktenordner auf den Empfangstresen knallt. Anscheinend hat auch er weitaus gewichtigere Probleme als wir.

»So, na gut, dann wär das auch geklärt«, sagt meine Mutter auf dem Rückweg zur Kabine, »dann ziehen wir uns schnell um und gehen zum Abendessen, das fängt ja gleich an, was ein Stress!«

Es gibt drei Buffet-Restaurants an Bord, wir kennen sie bereits von den vergangenen Reisen: Das Marktstüberl ist wie ein bayerischer Biergarten eingerichtet, mit künstlichen Bäumen, grünen mannshohen Plastikhecken, weißen Sonnenschirmen und Lampions unter der Decke. Im Papageno läuft italienische Opernmusik, und es stehen Amphoren, Säulen und römische Götterstatuen in den Ecken und Nischen. Im Asia sitzen riesige goldene Buddhas, und es gibt jeden Abend Essen aus einem anderen asiatischen Land, wobei heute eine Ausnahme ist, denn am ersten Tag erwartet die Gäste in allen drei Restaurants das Große Welcome Buffet, wie wir in der Bordzeitung erfahren, die an unserer Kabinentür klemmt.

Meine Mutter lehnt sowohl das Papageno als auch das Asia entschieden ab und hat mir schon vor der Kreuzfahrt mitgeteilt, dass sich unsere Essensaufnahme während der gesamten Reise diesmal auf das Marktstüberl beschränken werde. Im Papageno ist ihr die Opernmusik zu laut. Durch die Lärmbelästigung, so mutmaßt sie, wolle man die Gäste nur möglichst schnell von den kostenlosen Töpfen und den Karaffen voller Tischwein vertreiben, hin zu den bezahlpflichtigen Cocktailbars. Ähnliche Methoden würden an Bahnhöfen und in Unterführungen eingesetzt, um die Obdachlosen zu vergraulen, da habe sie neulich erst eine Dokumentation darüber gesehen.

Das Asia ist ihr suspekt, da dort die philippinischen und pakistanischen Köche zur Unterhaltung der Gäste am Buffet mit Messern jonglieren. Es sei nur eine Frage der Zeit, bis da mal ein Unfall geschehe, oder ein Attentat, eine Messerattacke, ein Amoklauf, die Köche seien doch alle unterbezahlt und überarbeitet, da könne jederzeit einer durchdrehen.

Also stürmen wir um Punkt 18 Uhr zusammen mit einer Hundertschaft weiterer Kreuzfahrer das Marktstüberl, kaum dass sich dessen schmiedeeiserne Tore geöffnet haben. Am Eingang stehen die asiatischen Köche und Kellner Spalier, die die Hände der mit starrem Blick vorbeidrängenden Passagiere aus großen Plastikflaschen mit Desinfektionsmittel einsprühen.

An allen Restaurant-Eingängen befinden sich zwar Desinfektions-Automaten, in die man die Hände steckt wie in einen Toaster, woraufhin das Gerät eine Flüssigkeit darauf spritzt. Aber beim Ansturm zu Beginn einer *Genießerzeit*, wie es an Bord heißt, muss Hand zusätzlich von Hand desinfiziert werden.

»Washy-washy«, rufen die Asiaten, lachen und sprühen uns ein. »Washy-washy, happy-happy!«

Die Arbeitsteilung zwischen meiner Mutter und mir ist klar. Zuerst stoßen wir mit strammem Schritt möglichst tief in den Raum vor und überholen dabei eine Vielzahl tattriger Senioren, die sich nur mühsam fortbewegen können. Wir ergattern einen Tisch, idealerweise am Fenster, dann habe ich die Aufgabe, den ergatterten Tisch zu verteidigen, während meine Mutter übergangslos zum Buffet eilt, um an den Bottichen zu sein, bevor sich vor den Hauptgerichten meterlange Schlangen gebildet haben.

Wenn sie mit ihren aufgehäuften Tellern zurückkommt, stürze ich mich in die Menge. Mein Feldzug entlang der Platten, Töpfe und Schüsseln dauert meist sehr viel länger als der meiner Mutter, da sich inzwischen viel mehr Rentner auf engstem Raume tummeln. Viele der Passivsenioren sind überfordert mit der Situation, blockieren Gehwege, halten ihre Suppenschüsseln so schief, dass der Boden volltropft, und brauchen ewig, um eine Scheibe Braten auf den Teller zu hieven. Auch so manche dünne Aktivseniorin verlangsamt die Essensabfertigung erheblich, indem sie jede gedünstete Karotte und jeden Rosenkohl einzeln anhebt und von allen Seiten betrachtet, bevor sie entscheidet, ob das begutachtete Nahrungsmittel würdig und fettfrei genug ist, um auf ihrem Teller drapiert zu werden.

Wenn ich an den Tisch zurückkomme, hat meine Mutter meistens schon fertig gegessen und ist so gestresst, dass sie sofort wieder zurück in die Kabine will. Während ich mehr oder weniger hastig meine eilig und unschön aufgehäuften Lebensmittel in mich hineinstopfe, ruckelt sie mit dem Stuhl vor und zurück und klagt in der

Regel darüber, dass sie gerade zu viel gegessen habe, sie müsse doch abnehmen. So auch heute. »Der Bedien-Inder hat mir ein Stück Welcome-Torte auf den Teller geladen, bevor ich Nein sagen konnte«, jammert sie und deutet auf einen schwarzen Breiklumpen auf ihrem Teller. »Das schmeckt so ekelhaft, das ist das pure Fett, jetzt hab ich vier Bissen von der blöden Welcome-Torte gegessen, ich muss doch abnehmen!«

»Musst du gar nicht.«

»Doch, ich bin viel zu dick. Schau mich doch mal an!«

Ich schaue sie an. Na gut, dünn ist meine Mutter wirklich nicht, aber im Vergleich zur Mehrzahl der Kreuzfahrer kann man lobend erwähnen, dass ihre verschiedenen Körperteile wenigstens noch recht deutlich als solche erkennbar sind und nicht in einer einzigen Fleisch- und Gewebemasse untergehen. Im Prinzip ist ihr Körperbau klar geometrisch strukturiert. Hüften, Bauch und Oberschenkel bilden eine große runde Kugel, darauf sitzend der Oberkörper als etwas kleinere Kugel, und obenauf der runde Kopf, über den eine Art Würfel gestülpt ist, denn sie trägt ihre rötlich getönten, glatten Haare zu einer strengen Prinz-Eisenherz-Frisur mit waagrechtem Pony, was vielleicht ein Versuch ist, von den darunterliegenden, aufeinander ruhenden Körperkugeln abzulenken oder ihnen im Zusammenspiel eine gewisse kantige Note zu verleihen.

»Die Hauptsache auf dem Schiff ist das Essen«, rüge ich sie, »das weißt du doch, wie kann man bloß auf die Idee kommen, auf einem Kreuzfahrtschiff abnehmen zu wollen?«

»Was mach ich denn jetzt mit dem Rest von der Welcome-Torte?«

»Lass ihn halt liegen.«

Sie befolgt meinen Ratschlag nicht, sondern drückt den restlichen Tortenklumpen mit mehreren Servietten zu einem hässlichen, abstrakten Papier-Fett-Gebirge zusammen, das sich nun auf ihrem Teller erhebt.

»Mama, was machst du da, das sieht entsetzlich aus!«

»Ich will nicht, dass die Bedien-Inder sehen, dass ich die Torte nicht gegessen habe, da sind die doch sonst beleidigt, die haben sich so eine Mühe gemacht, hast du die Torte gesehen? In der Form von unserem Schiff haben sie die gebacken, aber ist halt das pure Fett!«

»Die meisten sind Filipinos, Mama, keine Inder.«

»Ja, ja, ich weiß, ich sag das halt so, ich mein's ja nicht bös, die kriegen ja auch immer Trinkgeld von mir, die verdienen ja so wenig, aber manche sind auch echte Inder!«

Und gerade weil sie die Freundlichkeit, Backkunst und Service-Orientiertheit der Bedien-Inder so schätze, wolle sie nicht, dass sie sähen, dass sie die so liebevoll angefertigte Welcome-Torte verschmäht habe.

»Der Serviettenklumpen da auf deinem Teller ist jetzt erst recht auffällig. Da sehen die doch gleich, dass du was vertuschen willst.«

»Ja, das stimmt.« Sie wickelt den unförmigen Berg in eine weitere Serviette, packt ihn in die Handtasche und entsorgt ihn, als wir das Marktstüberl verlassen, draußen an den Aufzügen in einem goldenen Mülleimer.

Wieder in der Kabine, reißt meine Mutter zwei Päckchen Heilerde auf und schüttet sich den Inhalt in den Rachen. Dann lässt sie sich in unser Doppelbett fallen und schaltet den Fernseher an. Es läuft eine Zoosendung. Die »tragende Giraffenfrau Andrea« erwartet ein Kalb, ihr zwei-jähriger Sohn Maxi muss daher in ein anderes Gehege gebracht werden, da er sonst seine Mutter beim Gebären stören würde.

»Ines, das sollte deine Schwester mal sehen, dass das auch in der Tierwelt nicht normal ist, dass die Kinder bei einer Geburt zuschauen! Aber nein, Yvonne muss ja eine Hausgeburt machen, und der kleine Gideon guckt zu, kein Wunder, dass er jetzt so aggressiv ist und die anderen Kommunionkinder verprügelt.«

Eine Tierpflegerin untersucht das Euter der Giraffe, um zu sehen, ob die Geburt schon bevorsteht. Ich bin von dem hastig hinuntergeschlungenen Essen so benommen, dass mir erst aufgeht, was an Mamas Hausgeburt-Erzählung nicht stimmt, als die Giraffenfrau schon in den Wehen liegt. Meine Schwester Yvonne hat zwei Kinder, Gideon und Tabea. Gideon ist neun, Tabea dreizehn, und es war Gideons eigene Geburt, die als Hausgeburt erfolgte, nicht die seiner Schwester.

»Mama, es war aber Gideons Geburt, und Tabea hat zugeschaut. Nicht umgekehrt.«

Egal, erwidert meine Mutter, Tabea sei ja auch geschädigt, erst sei sie als hochbegabt deklariert worden, und jetzt bekomme sie in vier Fächern Nachhilfe, weil der Unterrichtsstoff für sie angeblich zu banal sei, um ihm folgen zu wollen. Yvonne gehe mit ihr neuerdings auch zum Psychologen, der eine unterbewusste Lernverweigerung vermute, einen Protest gegen ihre schulische Unterforderung.

»Von wegen hochbegabt«, fällt meine Mutter ein harsches Urteil über ihre Enkelin, während die Tierpfleger mehrere meterlange, schleimverschmierte Beine aus der Giraffenfrau ziehen, »die ist stinkfaul und hat nur Handy und Nagellack im Kopf. Neulich wollte sie sogar, dass ich ihr ein Zungenpiercing finanziere, ich glaub, es hakt! Da werf ich mein Geld lieber ins Meer.«

Ich frage mich, wie ich die nächsten Tage überleben soll. Sie werden, das ahne ich, aus Tierfilmen in der engen Kabine, endlos mäandernden Wehklagen über diverse Familienmitglieder und erbitterten Kämpfen am Marktstüberl-Buffet bestehen.

Nach erfolgreicher Giraffengeburt geht es hinüber zu den Schildkröten. »Der Schildkröte Hildegard ist Stress beim Gebären völlig fremd«, erläutert der Sprecher. »Mitten im Trubel eines Kindergeburtstags hier im Zoo hat sie Eier gelegt und vergraben.«

Ich muss an ein Theaterstück denken, das ich zusammen mit Günther gesehen habe. Japanisches Tanztheater, dargeboten wurden in der ersten Hälfte »Extrakte aus Wasserlilien« und nach der Pause »Extrakte aus Seetang«, und dazu krabbelten lebende Schildkröten über die Bühne. Japanisches Tanztheater ist ein geeignetes Abendprogramm für Pärchen, die etwas zusammen unternehmen wollen, dabei aber nicht gesehen werden dürfen. Egal, wie große und unterschiedliche Bekanntenkreise die beiden Liebenden haben: Jemandem davon im japanischen Tanztheater zu begegnen ist extrem unwahrscheinlich, man ist dort genauso geschützt wie im Wurstbänkchen. Ob es schon Ratgeber mit Freizeittipps für um Anonymität bemühte Liebespaare gibt? Vielleicht sollte ich solch einen verfassen.

»Schildkröten machen Vorratsbefruchtung«, dröhnt es aus dem Fernseher. »Wenn der Mann nach dem ersten Gelege stirbt, kann das Weibchen trotzdem weiter Nachwuchs bekommen.«

»Yvonne sollte wirklich diese Sendung sehen«, ruft meine Mutter, »der Horst ist ihr doch nur noch lästig! Den Mann abschaffen und trotzdem weiter schwanger werden, das wär das ideale Modell für sie.«

Mama nimmt ihr Handy und ruft meine ältere Schwester an, um ihr zu sagen, dass sie den Fernseher einschalten solle, wird aber von Yvonne recht schnell abgewürgt. Sie habe jetzt ein Erstgespräch mit einer Mediatorin, die wegen der Schlägerei zwischen den Kommunionkindern eingeschaltet wurde, die Gideon angeblich angezettelt habe. Während mir Mama kopfschüttelnd berichtet, drückt sie sich durch die Programme, da sie die Sendung über die fruchtbaren Zootiere offenbar nicht weiter verfolgen will. Gleichzeitig hält sie mir ihr Smartphone unter die Nase, damit ich Yvonnes neues WhatsApp-Profilbild begutachten kann.

»Was soll das jetzt schon wieder, was will sie mir damit sagen? Das ist doch auch wieder so ein anklagender Hilfeschrei!«

Das Foto zeigt eine Deko-Schiefertafel in Herzform, darauf steht geschrieben: *Ein Tropfen Elternliebe ist mehr wert als ein Ozean voll Verstand.*

»Keine Ahnung.« Ich zucke mit den Schultern. Yvonne hat eine Schwäche für erbauliche Sätze und Substantive. Auf der Fensterbank bei ihnen im Bad liegt seit Neuestem eine Ansammlung glatter grauer Kiesel. In jeden Stein ist ein Wort eingraviert. Glaube. Hoffnung. Zuversicht. Akzeptanz. Vertrauen. Freiheit. Lebensfreude. Achtsamkeit, so Dinge eben, die es in ihrem Haushalt nicht gibt, die sie aber energetisch anlocken will. Die Steine hat sie in meinem Beisein einer Heilpraktikerin abgekauft, bei der sie regelmäßig Weiblichkeitsseminare besucht. Bei den Seminaren kommen Frauen im Büro oder im Heilgarten der Heilpraktikerin zusammen und erholen sich dort von den Zumutungen ihrer Familien. Sie richten sich dabei nach dem Rhythmus der Natur und beachten, ob die weiblichen Kräfte gerade in der Erde sind oder nicht. Im Herbst schneiden sie Strohpuppen die Zöpfe ab, um vom Sommer Abschied zu nehmen. In den Rauhnacht-Ritualen Ende Dezember passieren immer besonders wirkmächtige Dinge, aber was genau, weiß ich nicht mehr. Ich weiß nur noch, dass Yvonne Anfang Januar einen Ehestreit mit Horst hatte, weil er keine sauberen Unterhosen mehr im Schrank fand. Mit den Rauhnächten hatte das insofern zu tun, als man in dieser Zeit keine Wäsche waschen darf, weil das böse Geister weckt und zum sofortigen Tod aller Familienmitglieder führt.

Nachdem Yvonne mir immer wieder von den Weiblichkeitsseminaren vorgeschwärmt hatte, habe ich sie vor drei Wochen zum ersten Mal begleitet. Es ging um das Loslassen von Altlasten. Die »Impulse«, die die Heilpraktikerin zu Beginn vorlas, konnten mir aber auch keine Erleuchtung in Hinblick auf meine Altlast Günther und deren optimale Entsorgung bringen. Man solle loslassen und sich energetisch auf das Neue einschwingen, aber: Man müsse »bewusst« loslassen, sonst hole die Altlast einen immer wieder ein.

Die Heilpraktikerin demonstrierte dann, wie gut sie selbst das Loslassen schon beherrscht, denn nachdem sie von jeder Frau die fünfundzwanzig Euro Teilnahmegebühr – sie nannte es energetischen Ausgleich – kassiert hatte, setzte sie sich an ihren Schreibtisch und schickte uns in einen Nebenraum. Dort wurden wir uns selbst überlassen, um über das Loslassen nachzudenken. Zur Inspiration gab es Buntstifte, Mandala-Ausmalbücher, Kuschelkissen in Herzform und Knetmasse, aus der man intuitiv etwas kneten sollte. Eine Kindergartenauszeit für überforderte Frauen. Ich knetete ein Pferd.

»Und, wie fandest du's?«, fragte mich Yvonne später am Auto, während sie die im Mondgöttinnen-Shop der Heilpraktikerin erworbenen Zuversichtssteine im Kofferraum verstaute.

»Naja. Fünfundzwanzig Euro find ich teuer, dafür dass sie fünf Minuten lang aus ihrem Weisheitsbuch vorliest und sich dann nicht mehr um einen kümmert«, antwortete ich.

»Sie hat sich gekümmert. Geistig war sie ja bei uns«, erwiderte meine Schwester mit verkniffener Miene. Außerdem sei meine »materielle Fixiertheit« auch etwas, das ich dringend loslassen müsste.

»Oh Gott, jetzt müssen wir noch über eine Stunde wach bleiben, bis das Begrüßungssektbuffet aufgemacht wird«, stöhnt meine Mutter mit Blick auf ihren Wecker, den sie von zu Hause mitgebracht und auf dem winzigen Nachttisch deponiert hat, der eher ein aus der Wand ragendes kurzes Brett ist.

»Wollen wir da wirklich hingehen? Auf Arte kommt so eine interessante Eisbärendokumentation!«

Aufgrund meiner materiellen Fixiertheit und meiner Unfähigkeit, Günther loszulassen, ist die Aussicht auf Gratisalkohol mein einziger Hoffnungsschimmer am Ende dieses ersten Tages an Bord. Den werde ich mir keineswegs nehmen lassen, daher verteidige ich den Tagesordnungspunkt Begrüßungssekt vehement.

»Natürlich gehen wir da hin!«

»Aber das ist so spät, da schlaf ich ja im Stehen ein, und oben an Deck ist es so windig, ich hab keine Lust, mir schon am ersten Abend eine Erkältung zu holen, die nächsten Tage sind wir noch genug im Eiswind, wir fahren bis ans Nordkap, da kann Minus sein!«

»Ich geh auf jeden Fall hin, du musst ja nicht mit, wenn du lieber die Eisbärendokumentation gucken willst.«

Nein, nein, lenkt meine Mutter ein, sie habe sich ja eigentlich vorgenommen, auf dieser Kreuzfahrt überhaupt nicht fernzusehen. »Du hast ja recht, da ist man einmal auf dem Schiff, da muss man auch was unternehmen. Vor der Glotze sitzen kann ich auch zu Haus, die deutsche Fernsehunterhaltung kann man sowieso komplett vergessen, guck mal, da ist die erste Möwe!«

Sie zeigt in Richtung Fenster, wo die ganze Zeit schon Möwen vorbeisegeln und in die Balkonkabinen äugen.

»Jetzt hab ich kein Brot für euch«, ruft meine Mutter durch die geschlossene Balkonglastür den Möwen zu, »ihr habt bestimmt Hunger, morgen geb ich euch Brot!«

»Man darf doch nichts von Bord werfen, hast du das nicht gehört bei der Übung vorhin?«

»Ach, das merkt doch keiner! Guck mal, wie goldig, die kleinen Enten!«

Verdutzt halte ich Ausschau nach vorbeifliegenden kleinen Enten, kann aber keine entdecken, dann bemerke ich, dass Mamas Aufmerksamkeit schon wieder vom Bildschirm gefesselt ist, wo eine Dokumentation über Chile-Sturzbachenten läuft. Die Eltern füttern ihre Jungen nicht, erfahre ich vom Sprecher, sie zeigen ihnen lediglich mögliche Futterstellen. »Von Anfang an müssen sich die Kleinen in die tödliche Gefahr des Sturzbachs begeben, wollen sie in dieser unbarmherzigen Wildnis überleben.«

Wie als Antwort ertönt von draußen ein gewaltiges Tuten, das mich vom Bett auffahren lässt.

»Das Schiffshorn, Mama, wir fahren los!«

Zwei weitere dumpfe Töne signalisieren, dass wir gerade unsere Reise zum Nordkap beginnen. Meine Mutter scheint keinen Sinn für das Erhabene des Moments zu haben, denn sie wendet den Blick nicht vom Fernseher ab. Ich schlüpfe hinaus auf den Balkon und atme tief die sommerlich warme Abendluft ein. Da unser Riesenschiff sich nur vorsichtig und mit der Geschwindigkeit eines Tretboots aus dem Hafen manövriert, sieht man vom eigentlichen Ablegevorgang nur insofern etwas, als wir uns in Zeitlupe seitlich vom Pier und den Containerstapeln wegschieben. Unten, hinter einer Absperrung am Anleger, stehen etwa sechzig Leute, die winken und Fotos machen, anscheinend Kreuzfahrtfans, die unserem Schiff zujubeln, oder zurückgelassene Angehörige. Drei Leute winken nicht, sondern halten Schilder in die Höhe. *Die Eisbären sterben! Ihr seid Schuld!*, kann ich entziffern, *Ihr seid die Teufel der Meere!* Und *Wir wollen eure Abgase nicht!*

Schuldbewusst werfe ich einen Blick nach oben auf die pechschwarze Rußwolke, die fröhlich wabernd aus dem gedrungenen Schlot auf dem Oberdeck gen Himmel steigt. Auch vom Balkon links von unserem weht dichter Qualm zu mir hinüber, der allerdings keinem seitlich angebrachten Schornstein des Schiffes entsteigt, sondern zwei gerade angezündeten Zigaretten. Auf dem Nachbarbalkon höre ich außerdem Stühlerücken und Husten.

»Ach halt doch dein blödes Maul!«, schimpft eine heisere Frauenstimme.

»Was musst du so viel Scheiße mitnehmen, kein Wunder, dass der Koffer nich aufgeht«, blafft eine Männerstimme. »Da können wir froh sein, wenn der überhaupt wieder zugeht am Ende! Pass bloß auf, dass du nich wieder so viel Scheiße einkaufst! Sonst geht der Koffer nich mehr zu!«

»Nur weil du so 'ne Memme bist«, höre ich die Frau sagen, »nich mal 'nen Koffer kannst du aufmachen! So ein Versager!«

»Ach halt doch dein blödes Maul«, führt der Mann den rustikalen Dialog fort, aber die Frau ist aufmerksam und bemängelt, dass er sich ihrer eigenen, zuvor geäußerten Worte bediene.

»Das hab ich eben selbst gesagt! Das hab ich selbst gesagt, dass du dein Maul halten sollst! So 'ne Memme, dir fällt nich mal was Eigenes ein!«

Ich lehne mich mit den Unterarmen auf die Brüstung und wende verstohlen den Kopf nach links, um einen Blick auf unsere Kabinennachbarn zu erhaschen, die gerade in kaum anderthalb Metern Entfernung hinter der weißen Trennwand mit einer Zigarette in der Hand das Ablegen des Schiffes verfolgen. Was ich sehe, ist erschreckend. Das Pärchen wirkt, als sei es nicht alleine an Bord, sondern in Begleitung eines Kamerateams, das mit ihnen irgendeine neue Reality Soap dreht, *Assis – Allein auf hoher See* oder etwas in der Art. Beide sind etwa fünfzig, mit aufgedunsenen, knallroten Köpfen, hervorquellenden Augen und schütterem Haar.

Körperform: erschlafftes Fett.

Die Frau trägt eine Art Kittel aus violett-grün bedruck-

tem Synthetikstoff und abgeblättertem goldenen Nagellack auf Finger- und Zehennägeln, die sich wie Raubvo-
gelkrallen wölben. Der Mann hat nur Adidas-Schlappen
und eine rote Badehose an, vielleicht ist es auch eine
Unterhose. Alle freiliegenden Körperteile der beiden –
bis auf die Gesichter – sind mit verblichenen Tätowierungen übersät. Er raucht Pall Mall, sie Nil, zumindest
sehe ich die beiden Päckchen auf dem Boden nah der
Reling liegen. Auf dem kleinen Blechtisch zwischen ihnen steht zudem eine Flasche Eierlikör, ein Stapel Ein-
weg-Plastikbecher und eine Zigarettenstopfmaschine,
an einem Tischbein lehnt ein großer Sack Stopftabak.

Ich hoffe, dass meine Mutter für den Rest der Reise in
der Kabine bleibt und Tierfilme schaut. Sobald sie des
unflätig streitenden, maximal verschlackten, kettenrau-
chenden Säufer-Assi-Pärchens auf dem Balkon neben
uns gewahr wird, ist neues Konfliktpotenzial vorpro-
grammiert. Ich sehe mich schon bei einem erneuten Beschwerdebesuch an der Rezeption vorsprechen, wo sie
wegen unerträglicher Geruchs- und Lärmbelästigung
eine neue Kabine fordert und die Rezeptionistin wieder
in der Wand verschwindet. Ob der grantige Greis und
sein gutaussehender Sohn noch eine Balkonkabine bekommen haben? Oder müssen sie trotz Klaustrophobie
die Reise in der Innenkabine antreten, weil auch der Florian nichts mehr an der Reservierung ändern konnte? Ich
lasse meinen Blick nach links und rechts, oben und unten schweifen. Auf den meisten Balkonen stehen Rentnerpärchen, auch die ein oder andere Jungfamilie mit
Kindern, sie machen Selfies und verfolgen das Ablegen.
Das österreichische Vater-Sohn-Gespann kann ich nirgends entdecken, was mich dezent enttäuscht.

»Prost, du Arsch, auf unsre Reise«, sagt die Frau neben mir zu ihrem Mann. Er hustet und brummelt etwas, wahrscheinlich stoßen sie mit ihrem aufs Schiff geschmuggelten Eierlikör an, was man aber nicht hört, da ja Plastikbecher als Kognakgläser herhalten müssen. Ich gehe wieder nach drinnen. Langsam wird es Zeit fürs Begrüßungssektbuffet.

Als meine Mutter und ich oben auf dem Pooldeck aus dem Aufzug steigen, ist die Sail Away Party, im Rahmen derer der Begrüßungssekt kredenzt wird, schon in vollem Gange. Ein Moderator im roten Glitzeranzug zählt auf der Bühne einen mir unverständlichen Countdown herunter, dann ertönt eine Fanfare, und schon schreit er los: »Es ist jetzt 21.34 Uhr! Jetzt ist es offiziell! SIE! HABEN! URLAUB!!« Es folgt ein kollektiver Aufschrei, und mehrere hundert Kreuzfahrer reißen die Arme nach oben, wahrscheinlich weil sie sich so über ihren offiziellen Urlaubsbeginn freuen. Der Jubel geht in einen Discobeat über, schließlich schält sich Helene Fischers *Atemlos* aus dem Soundteppich – der Moderator im Glitzeranzug mimt gleichzeitig den DJ auf der Sail Away Party und krümmt sich nun über ein Mischpult.

Wir ergattern einen freien Plastikstehtisch auf einer leicht erhöht liegenden Zwischenplattform und haben von dort einen guten Blick auf die Bühne, auf die Menge der mit Outdoorjacken bekleideten Passagiere und vor allem auf die Hauptattraktion des Abends: Seitlich der Bühne werden gerade die letzten Vorbereitungen am Gratis-Sektbuffet getroffen. Hunderte von Sektgläsern stehen in Reih und Glied auf mehreren, längs aneinander gereihten Tischen. Der Einsatz mir unbekannter Farbstoffe führt dazu, dass es nicht nur normalfarbigen, sondern auch blauen, giftgrünen und roten Sekt gibt. Die philippinischen Kellner beugen sich mit Magnumflaschen von hinten über die Gläserreihen und geben sich alle Mühe, dass der Pegelstand überall ungefähr gleich hoch ist. Das ganze Arrangement ist, ähnlich wie am Flughafen bei der Passkontrolle oder am Eingang zu einem Festivalgelände, mit schwarzen Absperrgurten gesichert, hinter denen sich die Kreuzfahrer zu einem immer größeren und begierigeren Pulk zusammendrängen. Die Leute in vorderster Front stehen etwa einen Meter von der ersten Sektreihe entfernt und nutzen ihren Standort, um mit dem Handy oder auch größeren Kameras das farbenfrohe Flüssigbuffet aus der Vogelperspektive zu fotografieren, indem sie sich auf die Zehenspitzen stellen, beide Arme mit nach vorn abgeknickten Handgelenken so weit es geht nach oben strecken und dutzendfach auf den Auslöser drücken. Da sich alle in der ersten Reihe und auch einige Kreuzfahrer dicht hinter ihnen ständig auf diese Art abwechselnd in die Höhe recken und dann die Arme wieder absenken, um die Fotos auf dem Display zu überprüfen, sieht es aus wie eine kollektive Freiluft-Yogaübung, oder eine rituelle Geste zu Ehren von Bacchus.

»Ach, jetzt muss man sich da ins Getümmel stürzen wegen einem pappigen Glas Sekt«, beschwert sich meine Mutter mit Blick auf den Andrang am Buffet, das laut Moderator in genau einer Minute öffnen und nach fünf Minuten wieder schließen werde.

»Jetzt heißt es, schnell sein! Sichern Sie sich Ihr persönliches Glas Begrüßungssekt, und dann stoßen wir gemeinsam an auf eine wunderbare, erlebnisreiche, abenteuerliche, supergeile Reise! Zacki-zacki-zacki!«

Als er wieder beginnt, einen Countdown herunterzuzählen, versetzt mir meine Mutter einen Stoß in die Seite. »Geh du, bring mir ein Glas mit, ich sicher hier den Tisch! Aber beeil dich! Das ist nur fünf Minuten geöffnet, hat er gesagt! Die sparen an allen Ecken und Enden, das letzte Mal hatte man zehn Minuten Zeit, erinnerst du dich?«

Ich stürze mich ins Getümmel und werde Teil des kollektiven Wahns. Der Moderator-DJ lässt vom Band einen Startschuss ertönen, die Absperrbänder werden geöffnet. Man schiebt und drückt sich in Richtung Gratissekt. Anstatt mit ihrer Beute zur Seite wegzugehen, quetschen sich viele Passagiere auf demselben Weg wieder durch die ihnen entgegen brandende Woge der Kreuzfahrer zurück. Dabei halten sie mit verzerrtem Blick zwei bis vier Sektgläser über dem Kopf in die Höhe, um die wertvolle Fracht vor Rempeleien zu schützen, als würden sie gerade etwas Wichtiges retten, ein Kleinkind etwa oder ein lieb gewonnenes Haustier aus einem brennenden Gebäude. Sie ernten Kopfschütteln, mürrische Bemerkungen und missbilligende Blicke von den Passagieren, die sich noch auf dem Hinweg zum Sektstand befinden und für die die Rückkehrer nur lästige Bremsklötze auf ihrem Weg zum kostenlosen Alkohol sind. Verhaltensforscher könnten hier interessante Studien anstellen, denke ich, in denen sie dann herausfinden, dass über all dem hier nur ein dünner Zivilisationslack gepinselt ist. Im Prinzip sind wir nichts weiter als Futterkonkurrenten, und jeder wünscht dem anderen den Tod.

Ich ergattere drei Gläser, zwei für mich und eins für meine Mutter, und bin stolz, dass ich es bis zum Stehtisch zurückschaffe, ohne etwas zu verschütten.

Warum ich denn nicht die bunten Gläser geholt habe?,

bemängelt meine Mutter, sie wolle so gern mal diesen bunten Sekt probieren.

»Der schmeckt auch nicht anders, da ist nur irgendein Farbstoff drin.«

Meine Mutter verschwindet in der Menge und kehrt kurz darauf mit einem roten, einem blauen und einem grünen Sekt zurück.

»Jetzt haben wir sechs Gläser Sekt«, stellt sie dann überrascht fest, »wer soll denn das alles trinken?«

Peinlich muss uns die Gratissekt-Ansammlung auf unserem Stehtisch nicht sein, denn im Prinzip machen es alle so, wie mir ein Blick auf unsere unmittelbare Umgebung bestätigt. An jedem Stehtisch befinden sich bedeutend mehr Sektgläser als Trinkende. Die Gattung der Kreuzfahrer hat gewisse Gemeinsamkeiten mit der Gattung der Krähen, denn wir sind schlau und lernfähig und können auch zeitlich begrenzt zur Verfügung stehende Futterquellen – etwa das nur fünf Minuten lang zugängliche Sektbuffet – zu unseren Gunsten erschließen.

Meine Aufmerksamkeit wird mit einem besonders beeindruckenden und in bemühter Heimlichkeit ablaufenden Beispiel der Sektglashortung belohnt: Ich sehe einen Mann, der zehn volle Sektkelche bewacht, während seine Frau unablässig neue heranschafft. Sie verstecken ihre Beute – insgesamt nun etwa fünfzehn Gläser – hinter einem Betonsockel und trinken sie, nachdem der Moderator das Ende des Gratissekts verkündet hat, zügig Glas für Glas aus. Die leeren Gläser legen sie unauffällig auf Sonnenliegen und Tischchen ab, wo sie umgehend von den asiatischen Kellnern abgeräumt werden. Nach wenigen Minuten ist von ihrer Schandtat nichts mehr zu sehen. Die Kellner-Crew baut derweil gewaltsam die

Buffet-Tische wieder ab und hält versprengte Zuspätkommer mithilfe von Absperrbändern auf Distanz.

Die zwei Sektglashorter und Turbotrinker am Betonsockel können jetzt triumphieren, denn nach jeweils sechs bis sieben schnell hinuntergestürzten Gläsern stehen sie nun mit dem letzten ergatterten Glas entspannt da. Sie umspielt sogar ein Anschein von Genügsamkeit, denn nun sieht es für Außenstehende so aus, als nippten sie seit Minuten an ihrem einzigen Glas Sekt. Genießer auf hoher See, oder zumindest auf der Elbe.

Der Moderator kündigt an, dass heute Abend noch der Kapitän persönlich auf die Bühne kommen werde, um die Gäste zu begrüßen.

»Hast du gehört, der Kapitän! Da bin ich gespannt!« Meine Mutter bekommt glänzende Augen. Die Frage, wer unsere sechs Gläser Sekt trinken soll, ist immer noch nicht geklärt, wobei ich mich gerne zur Verfügung stelle, um diese Aufgabe zu übernehmen. Von den schönen bunten Gläsern macht meine Mutter derweil Dutzende von Fotos aus allen erdenklichen Perspektiven, sogar ein Selfie will sie machen, ich bekomme den grünen Sekt in die Hand gedrückt, sie nimmt den blauen.

Der Moderator sagt, wir sollen ab jetzt den Alltag »unendlich weit« hinter uns lassen, und übergibt das Mikro an den Entertainmentmanager André, der sogleich verkündet, es gebe viele tolle Fun-Aktionen in den nächsten Tagen, über die er uns regelmäßig in der Bordzeitung, über das Bordfernsehen und über Lautsprecher informieren werde. Außerdem bräuchten wir uns keine Sorgen zu machen, in den nächsten Tagen nicht satt zu werden. Er holt einen Notizzettel aus dem blauen Sakko. »Ich habe gerade mit dem Küchenchef gesprochen: Für die kommende Reise haben wir zwölf Tonnen Fleisch, sechs Tonnen Fisch, neunhundert Kilo Butter, siebenhundert Liter Sahne, fünf Tonnen Mehl, siebenhundert Hummer und viertausend Liter Eiscreme an Bord!«

Die Menge bricht in Jubel aus.

»Ich muss doch abnehmen«, seufzt meine Mutter, während sie die gerade gemachten Selfies löscht, auf denen sie so schrecklich aussehe, mit Doppelkinn, Tränensäcken und Halsfalten, gruselig. Ich zeige ihr, dass es von Vorteil ist, ein Selfie von schräg oben statt von schräg unten aufzunehmen. Ein Tipp, den sie zwar eifrig in die Tat umsetzt, der sie aber auch kurzzeitig erbost, denn schließlich habe sie das Smartphone schon fast zwei Jahre, und noch nie habe ihr jemand beigebracht, wie man ein Selfie macht. »So ist das dann mit Kindern, jeder kümmert sich nur um die eigenen Probleme, und bei der alten Mutter ist's egal, ob sie völlig faltig und verquollen aussieht.«

Ihr gelingen einige halsfaltenfreie Selfies, über die sie so glücklich ist, dass sie sie gleich in unsere Familien-WhatsApp-Gruppe stellt, zusätzlich zu ihren Nahaufnahmen der bunten Sektgläser. Mein Handy verfällt in Dauerbrummen, als etwa zwanzig Fotos von ihr eingehen.

Als ich es aus der Tasche meines Overalls hole, entdecke ich zwei entgangene Anrufe von Günther. Auch eine Nachricht hat er geschickt: *Hallo, meine Liebe, wahrscheinlich bist du schon auf dem Schiff und hast keinen Empfang, wollte dir nur eine schöne Reise wünschen. Pass auf bei den Eisbären ... Schickst du mir mal eine Nachricht von unterwegs? Würd mich freuen, Kuss und hab dich lieb, dein Günther.*

Ich trinke einen großen Schluck grünen Sekt.

In meinem Kopf kämpfen zwei Fragen, und auch nach zähem Ringen kann keine der beiden die Oberhand über die andere gewinnen.

Warum lässt er mich nicht in Ruhe und kapiert, dass Schluss ist?, lautet die eine, und die andere:

Warum kann er jetzt nicht bei mir sein und mich in den Arm nehmen?

Nach dem grünen gehe ich zum roten Sekt über. Die Sache mit Günther ist unlogisch, absurd, verheerend. Er hat mich vollkommen vereinnahmt, denke ich, meine Gehirn- und Gefühlswelt geradezu infiltriert, dabei finde ich ihn nicht mal sonderlich attraktiv. Er ist zu alt, zu verheiratet, eine komplette Katastrophe ist diese Beziehung, rede ich mir zu. Vergiss ihn. Nutze diese unsägliche Kreuzfahrt, um ihn zu vergessen, starte eine Selbstliebe-und-Loslass-Challenge. So was machen immer die Influencerinnen, denen ich auf Insta folge und die eine Faszination des Grauens auf mich ausüben. Schon hundertmal habe ich mir vorgenommen, mich dort abzumelden, schaue dann doch wieder mal rein und lese einen erstaunlichen Beitrag nach dem anderen:

Früher war ich oft nicht gut zu mir. Doch jetzt befinde ich mich auf einer allumfassenden Love-and-Selfcare-Journey. Ich verlinke euch meinen neuen Smoothie-Mixer.

Mein Bossy Me ist mir ordentlich auf die Füße gefallen und mir ist klar geworden, dass ich ganz dringend eine Me-Time brauche. Jetzt sitze ich in Korfu in einer hübschen kleinen Kaffeebar und nippe an meinem Soja-Cappuccino. Eine Slow-Down-Yoga-Sequenz heute Morgen hat mich auf ein neues Level der Entspanntheit katapultiert, wofür ich unheimlich dankbar bin.

Selfcare-Challenge completed! Heute Morgen bin ich aufge-

wacht und in eine aufgetaute Himbeere getreten. Früher hätte
das meinen Selbsthass getriggert, aber heute konnte ich sagen:
Hey, mein Leben ist chaotisch, aber es ist authentisch, denn das
bin ICH, und alles ist gut, so wie es ist!

Vielleicht sollte ich meinen Günther-Loslass-Prozess
auch auf Insta dokumentieren, überlege ich. Je mehr Follower ich dadurch gewinne, desto höher wird meine Mo-
tivation, diese Challenge auch zu completen. Die grau-
enhafte Sprache jedenfalls hab ich locker drauf.

Die sekttrinkenden Senioren, die um uns herum-
stehen, sind im Prinzip Günthers Altersgruppe, denke
ich, ich gehöre da nicht dazu. Vergiss ihn, lass los, in fünf
Jahren ist er vielleicht schon Pflegestufe 1, und du hast,
wenn du jetzt endlich die Reißleine ziehst, immerhin
noch die Option, in fünf Jahren mit ein bis zwei goldigen
Kleinkindern in einer Hollywoodschaukel zu sitzen,
während dein junger, gesunder, liebender Mann den
Grill anheizt, der im Garten eures Eigenheims steht. Ich
versuche, mir die Situation bildlich vorzustellen, zu visualisieren, man soll alles visualisieren, das steht in jedem
Ratgeberartikel. *Stellen Sie sich selbst in fünf Jahren vor,*
wenn Sie es geschafft haben, sich aus Ihrer toxischen Situation
zu lösen. Visualisieren Sie die innere Zufriedenheit, die sich
dann eingestellt haben wird.

Alles, was bei dieser geistigen Übung herauskommt,
ist die Vermutung, dass ich lieber an Günthers Pflegebett
als mit Säuglingen in einer Hollywoodschaukel sitzen
würde.

Ich bin froh, dass meine Mutter mich ablenkt, denn sie
beginnt gerade mit aufsteigender Panik zu begreifen,
dass das Schiff schon längst seine Fahrt in Richtung Elb-

mündung und Nordsee aufgenommen hat, was gewisse Kommunikationsmöglichkeiten erschweren könnte.

»Ich wollte doch Papa anrufen, dass er weiß, dass wir auf dem Schiff sind!«

»Er ist doch auch in unserer WhatsApp-Gruppe, Mama, da sieht er doch deine Fotos. Schreib halt noch einen Gruß dazu, dass es uns gut geht.«

Sie winkt ab. Unser Vater verschanze sich immer noch hinter der Schutzbehauptung, er würde WhatsApp nicht verstehen, dabei habe sie ihn schon des Öfteren dabei erwischt, wie er mit seinen »Hühnerfreunden« via WhatsApp Fotos hin und her schicke. »Neulich hat er sogar über WhatsApp telefoniert, mit einem Züchter in Belgien, da haben die besprochen, dass sie irgendein Huhn tauschen!«

Ob sie ihn jetzt auf dem Festnetz anrufen könne, ohne dass es Tausende von Euro koste, will sie wissen. Sie habe eine Dokumentation gesehen über Kreuzfahrtpassagiere, die nach ihrer Heimkehr eine Handyrechnung in vier- bis fünfstelliger Höhe vorgefunden hätten.

»Eine Familie musste neuntausend Euro bezahlen, weil der Sohn zwischen Helsinki und Sankt Petersburg YouTube-Videos angeschaut hat!«

»Wir sind ja noch in Landnähe«, seufze ich, »wenn du Netz hast, kannst du ihn auch anrufen.«

»Ob ich Netz hab? Wie seh ich denn, ob ich Netz hab?!«

Ich werfe einen Blick auf ihr Handy und teile ihr mit, dass sie Netz habe, sogar vier Balken.

»Oder soll ich ihm lieber 'ne SMS per WhatsApp schicken?«

»Was?«

Sie wiederholt ihren kuriosen Gedankengang. »Soll

ich ihm lieber 'ne SMS whatsappen, dass das vielleicht nicht so viel kostet wie anrufen?«

»Ja, solang du mobile Daten aktiviert hast und noch Volumen frei, kannst du ihm auch whatsappen, aber du sagst doch selbst, dass er auf WhatsApp nie reagiert.«

»Was sind mobile Daten? Hab ich so was?«

»Ja. Das brauchst du, wenn du kein WLAN hast.«

»Ich hab aber WLAN!«

»Nein.«

»Daheim hab ich immer WLAN.«

»Aber nicht auf dem Schiff. Wenn, dann müssten wir das dazubuchen, das kostet extra.«

»In der Dokumentation musste eine Frau zwölftausend Euro bezahlen, weil sie auf dem Schiff zwischen Kap Hoorn und Feuerland sieben Minuten telefoniert hat. Hab ich jetzt WLAN oder nicht?«

»Nein, das kostet extra. Das müssten wir dazu buchen.«

»Kann ich jetzt euren Vater anrufen? Ohne dass es was kostet? Ich will keine Rechnung über zwölftausend Euro bekommen! Wir sind doch auf dem Schiff!«

»Solange wir in Landnähe sind, hast du Netz, ruf ihn an!«

»Meinst du, das Netz geht gleich weg?«

Ich versuche, mir unseren Wortwechsel zu merken. Vielleicht sollte ich ein absurdes Theaterstück daraus machen. Zwei Passagiere, die auf einem Kreuzfahrtschiff den Alltag unendlich weit hinter sich lassen wollen, doch die kafkaesken Kommunikationsprobleme der Moderne verfolgen sie bis ans Ende der Welt. Am Schluss bekommen sie ein WLAN-Signal an einem Gletscher in Feuerland, abseits jeglicher Zivilisation, was ihnen vollends unerklärlich ist und ihnen den Verstand raubt. Sie stürzen sich mit ihren Handys von Bord. Trotz Selbstmordverbot.

»Aber wenn ich kein WLAN hab, kann ich ihn doch gar nicht anrufen!«

»Du rufst ihn doch auf dem Festnetz an, Mama!«

»Ach so, da brauch ich kein WLAN? Oh Gott, Ines, ich hab nur noch einen Balken!!«

»Ja, dann ruf ihn schnell an, bevor der Balken weg ist.«

»Und wenn der Balken mitten im Gespräch weggeht, was ist dann, dann kostet es Geld?«

Aufgrund der unüberschaubaren Unwägbarkeiten, die ein Telefonat mit sich bringen würde, sieht sie davon ab, meinen Vater anzurufen, zumal ihr einfällt, dass er sowieso nicht zu Hause sei, »heute hat er doch Züchterstammtisch im Goldenen Krug.« Vor Aufregung hat sie auch schon zwei Gläser getrunken. Wir müssen etwas zusammenrücken, da sich ein Seniorenpärchen zu uns an den Stehtisch gesellt. Es sind die gewitzten Sekthorter, die ich zuvor bei ihrem Tun beobachten konnte. Sie nippen immer noch vornehm an ihrem offiziell einzigen Glas Sekt und sind, wie jetzt aus der Nähe zu erkennen ist, in teure Seglermode gekleidet. Die beiden verströmen hanseatische Kühle, was meine redselige Mutter nicht davon abhält, ein Gespräch mit ihnen zu beginnen.

Von hier aus habe man einen guten Blick auf die Bühne, begründen die Sekthorter ihren Standortwechsel, sie wollten nämlich gerne einen Blick auf den Kapitän erhaschen, »man ist diesem Mann ja schließlich die nächsten Tage komplett ausgeliefert.« Beide haben längliche, graue, gelangweilt dreinblickende Pferdekopfgesichter und monoton leiernde Stimmen. Ob wir schon einmal auf der Majestic Queen of Splendour unterwegs gewesen seien?, fragt die Frau nach kurzem Small Talk zu Beginn. Wir verneinen. Bei der Majestic Queen of Splendour, so erfahren wir, handele es sich um ein neues Luxusschiff. Ein halber Hektar Carrara-Marmor sei dort verbaut. An den Wänden hingen Kunstwerke für insgesamt zehn Millionen Dollar. Doch das eigentliche Highlight sei Folgendes: »Es ist alles umsonst!«

»Umsonst? Man kann gratis mitfahren?«, wundert sich meine Mutter.

Nein, nein, werden wir aufgeklärt, eine Fahrt koste rund zwölftausend Euro. So teuer wie ein Telefonat zwischen Kap Hoorn und Feuerland, ergänze ich in Gedanken. Im Preis inbegriffen sei jedoch »alles, schlichtweg alles«. Man könne rund um die Uhr Champagner trinken. Sie hätten sich mehrmals am Tag eine eisgekühlte Flasche Champagner auf die Kabine bringen lassen.

»Da erspart man sich solch unwürdige Szenen wie eben am Sektbuffet«, erklärt der Mann.

Jedoch, wirft seine Frau ein, so ein richtig guter Champagner sei es leider nicht gewesen. Sie hätten die Marke gegoogelt, in Deutschland koste eine Flasche im Getränkehandel durchschnittlich neunundzwanzig Euro.

»Da hätten wir am Tag fünfundzwanzig Flaschen trinken müssen, um den Reisepreis wieder reinzuholen«, ergänzt ihr Mann. Ich bemühe mich im Kopfrechnen, gebe es aber wieder auf, da ich nach ein paar Sekunden schon gar nicht mehr weiß, was ich eigentlich ausrechnen wollte. Aber, denke ich, jemand mit einem klarem, nicht von Beziehungsproblemen und buntem Billigsekt verne belten Kopf könnte anhand der genannten Eckpfeiler sicher interessante Textaufgaben für den Mathematik-Unterricht erstellen:

Sie haben eine Kreuzfahrt für zwölftausend Euro gebucht. Der Champagner ist kostenlos.

I.) Wie viele Tage müsste die Reise dauern, bis sich der Reisepreis amortisiert hat, wenn man von einem Konsum von a) 13 Flaschen oder b) 35 Flaschen pro Tag ausgeht? Der Ladenpreis des Champagners beträgt 29 Euro. Erstellen Sie einen Dreisatz.

II.) Stellen Sie die gleiche Berechnung für einen Ladenpreis von 239 Euro pro Flasche an.

III.) Angenommen, die Reise dauert zwei Wochen. Ab wie vielen konsumierten Flaschen am Tag ließe sich bei einem Ladenpreis von a) 29 Euro und b) 239 Euro rein rechnerisch gar ein Gewinn erzielen?

Wie auf unserem Schiff habe es auch auf der Majestic Queen of Splendour stets kulinarische Themenabende gegeben, allerdings recht willkürlicher und kruder Natur, sagt die Frau. »Beim Themenabend Griechenland gab es Hummer und Hühnersuppe, beim Themenabend Frankreich Moussaka, beim Themenabend China lagen Spare Ribs in den Schüsseln, und beim USA-Buffet gab es Spaghetti und Austern.« Alles in allem, konstatieren sie, sei die Majestic Queen of Splendour eine herbe Enttäuschung gewesen.

Eine herbe Enttäuschung ist auch der Auftritt unseres Kapitäns. Zumindest verfliegt die Kapitäns-Euphorie meiner Mutter schnell, als sie den schwer übergewichtigen, kleinen und halslosen Mann sieht, der sich auf der Bühne am Mikrofon mit osteuropäischen Akzent als »Schemislav Stepanski« vorstellt, oder so ähnlich, jedenfalls hört sich sein Name über die Boxen so an. Auch die aristokratisch versoffenen Pferdekopf-Hanseaten wirken beunruhigt bis entsetzt.

»Mein Gott, wie kann solch ein adipöser Mann Kapitän sein?«, flüstert die Frau.

»Der kriegt ja kaum Luft«, empört sich meine Mutter, »schaut mal, wie der schwitzt und nach Luft schnappt, wie will denn der ein Schiff steuern? Der kriegt jeden Moment einen Herzinfarkt!«

»Na, das kann ja heiter werden, Sieglinde«, fasst der Sektglashorter seine Eindrücke kopfschüttelnd zusammen, »gut, dass wir unser Testament schon gemacht haben.«

Beunruhigend ist auch der Inhalt der Kapitänsansprache. Man erwarte nämlich für die kommenden Tage »säähr läbändige Wetteraktivitäten«.

»Was soll denn das heißen?!« Meine Mutter faltet die Hände in Gebetshaltung vor der Brust. »Hagel? Sturm? Gewitter?«

Er wolle uns nicht ängstigen, sagt der Kapitän, jedoch solle man sich »innerlich vorbäreiten« auf einen »säähr schönen Wellengang«.

»Schöner Wellengang? Innerlich vorbereiten?«, ruft meine Mutter, »der spinnt, wie soll man das denn machen?!«

Die innerliche Vorbereitung könne darin bestehen, den ein oder anderen Schnaps und Magenbitter zu trinken, erläutern die Pferdekopfhanseaten. Zum Glück seien die Bars an Bord reichlich mit den entsprechenden Hilfsmitteln bestückt. Mit edlem Kopfnicken verabschiedet sich das Pärchen in Richtung Ocean Bar, um dort in vorauseilendem Gehorsam mit der Vorbereitung auf den Wellengang zu beginnen.

Nachdem wir unsere Gratissektgläser geleert haben, begeben wir uns zurück in die Kabine, meine Mutter immer noch recht verstört angesichts dessen, was uns möglicherweise bevorsteht.

»Weißt du noch, wie wir mit dem Schiff in Pompeji waren, da war vier Stunden lang Sturzregen und Gewitter, ich dachte, wir sind kurz vorm nächsten Vulkanausbruch!«

»Mama, du willst doch unbedingt Kreuzfahrten machen, dann musst du auch damit rechnen, dass es Wellen gibt.«

»Die Frau Huber und ihr Mann sind mit dem Einbaum durch Panama gefahren. Da war überhaupt kein Wellengang!«

»Dann fahren wir nächstes Mal nach Panama.«

»Um Gottes willen, da war alles voller Piranhas und Krokodilen, da lieg ich lieber mit der Kotztüte in der Kabine.«

Während sie sich den Schlafanzug anzieht, freut sich meine Mutter kurzzeitig darüber, dass noch viel gebrechlichere Leute als sie selbst an Bord seien. »Hast du gesehen? Ganz viele Leute mit Stöcken und Rollatoren da oben an Deck. Eine Frau hatte sogar ein Beatmungsgerät, das hat die in so einem Koffer hinter sich hergezogen. Wenn die den Sturm und den Wellengang überleben, schaff ich das auch, oder? Was meinst du?«

Ich bestätige ihr, dass ich ihre Überlebenschancen ebenfalls als recht hoch einstufe, und gehe Zähne putzen.

»Schemislaff!«

»Was?«

»Przemyslaw Szczepanski heißt der Kapitän«, liest meine Mutter aus der Bordzeitung vor. »Hast du gesehen, wie dick der ist? Wie soll man denn da beruhigt schlafen, wenn man weiß, dass der gerade unser Schiff steuert? Der kann jederzeit einen Herzinfarkt kriegen, und dann rast das Schiff ungebremst in einen Eisberg! Wie der Herr Schäfer!«

»Was?« Ich komme aus dem Bad zurück.

Ihr achtzigjähriger Nachbar Herr Schäfer habe am Steuer einen Schlaganfall erlitten und sei ungebremst in die Zapfsäulen einer Tankstelle gerast. »Da hätte alles explodieren können, stell dir mal vor! Naja, neulich hab ich ihn schon wieder Rasen mähen sehen. Also, gute Nacht!« Sie knipst das Licht aus und beginnt fast übergangslos zu schnarchen, ihr Schicksal in die dicken Hände des polnischen Kapitäns mit den verstopften Herzkranzgefäßen legend.

Ich taste mich im Schein meines Handydisplays zu meiner Seite des Bettes. Günther hat mir noch eine Nachricht geschickt.

Entspanne dich. Lass das Steuer los. Trudle durch die Welt. Sie ist so schön. (Zitat von Kurt Tucholsky, ich schau grad eine Doku über ihn.) Ich wünsch dir eine gute Nacht, Kuss, Günther.

Kapitel 4

Seetag – Von Hamburg nach Bergen

»Unglaublich, was sind denn das für Leute?!« Ich erwache davon, dass meine Mutter mit einem Knall unsere Balkonschiebetür schließt und verriegelt. Verschlafen fummele ich mir die Ohrenstöpsel aus den Gehörgängen.

»Hast du unsere Nachbarn mal gesehen? Die sitzen jetzt schon auf dem Balkon und rauchen, vormittags um Viertel nach zehn! Ich glaub, die trinken sogar Alkohol! Und die sind unfassbar dick, wie Walrosse, wie kann man sich denn so gehen lassen! Übrigens musst du aufstehen, die Frühstückszeit ist gleich rum!«

Ich wälze mich stöhnend auf die andere Seite und gähne.

»Aufstehen! Die räumen doch gleich ab!«

»Hast du schon gefrühstückt?«

»Ja, natürlich, ich war um sechs schon beim Frühaufsteherfrühstück im Papageno und um neun dann noch mal beim normalen Frühstück im Marktstüberl. Ich hab schon wieder viel zu viel gegessen! Aber es gab so guten Lachs, das sind doch gesunde Fette, oder? Da wird man nicht dick von, von Fischfett, oder doch? Ich hab vier Brötchen mit Lachs gegessen, muss ich da ein schlechtes Gewissen haben?«

Ich erteile ihr trotz meiner Unkenntnis der genauen Fischfett-Eigenschaften eine Absolution, dass sie vom Lachs nicht dick werde, egal in welchen Mengen sie ihn esse, was sie beruhigt.

»Dann ist ja gut, hopp hopp, du musst ins Marktstüberl, die haben bis elf Uhr Langschläferfrühstück«, rät mir meine Mutter mit Blick in die Bordzeitung. »Die anderen Lokale machen um halb elf schon zu.«

Ich gehe ins Bad und mache mich notdürftig zurecht, um noch vor Ende des Langschläferfrühstücks das Marktstüberl zu erreichen. Meine Mutter legt sich derweil ins Bett, nachdem sie mehrere Löffel Heilerde gegessen hat, schaltet den Fernseher ein und schaut sich eine Naturdokumentation über Kanada an.

Allein zu frühstücken hat die Nebenwirkung, dass man die Aufmerksamkeit der Bedien-Inder auf sich zieht, sofern man weiblich und unter sechzig ist. Kaum nähere ich mich mit meinem Teller einem kleinen Fenstertisch, kommt auch schon der zuständige Kellner herbeigeeilt, rückt mir den Stuhl zurecht und drapiert übertrieben ordentlich Serviette und Besteck auf der Tischplatte.

»Good morning, Madaaame!«

»Good morning.«

»Coffee, Madaaame?«

»Yes, please.«

Er schenkt mir aus der Kanne, die schon auf dem Tisch steht, Kaffee ein, was ich genauso gut selbst hätte machen können, und grinst mich dabei mit verstörend selig wirkendem Gesichtsausdruck an. Ich schätze ihn auf Mitte zwanzig. »Herman Herrera«, steht auf dem silbernen Namensschild an seinem blütenweißen Hemd.

»Gut geschlafen, Madaaame?«

»Ähm, ja.«

»Jetzt schön Frühstück.«

»Ja.«

»Frühstück gut, Madaaame!«

»Mhm.«

»Spiegelei!« Er deutet strahlend auf die zwei Spiegel-eier auf meinem Teller.

»Ja.«

»Spiegelei gut, Madaaame!«

Was will er mir damit sagen? Dass ihm Spiegeleier auch gut schmecken? Dass Spiegelei zum Frühstück eine gute Wahl ist? Dass die Spiegeleier hier an Bord gut, also nicht verdorben sind? Dass gerade ich gute Spiegeleier brauche?

»Ganz alleine, Madaaame?«

»Ähm, ja.«

»Ah, nicht gut, Madaaame! Nicht gut!«

Ich will einfach meine Ruhe und wende mich mit meiner Tasse Kaffee dem Fenster zu und tue so, als würde ich intensiv den Wellengang beobachten. Herman Herrera steht noch eine Weile am Tisch und verschwindet dann, um sich hoffentlich ein Alternativopfer zu suchen. Mein Problem ist, dass ich einfach zu blöd oder unfähig für Small Talk bin, um mit den merkwürdigen Annäherungs-versuchen souverän umzugehen. Ich weiß auch ehrlich nicht, was die von Mama ohne böse Absicht als Bedien-Inder verunglimpften Filipinos bezwecken. Wollen sie einfach nur nett sein? Wollen sie Trinkgeld? Wollen sie eine reiche, alleinstehende, deutsche Frau kennen ler-nen? Lästert er jetzt mit seinen Kollegen über mich arrogante Kuh, die nicht auf seinen harmlosen Frühstücksflirt eingeht?

Als ich fertig gegessen habe und mir gerade noch eine Tasse Kaffee eingieße, steht Herman Herrera schon wieder neben mir parat und räumt meinen Teller auf sein Tablett.

»Schmeckt, Madaaame?«

»Ja, sehr gut.«

»Schönes Wetter, Madaaame.«

»Ja, das stimmt.«

»Wie du heißen, Madaaame?«

»Ähm ... Ines.«

»Ah, Ines! Schöner Name, Ines! Nice to meet you! Ich Herman!«

In diesem Moment setzt sich ein etwa sechsjähriger blonder Junge mit einem Teller voller Waffeln zu mir an den Tisch. Fluch und Segen zugleich, denn der kontaktfreudige Kellner verliert quasi übergangslos das Interesse an mir, da er wahrscheinlich annimmt, es handele sich um mein Kind – und dann wäre mit Sicherheit der zugehörige Kindsvater auch nicht weit weg, was zu Ärger führen könnte, wenn der deutsche Ehemann den Kellner beim Flirt mit der Gattin ertappt.

Jedoch stellt sich der Junge als noch aufdringlicher heraus als Herman Herrera. Zunächst betrachtet er mich starr und schamlos, während er mit den Fingern seine mit Zimt und Zucker bestreuten Waffeln zerrupft.

»Wie heißt denn du?«, fragt er schließlich mit vollem Mund, wobei es wie »Wieheißtendu?« klingt. Dabei zieht er einen Rotzklumpen hoch, der ihm aus dem rechten Nasenloch zu tropfen droht.

»Ines.«

»Ich bin Halldór.«

»Aha.« Ich nippe an meinem Kaffee und schaue wieder aus dem Fenster.

»Ich kann schon ganz alleine frühstücken!«, verkündet Halldór.

»Ich auch«, sage ich und denke: Wenn man mich nur ließe!

Halldór legt den Kopf schief: »Bist du ganz alleine auf dem Schiff?«

»Nein.«

»Mit wem bist du auf dem Schiff?«

»Mit meiner Mutter.«

»Mit deiner Mama?!« Er lässt die Waffel sinken und sieht mich entsetzt an. »Du bist doch kein KIND mehr! ICH bin ja auch mit meiner Mama da und mit meinem Papa, und mit Ingibjörg, aber ich bin ja auch ein KIND!«

Ich wünsche mir den aufdringlichen Herman Herrera zurück. »Wer ist Ingibjörg?«, frage ich, um Halldór abzulenken, »dein Bruder?«

»Ingibjörg ist meine Schwester!«

»Ach so.«

»Ja, aber die ist noch ein Baby! Meine Mama und mein Papa sind mit ihr in die Kabine, weil sie so schreit. Da können die Leute nämlich nicht in Ruhe frühstücken, wenn sie so schreit.« Er schüttelt sich die goldblonden Locken aus dem Gesicht.

»Ja, soso.«

»Hast du keinen Mann?«

»Nein.«

»Warum nicht? Du bist doch schon ziemlich alt.«

Psychoterror am Frühstückstisch, denke ich, wieso werde ich so gequält? Laut dem spirituellen Glauben

meiner Schwester schickt das Universum einem genau
die Menschen, die man zur Weiterentwicklung braucht.
Sie treiben einen zwar zur Verzweiflung, geben aber
letztlich nur das wieder, was man selbst an verdrängten
Seelenthemen in sich trägt. Vor der Kreuzfahrt hat
Yvonne mir den Link zu einem Artikel geschickt, in
dem es darum geht, dass man mit diesen Menschen
Frieden schließen kann, indem man Kontakt zu bestimmten Einhörnern aufnimmt. Oder so ähnlich, ich
hatte bislang noch nicht die Kraft, den verlinkten Text
zu lesen.

»Warum hast du keinen Mahann?«, beharrt der vom
Universum aufs Kreuzfahrtschiff geschickte Halldór.

»Ich hab einen, aber der ist zu Hause geblieben«, lüge
ich.

»Warum?«

»Weil meine Mama mal mit mir einen Urlaub machen
wollte.«

»Warum?«

»Weil sie ja sonst ganz alleine wäre.«

»Warum? Hat sie auch keinen Mann?«

»Warum heißt du Halldór, ist das Isländisch?«, frage
ich zurück. Er soll ruhig merken, dass er nicht der Einzige auf der Welt ist, der die endlose Warum-Fragerei beherrscht.

»Das kann sein. Meine Mama hat's mir mal gesagt,
aber ich hab es vergessen.«

»Kommen deine Eltern aus Island?«

»Äh, nein, ich glaub nicht.«

Dann schweigt Halldór, da er den Gesprächsfortgang
vielleicht nicht kapiert. Die einzige Möglichkeit, seine
aufdringlichen Fragen zu unterbinden, stelle ich fest, ist

es, ihn mit ebenso aufdringlichen Fragen in die Enge zu treiben.

»Bist du zum ersten Mal auf einem Schiff?«

»Warum willst denn du das wissen?« *Warumwillstendu-daswissn?*

Hallo, denke ich, wer hat denn hier angefangen mit der Fragerei? Wenn es ihn stört, kann er gerne verschwinden.

»Du musst's mir ja nicht sagen.«

»Doch, ich sag's dir«, erwidert Halldór auf einmal unerwartet freundlich. »Wir waren bestimmt schon, äh, tausendmal auf Kreuzfahrt. Nein, ich glaub, zweitausendmal, das war immer toll!«

»Aha, und wo wart ihr überall?«

»Das hab ich vergessen.«

»Aha.«

»Aber es gab immer Waffeln mit Zimt und Zucker zum Frühstück! Und im Kids Club backen wir immer Muffins!«

»Aber du hast keine Ahnung, wo ihr wart?«

»Nein, das hab ich vergessen. Ich war auch mit meiner Mama auf der Mutter-und-der-Kind-Kur!«

»Und wo?«

»Das hab ich vergessen.«

»Am Meer?«

»Das hab ich vergessen. Aber da gab's immer Stockbrot und Fischstäbchen!«

Die geografische Ahnungslosigkeit Halldórs, gepaart mit seiner exakten Erinnerung an kulinarische Details, stellt ihn auf eine Ebene mit den verkalkten Senioren, denen es vollkommen egal ist, über welches Weltmeer sie gerade geschippert werden, Hauptsache es gibt Waffeln, Stockbrot und Fischstäbchen.

Natürlich tue ich ihm unrecht, er ist ja noch klein, und wäre es mein eigenes Kind, würde ich sein Geplapper wahrscheinlich entzückend finden, anstatt meine verbitterten Erwachsenenmaßstäbe anzulegen. Trotzdem bin ich froh, als Halldór endlich vom Stuhl rutscht, seinen halb aufgegessenen Teller stehen lässt und sich geschäftig verabschiedet.

»So, ich muss jetzt in den Kids Club!« Als würde er zu seiner Arbeitsstelle gehen, denke ich.

»Viel Spaß.«

»Vielleicht findest du auf dem Schiff einen Mann!«

Kaum ist er verschwunden, steht Herman Herrera wieder an meinem Tisch und ergreift die Kaffeekanne.

»Coffee, Madaaame?«

»Nein, danke.« Ich wehre ab, obwohl ich immer noch müde bin und gerne noch einen Kaffee getrunken hätte, aber für weitere Interaktionen mit Herman, Halldór oder einem anderen, vom Universum geschickten Widersacher bin ich nicht gerüstet.

»Schönes Wetter, Madaaame!«

»Ja, sehr schön.« Ich ergreife die Flucht.

Das Wetter ist wirklich recht freundlich, dafür dass der adipöse Kapitän uns gestern vor drohenden Stürmen gewarnt hatte. Auf Deck 5, wo unsere Seenotrettungsübung stattfand, lehne ich mich an die Reling und schnappe nach Luft. Der Wellengang ist alles andere als »lebhaft«, träge und grau schwappt eine endlose Wasserfläche um unser Schiff herum. Nirgends Land in Sicht, erst morgen früh werden wir in Bergen ankommen, dem ersten *Highlight des Nordens* auf unserer Route. Ein Pärchen in türkisblauer Allwetter-Ganzkörpermontur kommt in einer

Körperhaltung aus einer Tür, als seien sie gewappnet, sich gegen einen arktischen Schneesturm zu stemmen. Als sie bemerken, dass so gut wie kein Wind weht, lösen sie die Verschnürung ihrer Kapuzen und öffnen verschiedene Reißverschlüsse, dezent darüber schimpfend, dass der Kapitän gestern ja wohl »Quatsch erzählt« habe. Wo sei denn jetzt bitte schön das schreckliche Wetter, vor dem gewarnt wurde? Die Frau stellt ihren Mann an die Reling und macht mit ihrem Handy Fotos von ihm. Die Fotos gefallen ihr alle nicht. Er solle den Mund zu- und die Augen aufmachen, nicht umgekehrt. Mach ich doch. Machst du nicht. Grauslig, die Fotos kann ich alle gleich wieder löschen. Mund zu und Augen auf. Herrgott, schau halt mal freundlich und normal. Dass die Eva sieht, wie schön dass es ist. Herrgott, Mund zu bitte! Dann krieg ich keine Luft. Grauslig, kann ich alles gleich wieder löschen!

Zurück in der Kabine, empfängt mich meine Mutter mit dem Vorwurf, ich hätte eine viel zu große Zahnpastatube dabei. Wie könne man so ein riesiges Trumm mitnehmen, es gebe doch kleine Reisegrößen in der Drogerie. »Oder so Zahnpasta-Pröbchen, so kleine Tuben, die kriegt man doch immer beim Zahnarzt geschenkt!«

Ich lasse mich stöhnend aufs Bett fallen und entgegne, ich hätte noch nie beim Zahnarzt Zahnpasta geschenkt bekommen.

»Weil du beim falschen Zahnarzt bist, bei meinem krieg ich immer Pröbchen.« Man könne ja ach so viel Platz im Koffer sparen, würde man sich auf Kosmetikprodukte in Reisegröße beschränken.

»Dafür hast du einen ganzen Schuhkarton voller Medikamente dabei.« Ich deute auf ihr Arzneimittelregal.

Mama behauptet, das »verbrauche sich« alles bis zum Ende der Reise, die Heilerde zum Beispiel sei so gut wie ständig im Einsatz. Um den rapiden Schwund der Heilerdebestände zu demonstrieren, reißt sie zwei der Tütchen auf und kippt sie sich in den Mund.

»Siehst du, schon wieder zwei Tütchen weg!«

»Ich denk, das nimmt man nur, wenn man Magenbeschwerden hat?«

»Nein, vorbeugend, immer«, hustet sie, und etwas Heilerde stäubt zwischen ihren Lippen hervor. Dann löst sie noch ein weißes Pulver in einem Wasserglas auf, Basenpulver, das sei gegen Übersäuerung und um die Wirkung der Heilerde zu verstärken.

Jetzt gilt es, zwei Stunden bis zum Mittagessen mit Inhalt und Abenteuer zu füllen. Mehr gibt es auf einem Kreuzfahrtschiff nicht zu tun, als die Zeiträume zwischen zwei Mahlzeiten zu überbrücken. Die Bordzeitung hält allerlei Anregungen für uns parat. Für Kreuzfahrer, die die Zeit zwischen Frühstück und Mittagessen mit Essen verbringen wollen, gibt es die *Aktion Wurst und Durst* auf dem Pooldeck. *Ihre Gastgeber bewirten Sie mit Weißwurst und leckerem Weizenbier. Aufpreis: Zwölf Euro pro Wurst-und-Durst-Paket.*

Ansonsten stehen noch ein Segway-Lizenzkurs, Pooldeck-Bingo mit Lena, Volleyball-Fun mit Denzel, ein Anfängerkurs Minigolf auf dem Minigolf-Parcours, ein Climbing-Workshop im Klettergarten, Wikingerschach mit Ralf und ein Workshop namens *Handtuch-Origami – Lernen Sie, wie man aus Handtüchern dekorative Tierfiguren faltet* auf dem Programm.

»Handtücher falten, so ein Quatsch«, schnaubt meine Mutter, das müsse sie zu Hause jeden Tag.

»Aber so tolle Tierfiguren kannst du nicht falten.« Ich zeige ihr die abgebildeten Handtuchtiere, ein Hund, ein Papagei und eine Schildkröte.

»Bringt doch alles nichts. Für wen denn? Dein Vater würde es gar nicht bemerken, wenn ich ihm einen gefalteten Handtuchpapagei aufs Bett setze.«

Während sie weiter die Bordzeitung nach attraktiven Programmpunkten durchstöbert, richte ich ihr auf ihren Wunsch hin auf ihrem Smartphone Zugang zum Bord-WLAN ein, was zwar fünfundzwanzig Euro Aufpreis kostet, ihr aber die Angst nimmt, sich »versehentlich« auf der Reise in ein nautisches Satellitensystem einzuloggen und in der Post eine fünfstellige Handyrechnung vorzufinden.

Kaum dass sich das Handy mit dem Schiffs-WLAN verbunden hat, brummt es auch schon.

»Du hast Nachrichten, Mama.«

»Oh Gott, und das kostet wirklich kein Geld, wenn ich die jetzt anseh?«

»Nein.«

»Bist du ganz sicher?«

»Ja …«

Kurze Zeit später ertönt die gequält klingende Stimme meiner älteren Schwester, die anscheinend eine Whats-App-Sprachnachricht geschickt hat.

»Ja, hallo Mama, hallo Ines, danke für die ganzen Fotos, ja, das waren ja schon mal recht umfangreiche Einblicke in euren ersten Abend an Bord. Tja, also ich wäre auch gerade lieber auf einem Kreuzfahrtschiff, das Treffen mit der Mediatorin gestern war ziemlich unerfreulich, sie meint, dass Gideon nicht genug Ansprachemöglichkeiten in der Familie hat, dass er deshalb so aggressiv ist.

So 'ne Kreuzfahrt wär für ihn bestimmt auch mal schön, vielleicht kannst du ihn ja mal mitnehmen das nächste Mal? Du weißt ja, unsere finanzielle Situation ist etwas klamm, so was können wir uns nicht leisten, und dann hätte er auch mal so 'ne gemeinsame Oma-Enkel-Zeit, was meinst du? Naja, also ich fahr jetzt mit Tabea nach Koblenz, da schauen wir uns ein Pferd an, ihre Therapeutin meint, dass der Umgang mit einem Tier ihr sehr guttun würde, gerade weil sie momentan wieder stark unter ihrer Hochbegabung leidet, tja, das wird auch wieder ein großes Loch in unseren Geldbeutel reißen. Naja, aber ich will euch nicht mit meinen Alltagsproblemen behelligen, macht's gut, tschüssi!«

»Oma-Enkel-Zeit«, empört sich meine Mutter, »ich glaub, bei der hackt's! Da werd ich dann über Lautsprecher ausgerufen, weil er im Kids Club die anderen Kinder über Bord stößt oder sie im Bällebad erstickt! Und wieso braucht Tabea jetzt ein Pferd, was ist das für eine Schnapsidee? Sollen sie ihr doch einen Hamster kaufen, das ist billiger. Da hat sie auch Umgang mit einem Tier!«

Auch von ihrem Sohn Alex, meinem jüngeren Bruder, hat sie eine WhatsApp bekommen. Der Inhalt ist nicht minder unerfreulich wie der familiäre Leidensbericht meiner Schwester.

»Hey ho«, liest Mama mir vor, »spektakuläre Fotos! Ich hoffe, ihr könnt die Reise genießen. Ich könnte es ehrlich gesagt nicht, denn man weiß heutzutage einfach zu viel, was Kreuzfahrtschiffe der Umwelt für unwiderrufliche Schäden zufügen. Zu eurer Information schick ich euch mal einen Artikel, der die Problematik gut beleuchtet!«

Mama öffnet kopfschüttelnd den verlinkten Zeitungsartikel. »Dreckschleudern auf hoher See«, liest sie mir Fet-

zen daraus vor, »Schweröl … es entstehen Schwefelschad-
stoffe, Stickoxide, Feinstaub … Kreuzfahrer sind die neuen
Raucher … löst Demenz bei Frühgeburten aus.«

»Demenz bei Frühgeburten?«, frage ich. »Demenz und
Frühgeburten muss es heißen, oder?«

Das sei wieder typisch Yvonne und Alex, alles müssten
sie ihr vermiesen, die Kreuzfahrt sei ihr einziger und
letzter Spaß auf Erden, nachdem sie Jahre, ach was, Jahr-
zehnte in die Aufzucht ebenjener Kinder investiert habe,
die jetzt nichts anderes im Schilde führten, als ihr den
wohlverdienten Urlaub madig zu machen. »Die eine ist
sauer, weil sie nicht mit aufs Schiff darf und ich mein
Geld – ihrer Meinung nach – verprasse, anstatt für die
Enkelin ein Therapiepferd zu kaufen! Der andere Öko-
Schlaumeier macht mir ein schlechtes Gewissen, weil
wegen mir die Umwelt zerstört und die Menschheit de-
ment wird!«

»Schau mal, wir könnten zu einem Glücksvortrag gehen«, sage ich, um sie von den deprimierenden Einlas-
sungen meiner Geschwister abzulenken. Im Theater findet tatsächlich ein Glücksvortrag mit einer »aus Funk
und Fernsehen bekannten Glückscoachin« namens Sandra von Hagen statt. Thema lautet: *Ich bin, ich will, ich
kann, ich werde – endlich glücklich, frei und selbstbestimmt leben.*

»Wieso willst du denn da hin?«, wundert sich meine
Mutter, »du lebst doch schon glücklich, frei und selbstbestimmt!«

Wenn du wüsstest, denke ich. »Wir können auch zur
Aktion Wurst und Durst gehen oder zum Handtuch-Origami«, erwidere ich leicht gereizt, »bessere Optionen
find ich leider nicht.«

»Ja, schon gut.« Mama schwingt sich aus dem Bett und greift nach einem Bodyspray mit der Aufschrift *Innerer Frieden*, das sie aus ihrer Medikamentensammlung herausfischt. Sie sprüht sich damit großflächig ein, vielleicht um die düstere Aura, die die Nachrichten ihrer Kinder verursacht haben, zu neutralisieren. »Gehen wir zum Glücksvortrag.«

Das Schiffstheater, das wir auf Deck 9 betreten, ist ähnlich wie ein altgriechisches Amphitheater angelegt. Die breiten, mit roten Sitzkissen belegten Stufen sind bereits vollbesetzt mit Kreuzfahrern, nur die erste Stufe ganz unten vor der Bühne ist noch frei.

»Die Glückscoachin wird hoffentlich niemanden auf die Bühne holen, oder?«, fragt meine Mutter, als wir uns quasi direkt vor das Stehpult der Glücksexpertin setzen.

Ich zucke mit den Schultern. Eine kaum erträgliche Traurigkeit umgibt mich auf einmal, umhüllt mich wie eine starre Wachsschicht. Die Tatsache, dass sich eines Vormittags vierhundert Rentner auf hoher See zwischen Hamburg und Bergen in einem Schiffstheater versammeln, um einem Glücksvortrag zu lauschen, erscheint mir unerklärlicherweise als tieftraurige, alles Leid des Menschseins in sich bergende Szenerie. Dabei wird hinter uns gelacht und munter geredet. Keine Spur von Melancholie, kein Hinweis darauf, dass hier im Saal ein so geballtes kollektives Glücksdefizit vorherrscht, dass die Anwesenheit einer »Glückscoachin« an Bord unabdingbar ist. Niemand sitzt hier, weil er unglücklich ist, rede ich mir zu, wir sind alle aus purer Langeweile hier. Weil an diesem ersten Seetag die Zeit bis zum Mittagessen eben mit irgendeiner Aktivität überbrückt werden muss.

Weil Handtuch-Origami zu anstrengend ist. Weil die Aktion Wurst und Durst zwölf Euro Aufpreis kostet. Das Nachdenken über mögliche Beweggründe, den Glücksvortrag aufzusuchen, macht mich nur noch konfuser.

»Southampton, Le Havre, Zeebrügge«, höre ich hinter mir, »wunderbar, aber Nordkap is halt nochmal was andres.« Es ist ein älteres Pärchen, das spricht, offenbar berichten sie in einer Art Zwiegespräch von ihrer letzten Kreuzfahrt.

»Mir gehn net mehr von Bord. Mir bleibe drin«, sagt die Frau.

»Mir warn gar net drauße«, ergänzt der Mann. »Southampton, alles grau in grau, was will mer in Southampton?«

Keine Antwort. Ob sie sich gegenseitig von der Reise erzählen und es vielleicht keinen Zuhörer gibt?

»Le Havre, sinn mir auch net von Bord.«

»Is eh e hässliche Stadt, also was mer vom Schiff aus gesehn hat.«

»Mer hätt mim Bus nach Paris fahrn könne. Drei Stunden hätt des gedauert. Hätte mer Mittagesse unn Kaffee unn Kuche verpasst.«

»Ja, ja, mir bleibe drin. Mir gehn net mehr naus.«

»Aber in Zeebrügge, da wollte mer erst naus. Erinnerste dich?«

»Ja, stimmt. In Zeebrügge wollte mer eigentlich naus.«

»Aber dann sinn mer doch drin gebliebe. Mir ham dann auch von Leut gehört, dass es sich net gelohnt hätt.«

»Mer hätt mim Bus nach Brüssel fahrn könne. Von Zeebrügge aus. Aber was will mer in Brüssel?«

Ja, denke ich, was will man in Brüssel? Was will man

überhaupt irgendwo? Was will ich hier auf diesem Glücksvortrag? Auf diesem Schiff? Auf dieser Welt? Ganz allein, ohne Günther? Ich wische die lächerliche, aber mit klaustrophobischem Nachdruck aufkommende Sinnkrisenpanik beiseite, indem ich das Bild betrachte, das auf einmal auf der riesigen LED-Leinwand, die die Rückwand der Bühne bildet, erschienen ist.

Ich bin, ich will, ich kann, ich werde – endlich glücklich, frei und selbstbestimmt leben steht dort als Überschrift. Darunter sind zwei große Goldfischgläser abgebildet, aber ohne Goldfische darin, sondern in der Luft über ihnen ein lachender Goldfisch, der gerade vom rechten ins linke Glas springt.

Sei neugierig und aktiv, ist darunter zu lesen, *das ist der Weg zum Glück!*

Der mutig aus seinem Glas springende Goldfisch soll diese Aussage wohl illustrieren. Neugierig und aktiv hüpft er aus seinem gläsernen Gefängnis heraus, hinein ins nächste, identische Verlies. So ist das Leben, denke ich, einverstanden, wobei ich von einer Glückscoachin doch etwas weniger deprimierende Schautafeln erwartet hätte.

Sandra von Hagen umweht eine Aura von Geschäftigkeit, als sie im schwarzen Hosenanzug und mit einem schmalen Ordner in der Hand die Bühne betritt. Sie ist Mitte vierzig, raspelkurze braune Haare mit rötlichen Strähnchen, eine »freche Kurzhaarfrisur«, so werden solche Haarschnitte in Frauenzeitschriften bezeichnet. Routiniertes Ruckeln am Headset, laute Stimme, auf dem Bühnenparkett klackernde Pumps, raumgreifende Körpersprache, Power, Selbstbewusstsein, Activity. Mir ist sie augenblicklich unsympathisch.

Zum Einstieg referiert sie über ihren eigenen Weg zum Glück, der ein recht beschwerlicher gewesen sei. Einen tollen Job im Vertrieb eines Pharmaunternehmens habe sie gehabt, hochbezahlt, Geschäftsreisen in die ganze Welt, Firmenwagen, Luxusurlaub, alles habe sie gehabt, aber trotzdem: »Da war immer dieses Wissen, diese innere Stimme, die gesagt hat: Sandra, da muss noch mehr sein, als immer nur Tabletten zu verkaufen!«

Innere Leere, Burn-out, Neuanfang, »mentales Reset«, und dann auf einmal das Wissen: »Ich werde Glückscoachin!« Alle hätten sie gewarnt, Sandra, das kannst du nicht machen, du wirst scheitern, wie willst du denn damit Geld verdienen? »Und jetzt, zehn Jahre später, sehen Sie mich an, ich bin nicht verarmt, im Gegenteil, ich verdiene mehr als vorher, ich tue das, was ich liebe, und noch dazu auf so einem tollen Schiff! Also wenn ich abends so auf meinem Balkon sitze, im Mittelmeer, in der Karibik, in der Südsee, im Bikini, Blick aufs Meer, Cocktail in der Hand, da denk ich immer, das müssten die Kritiker und Zweifler jetzt sehen, da würde mich wohl niemand mehr als gescheitert bezeichnen, oder? Oder?«

Sie starrt mit fragendem, geradezu aufforderndem Blick ins Publikum, und zwar so lange, bis hinter mir einige Leute zu klatschen beginnen und alle anderen sich anschließen. Wie peinlich, denke ich, wie manipulativ. Gleichzeitig bin ich fasziniert von der Raffinesse und Dreistigkeit, mit der sie das Publikum zum Applaudieren nötigt, zum Beklatschen ihrer sagenhaften Selfmade-Karriere, die sie nun als Dauergast der Kreuzfahrtgesellschaft Glücksvortrag um Glücksvortrag auf allen sieben Weltmeeren halten lässt.

»Danke, danke, das ist doch nicht nötig«, wehrt sie den selbst herbeigezwungenen Beifall nachsichtig ab, verlogen-verlegen lächelnd, als sei es ihr im Grunde unangenehm, so im Mittelpunkt zu stehen.

Da wir so ein tolles Publikum seien, werde sie uns »einen Haufen tolle Glückstipps to Go« auf die Reise mitgeben, ruft sie und erzählt von der Lotosblüte, die ihre Wurzeln im tiefsten Schlamm habe.

»Und trotzdem blüht sie wunderschön! Und genauso müssen wir es auch machen, meine Damen und Herren. Wir müssen an den Knüppeln wachsen, die wir im Laufe des Lebens zwischen die Beine geworfen bekommen. Aber oft bleiben wir im Schlamm stecken. Oft empfinden wir Undankbarkeit. Sogar hier auf dem Schiff! Aber keine Sorge: Das ist ganz normal!«

Sie spricht in einfachen, kurzen Sätzen, macht zwischen jedem Satz eine Pause und guckt mit großen Augen ins Publikum.

»Ganz normal ist das, nicht wahr? Undankbarkeit, weil man sich keine Weltkreuzfahrt leisten kann. Weil der Zimmernachbar einen Handtuchpapagei bekommen hat. Solche Situationen kennen wir alle, nicht wahr?«

Gegen die Undankbarkeit helfe es, ein Beschwerdearmband zu tragen, erfahren wir. »Denn wenn wir uns beschweren, dann beschweren wir uns ja auch!« Sie starrt ins Publikum. »Verstehen Sie? Wir be*schweren* uns! Ganz wörtlich! Wir beschweren uns mit Steinen der Undankbarkeit.« Sie zeigt uns das Beschwerdearmband, das sie am Handgelenk trägt. Man muss es immer von einem zum anderen Handgelenk wechseln, wenn man merkt, dass man sich über irgendetwas beschwert. Das sei ein effektives »Tool«, um ins positive Denken zu kommen und sich die eigene Undankbarkeit immer wieder vor Augen zu führen. Man könne das Beschwerdearmband im Anschluss an den Vortrag bei ihr kaufen, auch im Bordshop sei es in verschiedenen Farben vorrätig. Von der Lotosblüte werde sie noch mehr in einem speziellen Workshop erzählen, der finde in zwei Tagen statt zum Thema *In und an Krisen wachsen,* man solle sich schnell in die Liste an der Rezeption eintragen, wenn man daran teilnehmen wolle, der Workshop sei nämlich nur für einen »exklusiven Kreis von zehn Personen« konzipiert. »Wir werden intensiv zusammenarbeiten«, droht die Glückscoachin, »und glauben Sie mir, der Preis mag Ihnen zunächst hoch erscheinen, aber an Land finden Sie kein vergleichbares günstigeres Angebot!«

»Beschwerdearmband, Krisenworkshop, was ist denn das für eine Verkaufsveranstaltung? Man kommt sich ja vor wie auf einer Kaffeefahrt«, beschwert sich meine Mutter.

Die Glückscoachin erzählt derweil auf einmal vom Stephansdom in Wien. Statt des hüpfenden Goldfischs erscheint ein Foto des besagten Doms auf der LED-Leinwand. Die Hauptglocke des »Stefferls« sei aus den Kanonenkugeln gegossen worden, die während der Belagerung durch die Türken auf den Dom fielen. »Und was lernen wir daraus? Was lernen wir daraus? Nehmen Sie alles, was die Welt Ihnen entgegenschleudert, dankbar an! Verwandeln Sie alles Böse in wohlklingende Glocken! Machen Sie das!«

»Die spinnt doch, ich geh auf die Kabine«, flüstert Mama mir unwillig zu. »Ich guck lieber 3sat, da kommt jetzt eine Antarktis-Doku. Wenn man alles, was ich im Leben schon an Kanonenkugeln entgegengeschossen bekommen hab, zu Glocken gießen würde, da könnte man ...« Sie winkt ab und lässt die Überlegung unvollendet. Als sie verschwunden ist und ich über ihren nun freien Platz nach rechts schaue, sehe ich, dass im Abstand von sieben leeren roten Sitzkissen der Sohn des grantelnden Österreichers in der ersten Reihe sitzt. Offenbar ist er noch später als wir gekommen und hat sich, in Ermangelung anderer freier Plätze, die Stufen hinab nach ganz vorn begeben. Wir haben kurz Blickkontakt, er grinst breit und zwinkert mir zu, und ich denke, dass er vom Aussehen her eher ein Portugiese sein könnte, ein Fado-Sänger vielleicht, mit seinen dunklen, tiefliegenden, irgendwie verschatteten Augen. Ich lächle kurz zurück und wende dann den Blick wieder ab. Einerseits freue ich mich, ihn zu sehen, da er sympathisch scheint, aber etwas an seiner Haltung und an seinem Grinsen irritiert mich momentan auch. Er hat etwas latent Selbstgefälliges an sich, denke ich, etwas, das mich ungut an die Selbstbeweihräucherung der Glückscoachin eben erinnert, als sie den tumben Rentnermassen völlig grundlos Beifall für ihre eigene Person abrang. Wahrscheinlich eine gemeine Unterstellung, denke ich, er hat mich vielleicht einfach nur freundlich angelächelt. Ich drifte ab und erinnere mich daran, wie ich Günther kennenlernte, in seinem Schreibwarenladen, wo mich mein Chef hingeschickt hatte, um Fotos zu machen, denn Günther hatte unsere Agentur beauftragt, ihm eine neue Homepage und Werbeflyer zu erstellen. Seine grenzenlose Schüchternheit, eine ewige, sich über Wochen hinziehende Annäherung mit – man glaubt es nicht – mit mir als treibender Kraft, da es mich immer wieder zu ihm hinzog, obwohl mir klar war, dass es alles andere als gut enden würde und ich jetzt die Quittung präsentiert bekommen habe. Niemals hätte er sich am Anfang getraut, mich so offenkundig interessiert anzugrinsen wie der Fado-Österreicher, so selbstsicher, so frech, ja, frech ist das richtige Wort, so frech wie die Kurzhaarfrisur der Glückscoachin.

Diese macht nun mit uns eine Glücks-Visualisierungs-Übung. Wir sollen die Augen schließen und die Hände auf die Knie legen. Dann sollen wir uns mit unserem »inneren Kind auf einer Blumenwiese verabreden«. Wir umarmen das innere Kind, dann legen wir Kreise aus Steinen rund um uns herum. »Der erste Kreis«, erläutert die Glückscoachin, »steht für alle Schuldgefühle, der zweite für Beziehungsprobleme, der dritte für die Probleme mit unseren Eltern und Geschwistern.« Daraufhin sollen wir in der Mitte der Kreise ein großes Feuer entfachen, eine reinigende Zeremonie, Abschied von den Geistern der Vergangenheit. »Sie sind nun befreit und bereit für die Zukunft! Spüren Sie das Glücksgefühl, das dabei entsteht?«

Ich spüre es nicht, denn in meiner Visualisierung sehe ich eine brennende Blumenwiese, mich selbst und das innere Kind sehe ich vor lauter Qualm gar nicht mehr. Wo sind wir? In der Mitte des Kreises, wo wir das reinigende Feuer entfacht haben? Das hieße, wir verbrennen gerade auch selbst.

Wer die Feuersymbolik nicht möge, ergänzt Sandra von Hagen, der könne sich auch zusammen mit seinem inneren Kind unter einen imaginären Wasserfall stellen, der den Schmutz der Vergangenheit abspült. Zu spät, bei mir ist schon alles abgebrannt. Ich öffne die Augen, befreit von jedem Rest Glücksgefühl.

Zum Abschluss sollen wir unsere »persönliche Glückskarte ausfüllen«. Von hinten reicht mir jemand einen Weidenkorb voller Stifte und bedruckter Karteikärtchen.

»Der Korb geht gerade durch die Reihen. Hat jeder eine Glückskarte? Kreuzen Sie ganz spontan an, wie Sie sich gerade fühlen! Ganz spontan!«

Auf dem Papier ist eine Skala von Eins bis Zehn abgedruckt, darüber steht: *Wie glücklich fühle ich mich in diesem Moment?*

Die eins bedeute so viel wie »tief traurig und zu Tode betrübt«, erläutert die Glückscoachin, die zehn dagegen »supersuperhappy«. Ich kreuze ganz spontan die zwei an und frage mich, was das Ganze soll. Sammelt sie jetzt die Kärtchen ein und erstellt eine Glücksstatistik der anwesenden Kreuzfahrer? Macht sie den Test am Ende der Reise nochmals, um zu eruieren, ob das Glücks-Level an Bord bis dahin gestiegen oder gesunken ist?

Dass es ein ganz, ganz großer, ein geradezu verheerender Fehler war, die zwei anzukreuzen, ja überhaupt die »Glückskarte« auszufüllen, in diesen Vortrag, auf diese Reise zu gehen, weiß ich mit einem Schlag, als die Glückscoachin mich auf die Bühne bittet.

»Ja, du da in der ersten Reihe, komm mal kurz hoch, keine Angst, ich beiße nicht«, sagt sie mit gebleckten, strahlend weißen Zähnen. Reflexhaft stehe ich auf und gehorche, was soll ich auch anderes tun, zumal sie schon ihre Hand ausgestreckt hat und mich einfach auf die Bühne zieht. Völlig überrumpelt stehe ich oben im Scheinwerferlicht und starre auf Hunderte von Kreuzfahrern in den nicht abgedunkelten Rängen, während die Glückscoachin ein weiteres Opfer akquiriert, und zwar den einzigen weiteren Zuschauer außer mir aus der ersten Reihe. »Ja, du da vorne, komm auch mal schnell hoch«, befiehlt sie dem Sohn des grantelnden Österreichers, platziert ihn neben mir und fragt nach unseren Namen, wodurch ich erfahre, dass er Johann heißt, »ein Applaus für unsere Freiwilligen, Ines und Johann!«

Die Kreuzfahrer applaudieren mit der Inbrunst der Erleichterung, nicht selbst als »Freiwillige« auf die Bühne gezerrt worden zu sein. Dann nimmt sie uns die Glückskarten ab.

»Da schauen wir doch mal, wie euer Glückslevel momentan so ist«, ruft sie, »also Johann, dir geht's anscheinend prächtig, das ist toll! Johann hat die Neun angekreuzt, das heißt, du bist superhappy, Johann, das ist einen Applaus wert!«

Ich fühle die totale Demütigung herannahen, sie kommt hart und präzise wie ein Faustschlag, dem man nicht ausweichen kann. Ich versuche noch, ihr meine Glückskarte wieder abzunehmen, etwas von einem Missverständnis zu stammeln, dass ich die Enden der Skala vertauscht habe, dass ich eigentlich auch die Neun habe ankreuzen wollen, nicht die Zwei, aber da hält sie schon mit triumphierendem Blick die Karte in die Höhe. »Und Ines fühlt sich anscheinend nicht so wohl, sie hat die Zwei angekreuzt, das heißt, du bist gerade ziemlich unglücklich, stimmt's?«

Mein verzweifelt verzerrter Gesichtsausdruck und meine verkrampfte Körperhaltung bestätigen offenbar ihre Feststellung, denn schon animiert sie das Publikum zu einem bedauernden »Ooooohhhh«.

Damit das nicht so bleibe, dass ich so unglücklich sei, ernenne sie jetzt Johann für die Dauer der Kreuzfahrt zu meinem »persönlichen Glückspaten«. Das sei der Sinn dieser Übung, das sei der Sinn des Lebens, dass die »Glückskinder«, also in diesem Fall Johann, ein bisschen was abgeben sollten an die weniger vom Glück Begünstigten, also an mich. Der Gipfel der Peinlichkeit ist damit immer noch nicht erreicht, denn nun nimmt sie meine linke Hand und seine rechte und legt sie ineinander.

»Das ist jetzt unsere Glückspatenschaft für die Reise«, ruft sie, »unser Glückspaten-Pärchen. Glückskind Johann kümmert sich um Pechmarie Ines«, er solle sie vielleicht mal zum Darts-Turnier oder zum Tischtennis mitnehmen, ihr mal einen Cocktail spendieren, »dir fällt schon was ein, da bin ich mir sicher, Johann!« Und die übrigen Kreuzfahrer sollten darauf achten, ob Johann seiner Verpflichtung als Glückspate denn auch nachkomme. »Merken Sie sich gut, wie die beiden aussehen, und sprechen Sie sie gerne während der Reise auf ihre Glückspatenschaft an, das ist schön, glauben Sie mir, auf diese Weise sind auf vergangenen Kreuzfahrten schon viele tolle Freundschaften entstanden!«

Dann erklärt sie ihren Vortrag für beendet und fordert das Publikum auf, gerne noch sitzen zu bleiben, mit den Nachbarn anhand der Kärtchen das persönliche Glückslevel zu vergleichen und dann individuell weitere Glückspatenschaften zu kreieren, so wie eben »am Beispiel unserer Freiwilligen« demonstriert.

Ich nutze den Trubel und den entstehenden Aufbruch – offenbar will niemand sein Glückslevel mit dem seiner Sitznachbarn vergleichen –, löse mich von der Hand meines Paten und fliehe, die Stufen hinauf, aus dem Theater, mit knallrotem Kopf und gesenktem Blick.

Ich überlege kurz, ob ich mich direkt von der Reling ins Meer stürzen soll. Der Gedanke, dass sich wahrscheinlich noch nie jemand umgebracht hat, während die eigene Mutter in wenigen Metern Entfernung ahnungslos eine Antarktis-Dokumentation schaut, hält mich von der Umsetzung der Tat ab. Außerdem soll man ja nichts über Bord werfen.

Meine Mutter empfängt mich mit den Worten »Na, bist du jetzt glücklich?«

Ich werfe mich mit einem stöhnenden Klagelaut bäuchlings aufs Bett.

»Wie war's denn?«

»Furchtbar«, murmele ich in mein Kopfkissen hinein.

»Ich hab dir doch gesagt, die spinnt, wärst du lieber mit mir zurück in die Kabine, die Antarktis-Doku ist so interessant, da lernt man was und kann sich entspannen, da brauch ich doch nicht dem Geschwafel von dieser geschäftstüchtigen Glücks-Trulla zuhören.«

»Du hast recht.« Ich drehe mich auf den Rücken. Auf dem Bildschirm drängt sich eine Pinguinfamilie gerade im tobenden Schneesturm aneinander. Ich muss an Günther denken, wie er mir bei unserem letzten Treffen am Wurstbänkchen von der aufopferungsvollen Brutpflege der Pinguinpärchen erzählte. Was er wohl jetzt gerade macht? Es ist Sonntag, der einzige Tag, an dem er nicht in seinem Laden steht. Bestimmt hat er den Vormittag nicht auf einem Glücksvortrag verbracht. Vielleicht schläft er noch. Eng an Sanna gekuschelt, denke ich mit masochistischem Grausen, wobei ich weiß, dass das wenig wahrscheinlich ist. Seinen glaubhaften Schilderungen zufolge haben sie seit Jahren getrennte Schlafzimmer. Im Lauf der Zeit hätten sie, so erzählte er mir, sogar das Haus in »Bereiche« aufgeteilt. Sannas Bereich, wo sie

Geige übt und vergeblich gegen ihren Tinnitus anmeditiert. Günthers Bereich, wo er Dokus schaut, Sprachen lernt und mit mir heimliche Nachrichten schreibt. Endstation einer Ehe, die zu kritisieren ich nicht befugt bin. »Wart erst mal ab, bis du selbst in so einer Situation bist«, war Günthers einziger Kommentar dazu, »dann siehst du, dass das alles nicht so einfach ist.«

Ich schrecke aus meinen Gedanken auf, als meine Mutter mir, ohne den Blick vom Fernseher abzuwenden, ihr Smartphone auf den Bauch legt.

Mein kreuzfahrtfeindlicher Bruder habe ihr schon wieder irgendwelche Zeitungsartikel geschickt, unter dem Vorwand der ökologischen Aufklärung, in Wahrheit ginge es ihm einzig und allein darum, ihr »die Reise zu vermiesen«. Und diese Glückscoachin stelle sich auf die Bühne und behaupte, man solle aus Anfeindungen Kirchenglocken gießen, »die will ich mal sehen, wenn sie solche Nachrichten kriegt wie ich, die hat bestimmt keine Kinder!«

Ich überfliege in ihrem Handy mehrere Artikel über CO_2-Ausstoß, Bugwellen, die die Nester seltener Vogelkolonien überrollen, geplagte Küstenbewohner, die in Abgasen ersticken. Eine recht ausführliche Reportage in einem Onlinemagazin widmet sich Renate Welz (46) aus Bottrop, der *einzigen Frau in Deutschland, die guten Gewissens eine Kreuzfahrt machen kann.* Schon seit ihrer Jugend sei es Renates Traum gewesen, auf Kreuzfahrt zu gehen, erfahre ich, doch sie habe es nie mit ihrem Gewissen vereinbaren können. Um sich ihren sehnlichsten Wunsch doch erfüllen zu können, habe sie zu rigiden Maßnahmen gegriffen, Zitat: »Die Rechnung war einfach, denn wollte ich mir eine solche Umweltsünde erlauben, musste ich zuvor meine Ökobilanz pimpen.« In den vergangenen fünfzehn Jahren lebte sie vegan, machte zusätzlich Fastenwochen, um möglichst wenig Ressourcen zu verbrauchen und Ackerflächen zu schonen sowie Transportemissionen und den eigenen CO_2-Ausstoß zu minimieren. Auto abgeschafft, keine Reisen mehr, nur noch Wildkräuterwanderungen vor der heimischen Haustür, kaputte Kleidung und Elektrogeräte reparierte sie selbst, allgemeiner Konsumstopp, Plastikfasten, Urban Gardening, Haarewaschen mit Roggenmehl. »Ich spülte nur nach jedem dritten Klogang, um Wasser zu sparen und die Umwelt zu schonen.« Schweren Herzens habe sie auch ihre drei Katzen »abgeschafft«, lese ich im Artikel, denn Haustiere seien bekanntlich verantwortlich für den Ausstoß großer Mengen CO_2. Fehlt nur noch, dass sie zugunsten ihrer Klimabilanz auch auf Kinder verzichtet hat, denke ich, denn die produzieren ja auch unheimlich viel CO_2 und Abfall. Aber von Kindern oder einem Mann steht nichts im Artikel, nur, dass es ihr gelungen sei, innerhalb von fünfzehn Jahren eine derart positive Klimabilanz zu erlangen, dass es ihr nun nach Rücksprache mit einem CO_2-Experten, der ihre Erfolge auswertete, ohne schlechtes Gewissen erlaubt sei, ihre lang ersehnte Umweltsünde in Form einer zweiwöchigen Mittelmeerkreuzfahrt zu begehen.

Frau Welz habe vorbildlich gehandelt, meint der CO_2-Experte, im Prinzip dürften Kreuzfahrten nur für Menschen wie sie erlaubt sein.

Kommentiert hat Alex diesen Artikel mit: *Ich hoffe, ihr habt das im Vorfeld auch so gemacht, haha! Scherz beiseite, daran sollte man sich ein Beispiel nehmen!*

Interessant, was meine Mutter ihm geantwortet hat,

denn offenbar hatte sie beim Lesen des Artikels denselben Gedanken wie ich: *Lieber Alex, lieber allwissender Sohn, ich weiß, rückblickend hätte ich lieber auf euch drei Kinder verzichten sollen, dann wäre meine Klimabilanz jetzt deutlich besser (und außerdem mein Geldbeutel sehr viel voller, haha!) und ich könnte mehrmals im Jahr guten Gewissens eine Umweltsünde begehen!! LG Mama.*

Nach dem Mittagessen im Marktstüberl, wo ich zum Glück weder meinen Glückspaten treffe noch von fremden Kreuzfahrern auf meine Unglücksperformance auf der Theaterbühne angesprochen werde, gehe ich mit randvollem Bauch ins Fitnessstudio auf Deck 10. Hier herrscht zum Glück wenig Betrieb, da das Ansetzen von Fett auf einer Kreuzfahrt wichtiger und allgemein anerkannter ist als das Verbrennen desselbigen durch Muskelaktivität.

»Hi! Fit und aktiv?«, begrüßt mich eine etwa zwanzigjährige, durchtrainierte Blondine, auf deren Brust ein Schild mit der Aufschrift *Vanessa – Fitness Instructor* befestigt ist.

»Äh, was?«

»Willst du zum Fit-und-aktiv-Zirkeltraining? Das fängt in zwei Minuten an.«

»Ach so, nein, ich mach lieber was für mich, auf dem Stepper oder so.«

»Okay, have fun!«

Eine Seite des Fitnessstudios besteht aus einer bodentiefen Fensterfront, vor der Laufbänder, Crosstrainer, Stepper und Spinning-Fahrräder stehen, sodass man mit Blick aufs Meer vor sich hin laufen, walken, steppen oder radeln kann. Eigentlich würde ich gerne eine halbe Stunde joggen, um den Kopf freizubekommen, aber dazu müsste zunächst mal mein Magen frei sein. In meinem vollgefressenen Zustand scheint mir der Stepper die bessere Alternative zu sein. In Zeitlupentempo treppensteige ich vor mich hin und halte mich dabei mit den Händen an zwei lang aufragenden Stangen fest, die sich im Rhythmus meiner Schritte mitbewegen. Ich fühle mich müde, verwirrt und komplett kraftlos, aber nach ein paar Minuten übt das träge Auf und Ab, das von seltsamen Schnauf- und Blasgeräuschen der Hydraulik begleitet wird, eine meditativ beruhigende Wirkung auf mich aus. Das Meer erstreckt sich endlos, ruhig und grau vor mir, kein anderes Schiff ist zu sehen, nur ganz hinten am Horizont eine unregelmäßige dunkle Linie, wahrscheinlich Dänemark oder bereits die norwegische Küste, der wir uns langsam nähern.

Leider platziert sich nach kurzer Zeit ein Rentnerpärchen auf den Steppern links und rechts von mir, obwohl genug andere Geräte frei wären. Die Frau hat Synthetiksachen an, der Mann trainiert in Alltagskleidung: kariertes Hemd, Dreiviertel-Khaki-Hose und beige Opaschuhe. Offenbar hat er seine Sportkleidung zu Hause vergessen, oder er steppt nur aus Langeweile mal ein bisschen mit, da er nicht weiß, was er sonst bis zum Kaffee und Kuchen machen soll. Von beiden geht nach kurzer Zeit ein süßsaurer Gestank aus. Ich kapituliere und setze mich in gebührendem Abstand auf einen freistehenden Hometrainer. Der Preis dafür, dass sich jetzt niemand direkt neben mir platzieren und mich anmüffeln kann, ist ein Downgrade, was die Aussicht betrifft: Jetzt starre ich nicht mehr aufs offene Meer, sondern direkt auf einen gigantischen Flachbildschirm, der vor meinem Fahrrad an der Fensterfront hängt und auf dem ständig ein Werbefilm ohne Ton läuft.

Es geht um *Genießermomente auf hoher See*, die Überschrift wird anfangs eingeblendet. Nach zehn Wiederholungen kenne ich die Handlung auswendig. Ein glückliches, schönes, sportlich-straffes junges Paar Mitte zwanzig ist an verschiedenen Stationen an Deck zu beobachten. Gemeinsam erleben sie einen Genießermoment nach dem anderen. Sie küssen sich an der Reling, tauchen zwischen bunten Korallen, liegen in der Sauna, dann auf einer kissengepolsterten Ruheinsel mit Blick aufs Meer, er hält sie im Arm, sie strahlt ihn an. Dann gehen sie in die Bord-Shoppingwelt, er kauft ihr eine Halskette, sie strahlt ihn an. Sie verlassen Hand in Hand mit mehreren riesigen Tüten (offenbar hat er ihr noch weitaus mehr als nur die Halskette gekauft?!) die Bord-Shoppingwelt, dann sitzen sie strahlend in einem Restaurant, das Aufpreis kostet. Das erkennt man daran, dass sie ihr hübsch drapiertes Essen von einem westeuropäisch aussehenden Kellner (kein Bedien-Inder) serviert bekommen, anstatt sich selbst im Nahkampf am Buffet unansehnliche Haufen auf den Teller schaufeln zu müssen. Sie isst einen kunstvoll in einer trendigen »Bowl« angerichteten Salat, er ein riesiges, saftiges Filetsteak, sie lachen mit offenen Mündern und werfen die Köpfe in den Nacken. An ihrem Dekolleté glitzert die Halskette aus der Bord-Shoppingwelt. Der Film endet mit pinken Cocktails im Sonnenuntergang.

Ich habe mich schon so an die Protagonisten und ihre spannenden Abenteuer an Bord gewöhnt, dass ich fast erschrecke, als auf einmal ein neuer Stummfilm beginnt, wenn auch ebenfalls unter dem Titel *Genießermomente auf hoher See.* Wieder sieht man ein glückliches, schönes Paar, etwas älter als die ersten Protagonisten, aber genauso attraktiv und gesund und sportlich. Sie laufen mit vor Lachen verzerrten Gesichtern über Deck, der Mann hebt die Frau in die Höhe, und sie drehen sich im Kreis, ihr edles Sommerkleid flattert im Wind. Das Paar hat zwei schöne blonde Kinder, die freudig in die offenen Türen des Kinderbetreuungsbereichs hineinhüpfen, wo sie schon von einer attraktiven jungen Kindergärtnerin mit offenen Armen empfangen werden.

Die schönen Eltern entspannen sich nun, da die Kinder weg sind, bei einer gemeinsamen Hot-Stone-Massage, danach kauft der Mann sich und seiner Frau ein kunstvoll verziertes Eis am Stiel, das sie auf dem Weg in die Bord-Shoppingwelt lutschen. Dort kauft er ihr mediterrane Leder-Sandaletten und anscheinend auch wieder noch einiges mehr, denn auch sie verlassen die Bord-Shoppingwelt freudestrahlend mit etlichen großen Tüten. Zwar haben sie die Abwesenheit ihrer Kinder genossen und für Massagen, Einkäufe und Eisessen genutzt, doch freuen sie sich auch total, als die zwei Kleinen ihnen jetzt wieder entgegenrennen. Die Kinder werfen sich glückselig in die Arme der Eltern, dann ein abrupter Szenenwechsel, nun machen sie zu viert Stand-Up-Paddling in einer einsamen Bucht mit türkisblauem Wasser. Zurück auf dem Schiff sausen die Kinder eine gewundene Rutsche hinunter und landen in den starken Armen ihres durchtrainierten Vaters. Das eine Kind macht zum Abschluss noch einen Streich, denn es spritzt seiner schönen, auf einem Liegestuhl dösenden Mutter Sonnencreme auf den Rücken. Sie schreit vor Entzücken auf und herzt ihren Nachwuchs.

Die Realität an Bord sieht natürlich anders aus. Aufgrund der chronischen Marktstüberl-Überfüllung quetschen wir uns beim Abendessen zu einem missmutig kauenden, mittelalten Ehepaar an den Tisch. Die beiden sind sichtlich gar nicht darüber erfreut, ihre Teller, Suppenschüsseln und Weingläser beiseite rücken zu müssen, um Platz für zwei weitere Esser zu schaffen. Ich sitze auf der Stuhlkante, denn wenn ich mich zurücklehne, piekst mich die künstliche Buchsbaumhecke hinter mir in den Rücken. Mit ihren bleichen Gesichtern und verkniffenen Mienen wären unsere Tischgefährten beim Casting für eine weitere Staffel Genießermomente auf hoher See chancenlos, doch mit ihrer arglosen Freundlichkeit schafft es meine Mutter, Kontakt mit den Griesgrämigen aufzunehmen. Sie erzählt ihnen, wie sehr sie sich auf Island, das Nordkap und die Lofoten freue, alles Landschaften, die sie bislang nur aus Naturfilmen kenne.

»Nun ja«, sagt die Frau und wischt sich den schmalen Mund mit einer Serviette ab, »wir wären schon zufrieden, wenn diese Reise nicht so ein Reinfall wird wie unsere Ostseekreuzfahrt letztes Jahr.«

Im Folgenden referiert sie über die Zumutungen der absolvierten Ostseekreuzfahrt, der Mann nickt und kaut an einem Rindersteak, das sehr viel zäher aussieht als im Werbefilm, aber wir sind ja auch nicht im Bezahlrestaurant, sondern im Marktstüberl.

Helsinki, Sankt Petersburg, Tallinn, Stockholm, in allen vier Städten hätten sie an »furchtbar strapaziösen Ausflügen« teilgenommen. In Helsinki seien sie bei zweiunddreißig Grad drei Stunden lang einem australischen Reiseführer nachgelaufen, viel zu schnell sei der durch die Stadt »gerannt« und habe sich nicht darum geschert, dass viele in der Gruppe ihm nicht folgen konnten.

»Nun sind Hartmut und ich ja noch gut zu Fuß, aber denken Sie mal an die ganzen alten Leute! Er hat sie einfach zurückgelassen, am Schluss waren nur noch zwölf von uns übrig, von anfangs über zwanzig!«

Die Reiseführerin in Tallinn habe ständig estnische Volkslieder gesungen, und die meiste Zeit der Stadtbesichtigung habe sie die Gruppe in einer völlig unspektakulären Kirche »festgehalten«, stundenlang habe sie jedes einzelne Wand- und Deckengemälde erläutert und dann dort auch noch mehrere estnische Lieder gesungen, um die Akustik zu demonstrieren.

»Das mit der Kirche war aber in Helsinki«, wirft ihr Mann ein.

»Nein, du meinst die unterirdische Kirche, wo die zwei Berliner verloren gingen, das war in Helsinki, aber ich meine die unspektakuläre Kirche, wo die uns so lange festgehalten hat, das war in Tallinn.«

»Ach so, hm«, macht er und zersäbelt weiter sein Steak.

In Stockholm hätten sie eine Stadtrundfahrt im Bus gebucht, was sich auch als Fehler herausgestellt habe, denn die Reiseleiterin dort habe die ganze Zeit Bonbons gelutscht, was man »in aller Deutlichkeit« über das Busmikrofon gehört habe. »Am Ende hat sie die Bonbons immer krachend zerbissen, alles übers Busmikro zu hören, stellen Sie sich das vor, und außerdem hat sie dauernd die Weltkriege verwechselt!« Nichts, rein gar nichts sei ihr von dieser Stadtrundfahrt im Gedächtnis geblieben, nur zweifelhafte Infos über irgendwelche Kriege, die sie aber wie gesagt oft verwechselt habe, Nordischer Krieg, Dreißigjähriger Krieg, »keine Ahnung, man konnte nichts in sich aufnehmen, denn man war ja völlig verkrampft und hat nur darauf gewartet, wann sie das nächste Bonbon zerbeißt!«

Die »Krönung« sei aber Sankt Petersburg gewesen. In der überfüllten Eremitage seien sie von chinesischen Reisegruppen derart rabiat in die Enge gedrängt worden, dass einige aus der deutschen Kreuzfahrergruppe rückwärts über Absperrkordeln gestürzt seien, was dann Alarm und einen Aufruhr des Wachpersonals ausgelöst habe. »Die Chinesen sind rücksichtslos, die walzen alles nieder, man muss es mit eigenen Augen gesehen haben!«

Und dann zwei Stunden lang anstehen vor dem Winterpalast, im Nieselregen, »einmal und nie wieder, diese ganze Reise war ein einziger Schuss in den Ofen.«

Für Bergen, unsere erste Station, haben sie einen Ausflugstipp für uns parat, der darin besteht, bloß keinen Ausflug zu machen, am besten gar nicht erst an Land zu gehen. Vor Jahren hätten sie mal eine Minikreuzfahrt nach Oslo und Bergen gemacht und einen Busausflug zu einer »angeblichen Marmorhöhle« gebucht, sie dann aber letztlich gar nicht gesehen, weil ein Erdrutsch oder Rentiere oder eine Lawine die Straße versperrt hätten, genau wissen sie es nicht mehr, meinen sich aber zu erinnern, dass die »angebliche Marmorhöhle« irgendwo bei Bergen sein solle, und der norwegische Busfahrer hätte einen »entsetzlichen Technosender« laufen gehabt, »hätten sie wenigstens Folklore gespielt, dass man was mitkriegt vom Land!«

»Steigen Sie nicht aus«, ergänzt ihr Mann, der jetzt endlich den Verzehr seines zähen Steaks beendet hat, »Bergen ist nur Abzocke! Eine Pizza kostet vierzig Euro! Ein Bier neun Euro!« In Oslo sei alles noch teurer, aber Oslo habe wenigstens den Vorteil, dass da das Schiff in die Stadt reinfahre, bis direkt vors Rathaus. In Bergen müsse man sich erst den Weg durch ein unschönes Hafengelände bahnen. Außerdem regne es in Bergen an dreihundertfünfzig Tagen im Jahr, es sei bekanntlich die regenreichste Stadt Europas, und eine der teuersten noch dazu.

Was unsere Vorfreude aufs Nordkap angehe, so könnten sie uns mitteilen, dass sich die Vorfreude nicht lohne. Das Nordkap sei auch »reine Abzocke«, sie hätten es im Zuge einer Expeditionskreuzfahrt rund um Spitzbergen besucht, was im Rückblick auch eine unerfreuliche Reise gewesen sei, denn der Packeis-Ausflug zu den Eisbären, den sie gebucht hatten, sei ausgefallen, da es kein Packeis gab. Eisbären hätten sie folglich keine gesehen.

Wir sitzen eine Weile stumm da und verdauen den Erlebnisbericht der misslungenen Ostsee- und Packeiskreuzfahrt. Ringsum herrscht ein monströser Geräuschpegel. Alle Tische sind voll besetzt, es wird geredet ohne Unterlass, Hunderte Münder öffnen und schließen sich, bestimmt finden parallel noch viele weitere solcher Gespräche statt, denke ich, worüber spricht man denn sonst, mit wildfremden Pärchen am Tisch? Natürlich über vergangene Kreuzfahrten, oder geplante Kreuzfahrten, körperlich sind wir irgendwo zwischen Hamburg und Bergen, gedanklich noch in Sankt Petersburg oder schon am Nordkap, überall auf der Welt, nur nicht hier, wo wir gerade sind.

»Auf den Kapverden«, sagt die Frau an unserem Tisch nach minutenlangem Schweigen nun mit einem seltsam priesterlichen Unterton, »auf den Kapverden waren alle an Bord krank mit Magen-Darm. Dann stellte sich heraus, dass die Desinfektionsanlage verseucht war.«

»Ja«, ergänzt ihr Mann, »man ist auch nicht geschützt, wenn man an Bord bleibt.«

Nach diesem Fazit verabschieden sie sich, deutlich weniger griesgrämig als zu Beginn, es scheint fast, als spürten sie eine gewisse Erleichterung, nachdem sie von ihren traumatischen Erfahrungen auf der Ostsee, auf Spitzbergen und den Kapverden berichten konnten, als seien sie nun gestärkt und gerüstet für alles, was sie auf der bevorstehenden Reise erwarten möge.

Meine Mutter und ich dagegen bleiben leicht belämmert und erschöpft zurück, beladen mit dem Erlebnismüll der Griesgrämigen.

»Die haben aber auch an allem was auszusetzen«, sagt meine Mutter, »naja, das mit der Desinfektionsanlage ist wirklich schlimm, hoffentlich passiert so was hier nicht!« Erst neulich habe sie einen Bericht über einen ähnlichen Fall gesehen, in einem Kreuzfahrtschiff vor Sansibar seien Durchfallbakterien über eine defekte Klimaanlage in alle Kabinen geblasen worden. »Das ganze Schiff musste evakuiert werden!«

Da ich meinen Pechmarie-Tag gerne mit einem starken alkoholischen Getränk beschließen möchte, behaupte ich, man könne sich prophylaktisch gegen die aus der Klimaanlage geschleuderten Durchfallkeime immun machen, indem man sich mit einer gewissen Menge Alkohol »von innen heraus desinfiziere«. Mein Vorschlag, nach dem Essen noch eine Bar aufzusuchen, wird somit medizinisch untermauert.

Meine Mutter ist zwar skeptisch und hält mir zu Recht

vor, ich suche nur einen »Vorwand, um schon wieder Alkohol zu trinken«, fügt sich aber rasch, als sie in der Bordzeitung liest, dass es heute in der African Buddha Lounge eine Willkommens-Happy-Hour gibt.

»Alle Cocktails zum halben Preis, da könnten wir doch hin! An anderen Tagen sind die dann doppelt so teuer, da kann man heute richtig Geld sparen«, freut sie sich. Außerdem sei sie sowieso neugierig auf die African Buddha Lounge, die sei ganz neu an Bord eingerichtet und habe schon Innenarchitekturpreise gewonnen.

»Die African Buddha Lounge«, liest sie mir aus der Bordzeitung vor, »vereint die Schönheit afrikanischer Tierwelt und Stammeskunst mit der spirituellen Gelassenheit erhabener Buddhafiguren. Hierfür wurde unser Schiff kürzlich mit dem *Maritim Innovation Design Award* ausgezeichnet.«

Hauptsache, es gibt was zu trinken, denke ich und sage: »Klingt toll!«

Gut, dass wir noch den kleingedruckten Zusatz gelesen haben, dass die Raumtemperatur in unserer African Buddha Lounge bei kuscheligen zweiunddreißig Grad liege. Damit solle sowohl das afrikanische Savannenklima als auch die warme Geborgenheit ostasiatischer Tempelanlagen nachgeahmt werden: *Auch wenn draußen der Eiswind tost, können sich unsere Gäste in Shorts und Top gemütlich zurücklehnen und mit einem tropischen Cocktail in der Hand das Polarmeer betrachten – eine ganz und gar außergewöhnliche Erfahrung!*

Auf afrikanisches Savannenklima hatte ich mich beim Kofferpacken nicht vorbereitet, zumal meine Mutter mir im Vorfeld der Reise mehrfach eingebläut hatte, der

Sommer am Polarkreis sei mitnichten mit dem mitteleuropäischen Sommer zu vergleichen, ich solle mich mit wärmenden langen Unterhosen, Mützen, Schals sowie sturm-, regen- und hagelabweisenden Jacken ausstatten. In der Kabine stehe ich daher ratlos vor meiner Hälfte des Einbaukleiderschranks, während sie schon abmarschbereit in dünnem Faltenrock, Blümchenbluse und in orthopädisch sehr gesund aussehenden Trekkingsandalen vor mir steht. Sie leiht mir eine knallrote Shorts, die mir viel zu groß ist. Mit einem Gürtel raffe ich sie um die Taille nach oben, nun bläht sich der Stoff um meinen Hintern und meine Hüften wie ein Heißluftballon, der gerade aufgeblasen wird – oder nach einem Absturz beginnt, in sich zusammenzufallen. Kombiniert mit meinen giftgrünen Sportschuhen fürs Fitnessstudio und einem dunkelblauen Spaghetti-Trägertop sehe ich nun ein bisschen aus wie ein Papagei. Aber das ist das Gute an der unsäglichen Peinlichkeit heute Vormittag im Scheinwerferlicht auf der Glücks-Bühne: Im Vergleich dazu erscheint es mir als geradezu kinderleichte Übung, mich im geschmacklosen Papageien-Outfit in eine Bar zu setzen.

Auch mein Nagellack beißt sich mit allem, fällt mir auf, als ich die Kabinentür hinter mir zufallen lasse, dunkelviolett, leicht metallisch schimmernd, in Kürze erneuerungsbedürftig, da hier und da schon leicht abgeplatzt. *Wicked Game to Play* heißt die Farbe, warum auch immer, steht so auf dem Fläschchen. Im Hinblick auf mein Vorhaben, endlich nicht mehr an Günther zu denken, sollte ich mir vielleicht die Nägel nicht mit dem Titel eines verzweifelt hoffnungslosen Liebeslieds von Chris Isaak lackieren. In meinem Kulturbeutel in der Kabine müssten sich aktuell die Nagellackfarben Watermelon, Island Hopping, Virgin Snow und Meet me at Sunset befinden. Klingt alles lebensfroher als das Wicked Game, denke ich und plane eine Umlackierung in Virgin Snow, was ja irgendwie für Reinheit und Neubeginn steht, zumal das Fläschchen neu und noch jungfräulich verschlossen ist.

Meine Mutter denkt auch gerade über Farben nach, allerdings über die des Teppichbodens, über den wir laufen, endlos lange Flure entlang, treppauf, treppab, zum anderen Ende des Schiffs.

»Du musst mal auf den Boden achten«, sagt sie und deutet im Gehen nach unten, »das haben die sehr geschickt gemacht, so einen Teppich hätte ich zu Hause gebraucht, als ihr noch klein wart!«

Der Schiffsteppichboden ist in Braun und Beige gehalten, manchmal in wild verschlungenem Streifenmuster, meist jedoch eine Art Giraffenfell imitierend, mit vielerlei braunen Flecken, Tupfen und Kreisen auf beigem Grundton. »So unregelmäßige Muster, das machen die extra«, weiß meine Mutter, »da sieht man den Dreck nicht, stell dir mal vor, wie viele Kreuzfahrer schon auf den Teppich gebrochen haben bei Seegang. Wenn das alles hell und einfarbig wäre, würde man jeden Fleck sehen, so wie bei uns im Wohnzimmer, hinterm Sofa sieht man immer noch, wo Alex vor zwanzig Jahren die Sauerkirschen ausgekotzt hat, so, guck mal, aha, hier ist diese Afrika-Bar!«

Die Tische an den Panoramafensterfronten sind bereits alle mit luftig gekleideten Kreuzfahrern belegt, was aber nicht schlimm ist, da man draußen sowieso nichts sieht, kein spektakulär tosendes Polarmeer, sondern nur eine hellgraue Nebelwand. Wir setzen uns in zwei knarzende Bastsessel in der Nähe der Bar, auch das Tischchen vor uns besteht aus einem Bastzylinder, auf dem eine Glasscheibe befestigt ist. Meine Mutter macht ein Selfie mit mir und einem riesigen dicken Holz-Buddha, der hoch hinter uns aufragt, dann fotografiert sie weiter wild um sich.

»Guck mal, die Masken!« Sie steht auf, um die an der Wand hängenden afrikanischen Masken zu knipsen, es sind schaurige, indirekt beleuchtete dunkle Fratzen mit weit aufgerissenen Mündern, es könnten Gottheiten sein, denke ich, denen die Kreuzfahrer Opfergaben in den hölzernen Mund stecken müssen, damit an Bord nie die Nahrung ausgeht. Es herrscht so schummriges Licht, dass man auf ihren Bildern kaum etwas erkennt, es sieht eher aus, als befänden wir uns in einer Geisterbahn, trotzdem stellt sie alle Fotos in unsere Familien-Whats-App-Gruppe.

Durch den düsteren Raum wabert eine Art Dschungel-Lounge-Musik, meditatives Getrommel vor einem stetigen Grillengezirpe und Wasserplätschern, dazu gesellen sich in unregelmäßigen Abständen exotisch klingende Schreie, vielleicht von Vögeln, Affen oder kleinen Dinosauriern.

»Hörst du dieses Wasserplätschern?« Meine Mutter sieht vom Handy auf und deutet an die Decke, als käme das Wasser direkt von oben, »das machen die absichtlich, damit man mehr trinkt, ich muss jetzt schon aufs Klo. Ich mach mal eine Audioaufnahme mit WhatsApp, dass die hören, wo wir gerade sind, obwohl, interessiert eh keinen.«

Über dem Tresen der Bar hängt eine Reihe korkenzieherartig gedrehter Geweihe, wahrscheinlich von Antilopen oder Gazellen, so gut kenne ich mich nicht in der Tierwelt aus, als dass ich die Hörner zweifelsfrei einer Spezies zuordnen könnte. Unten aus den Gehörn-Stalaktiten schießen kleine, laserartige Lichtstrahlen heraus und beleuchten die Getränke der auf den Barhockern sitzenden Kreuzfahrer auf recht gruselige Weise.

Ich erkenne die hanseatischen Sekthorter vom gestrigen Begrüßungssektbuffet. Von ihrem erhöhten Platz an der Bar aus blicken sie zwar mit ihren gelangweilten Pferdegesichtern kurz in unsere Richtung, zeigen jedoch kein Anzeichen des Wiedererkennens, sondern wenden sich mit unbewegter Miene wieder ihren zwei Moscow Mules im Kupferbecher zu.

»Das sind doch die Angeber mit der Luxus-Kreuzfahrt«, raunt meine Mutter mir zu, »wo sie rund um die Uhr Gratis-Champagner hatten, was trinken die denn da? Die Becher sehen ja hübsch aus.«

»Wahrscheinlich Moscow Mule.«

»Moscow Mule? Was heißt das?«

»Mule ist Maultier. Maultier aus Moskau.«

»Und was soll das sein?«

»Ein Cocktail mit Wodka und Ginger Beer.«

»Aha, und woher weißt du, was da drin ist?«

»Weil man Moscow Mule aus solchen Kupferbechern trinkt, deswegen denk ich, dass die Moscow Mule trinken.«

»Also Ines, ich sag ja nichts, aber immer wieder überraschend, wie gut du dich mit Alkohol auskennst. Moscow Mule, noch nie gehört!«

Ich studiere die Getränkekarte – auf dem Deckblatt steht *Entdecken Sie die neue Getränkewelt auf hoher See!* – und erzähle meiner Mutter nicht, dass ich nur ein einziges Mal Moscow Mule getrunken habe, vor einem Jahr, zusammen mit Günther in einer kleinen Bar in München, unser einziges gemeinsames Wochenende, Sanna derweil auf einem mehrtägigen finnischen Mittsommerfest mit ihrer Familie, und wir heimlich und schäbig, aber einen Großteil der gestohlenen Zeit trotzdem glücklich, Hand in Hand durch die Stadt laufend, Eis essend, schwülheiße Nächte, eng aneinandergekuschelt, nass und pappig vor Schweiß im Hotelbett, ein Zustand, der nur von Pärchen als romantisch empfunden wird, die kein Pärchen sind, nie eins waren, nie eins sein können und nur durch zufällige Umstände drei Tage Zeit bekommen, um Pärchen zu spielen. Es ist ein Spiel, das man im Nachhinein vielleicht besser hätte bleiben lassen sollen, denn zurück im Alltag wartet die Strafe in Form von rein destillierter Depression, gegen die auch kein Moscow Mule hilft.

Am Ende denk ich immer nur an dich heißt ein Lied von Element of Crime, nicht ganz so traurig wie *Wicked Game* von Chris Isaak und auch nicht ganz so berühmt, zumindest wurde meines Wissens noch kein Nagellack nach dem Song benannt. Der Text beschreibt, wie alle, auch die banalsten Alltagsgedanken, letztlich immer wieder zu einer bestimmten Person hinführen, und so geht es mir gerade mit dem leidigen Günther. Es nutzt nichts, dass ich mein Handy seit seiner letzten WhatsApp im Flugmodus habe und bislang meinen Vorsatz einhalte, bis zum Ende der Reise nicht nach Nachrichten zu schauen oder mich gar selbst zu melden. Trotzdem. Selbst in der African Buddha Lounge kurz vor der norwegischen Küste werfen mich die Kupferbecher der Pferdekopfhanseaten auf mich selbst zurück und auf die Tatsache, dass Günther weg ist und wir nie mehr zusammen einen Moscow Mule trinken werden.

Wobei ich mich nicht erinnern kann, ob es mir überhaupt geschmeckt hat, nur noch daran, dass Günther sagte, das englische Wort »Mule« könne nicht nur mit »Maultier«, sondern auch mit »Pantoffel« oder »Drogenkurier« übersetzt werden. Weitere Internetrecherchen, wie der Name zu verstehen sei, führten an diesem Abend zu keinem Ergebnis. Zu später Stunde einigten wir uns auf meine Theorie, dass der Moscow Mule ursprünglich einmal ein Getränk war, das Moskauer Maultiere, die als Drogenkuriere arbeiteten, abends zur Belohnung aus wertvollen Kupferpantoffeln zu trinken bekamen.

»Du willst ja tatsächlich schon wieder Alkohol trinken, wir hatten doch gestern erst das Sektbuffet! Nicht dass du noch Alkoholikerin wirst«, ruft meine Mutter, nachdem ich mir einen Mojito bestellt habe, der nicht mit Günther-Erinnerungen verseucht ist.

»Wenn dich mein Trinkverhalten stört, such dir das nächste Mal eine andere Reisebegleitung«, motze ich sie an, »weißt du eigentlich, wie alt ich bin?!«

»Ja, ich sag ja nichts, Entschuldigung«, rudert sie zurück, »das Pärchen vom Champagner-Schiff trinkt jetzt schon den zweiten Moskau-Cocktail, die nutzen die Willkommens-Happy-Hour aber gut aus, wer weiß, wie viele die schon hatten, bevor wir gekommen sind!«

»Das Pärchen vom Champagner-Schiff, das wäre ein schöner Buchtitel«, sage ich.

Unsere Cocktails werden serviert. Meine Mutter hat sich einen Virgin Colada bestellt, ohne zu wissen, was sich dahinter verbirgt. Nach kurzem Saugen am Strohhalm teilt sie mir jedoch mit, das Getränk schmecke ihr

»außerordentlich gut«, sie habe selten ein schmackhafteres Getränk zu sich genommen, »was ist denn da drin, weißt du das?«

»Naja, ich denk, vor allem Sahne.«

»Sahne?! Sahne macht doch so dick, das ist doch das pure Fett!«

»Deswegen schmeckt es ja auch so gut«, erkläre ich, »Fett ist ein Geschmacksträger.«

»Ach du liebe Zeit. Ich hab gedacht, die alkoholfreien Cocktails sind gesund! Ich muss doch abnehmen! Was ist denn da noch drin, das kann doch nicht sein, dass da nur Sahne drin ist!«

»Kokossirup«, lese ich ihr aus der Getränkekarte vor.

»Sirup! Also Zucker!«

»Und Ananassaft.«

»Bestimmt auch völlig verzuckert, Eieiei, das hat bestimmt tausend Kalorien!«

Innerhalb von einer Minute trinkt sie ihr Glas aus, nur ein großer Eiswürfelhaufen bleibt klirrend zurück. Während ich an meinem Mojito nippe, den der Barmixer zum Glück mit einem großen Schuss Rum versehen hat, saugt sie blubbernd den letzten Rest Zuckersahnefettflüssigkeit durch den Strohhalm und schiebt dann seufzend das Glas von sich. Ihre Hast kann ich mir nur so erklären, dass sie auf diese Weise das Ausmaß ihrer Ernährungssünde verringern will. Sie will das kalorienüberfrachtete Getränk möglichst schnell in ihrem Magen versenken, damit ihr Gewissen nicht mehr damit konfrontiert ist.

»Ines, wenn du so langsam weitertrinkst, sitzen wir morgen früh noch hier«, rügt sie mich und rutscht unruhig auf dem Bastsessel hin und her, dessen Quietsch- und Knarzgeräusche recht gut mit den Urwaldschreien aus den Lautsprecherboxen harmonieren. Ich gebe ihr zu bedenken, dass sie mich eben noch für die Bestellung eines alkoholischen Getränks verurteilt hat, um mich kurz darauf zum Hinabstürzen des selbigen zu nötigen.

»Wenn ich dir zu langsam trinke, geh halt schon mal ins Bett.«

»Nein, jetzt sitzen wir doch gerade so schön gemütlich zusammen. Im Bett liegen kann ich auch daheim, guck mal, wie viele Eiswürfel die bei mir reingemacht haben!« Sie schwenkt vorwurfsvoll ihr zur Hälfte mit hellgelb verschmierten Eiswürfeln gefülltes Glas.

»Ja, Mama, in Cocktails kommen viele Eiswürfel, damit er kalt bleibt. Lange kalt bleibt.« Ich trinke einen weiteren Schluck vom Mojito und spüre, wie der Alkohol sich langsam, wärmend, ja geradezu fürsorglich in meinem Körper ausbreitet.

»Ach was«, sagt meine Mutter, »die wollen doch nur Geld sparen, deswegen machen die die Gläser bis oben hin voll mit Eiswürfeln.« Sieben Euro koste der Virgin Colada, »sieben Euro für einen pappigen Saft, der nur aus Eiswürfeln besteht, naja, wir haben ja Happy Hour, also drei fünfzig, immer noch teuer.«

Bei der Happy Hour, mutmaßt sie, kämen bestimmt doppelt so viele Eiswürfel wie normal in die Gläser, um die Einnahmeverluste auszugleichen, wobei, in meinem Getränk seien nicht so riesige Eiswürfelklötze wie bei ihr, ich hätte viel »hübschere Eissplitter«.

Das sei Crushed Ice, erkläre ich ihr.

»Was?«

»Zerstoßenes Eis. Mojito macht man mit Crushed Ice.«

»Aha, du kennst dich ja gut aus, trinkst du öfter so

harte Sachen? Entschuldigung, ich sag ja nichts, sieht ja schön aus, das Getränk, mit den grünen Stängeln drin.«

»Minze.«

»Lass mich mal probieren, ich hab ja nichts mehr, bei mir waren ja nur Eiswürfel drin.«

Sie saugt am Strohhalm, schnappt nach Luft und verzieht das Gesicht, das sei ja sehr stark, was denn da für ein Alkohol drin sei.

»Rum.«

»Ach du liebe Zeit, Rum, das nehm ich nur zum Backen, naja, das haben doch schon früher die Seefahrer getrunken, von daher passt's ja, bestell dir ruhig noch einen, ich sag ja nichts, ich bin ja froh, dass du mitfährst. Wenn Yvonne mitfahren würde, müsste ich mir die ganze Zeit Vorträge über Kommunionelternabende und Schulwegpatenschaften anhören, von Alex gar nicht zu reden, dem wächst bald ein Heiligenschein vor lauter Nachhaltigkeit.«

Überraschenderweise bestellt sie sich nun auch ein Seefahrergetränk, wie sie den Mojito bezeichnet. Vielleicht aus Frust über unsere dysfunktionale Familie, deren Mitglieder allesamt – abgesehen von mir – als Kreuzfahrtreisebegleitung ausfallen. Unsere Familie, die eigentlich nur noch von einer lieblos gepflegten Familien-WhatsApp-Gruppe zusammengehalten wird, was sich meine Mutter sicherlich auch einmal anders vorgestellt hat. Davon zeugen auch die Bücher, die sie liest, denke ich, sie liest ausschließlich Kochbücher, dicke, hübsch bebilderte Wälzer mit Titeln wie *Die schwedische Mittsommerküche* oder *Genießen wie bei Nonna – Süditalienische Tafelfreuden*. Alles darin ist auf die Verköstigung einer sich liebenden Großfamilie ausgelegt, die stundenlang gemeinsam im Garten sitzt, plaudert, tanzt und die jauchzenden Enkel in die Luft wirft. Bei uns sind solche Veranstaltungen längst zum Erliegen gekommen.

Wenn ich an die letzte, schon mehr als ein Jahr zurückliegende Grillparty im Garten denke, die meine Mutter ausgerichtet hat, sehe ich keine Motive vor mir, die man für die Bebilderung von Familienkochbüchern verwenden könnte. Nur die angestrengte, nägelkauende Yvonne mit ihrem langweiligen dicken Oberstudienrat, der nach dem Essen und einem Schnaps im Gartenstuhl einschlief. Yvonne, den vierten Aperol Spritz trinkend, einen Monolog haltend über Horst und wie schwer sie es mit Horst habe. So alt sei er, kurz vor der Pensionierung, keine Kraft für die Kindererziehung habe er mehr, sein Rücken sei kaputt, sein Knie, sein Iliosakralgelenk, seine Schneidezähne, seine Prostata, seine Magenschleimhaut, alles kaputt, abgenutzt, abgelebt, und die Töchter aus erster Ehe kosteten so viel Geld. Geld, das ihr fehle, das ihr so schmerzlich fehle, das sie so sehr viel besser gebrauchen könne. Der bedauernswerte Horst hat drei erwachsene Töchter, Chloë, Marilou und Amélie-Antoinette, die ich im Stillen immer Cointreau, Merlot und Amaretto nenne. Laut Yvonne belegen sie mit fast dreißig immer noch brotlose Studiengänge an der Kunsthochschule, mit dem einzigen Ziel, ihren Vater »finanziell ausbluten zu lassen«, als Rache dafür, dass er vor fünfzehn Jahren die Familie verlassen und sich einer neuen, jüngeren Frau zugewendet habe. Ständig fordert Yvonne, er solle ihnen »den Geldhahn abdrehen«. Ich sehe Horst vor mir, dem während Yvonnes Jammerrede ein erschöpfter Schnarchlaut entweicht, meine Mutter mit starrem Blick daneben, unangenehm berührt von den Krankheits- und Unterhaltsgeschichten, denen sie doch nicht entkommen kann.

Und auf der Hollywoodschaukel Gideon und Tabea, die Kinder, für deren Erziehung Horst nicht mehr die Kraft hat, die beiden sehe ich auch noch deutlich vor mir an jenem Abend, nicht im fröhlichen Reigentanz mit der Oma im Garten umherspringend, sondern stumm auf ihre Smartphone-Displays schauend, mit Kopfhörern, irgendetwas streamend, niemand weiß, was sie da tun.

Mein Vater längst von der Bildfläche verschwunden, unter dem bekannten Vorwand, »mal kurz nach den Hühnern zu sehen«, was Zeit ohne Wiederkehr bedeutet. Bei dieser letzten offiziellen Familienzusammenkunft hatte er sein Verschwinden zudem auch dazu genutzt, heimlich im Haus am Router das WLAN abzustellen, was immerhin Bewegung in unsere desaströse Zusammenkunft brachte. In den Augen von Gideon und Tabea zunächst Unverständnis, dann Entsetzen, gefolgt von purer, lauthals herausgeschriener Existenzangst, als sie bemerkten, dass eine rätselhafte höhere Macht ihre Endgeräte vom Leben spendenden Internet getrennt hatte. Auf die Idee, dass mein Vater hinter all dem stecken könnte, kam im Trubel des Aufbruchs niemand. Nach nutzlosen Erziehungshinweisen von Yvonne, die auf den Vorschlag hinausliefen, doch jetzt die Abwesenheit des WLANs zu nutzen, um mal zusammen mit der Oma und der Tante Ines ein schönes Brettspiel zu spielen, folgte eine rasche Kapitulation. Yvonne weckte den Oberstudienrat, der trotz des ihn umgebenden Geschreis immer noch vor sich hin schnarchte. In überstürzter Eile packten sie übrig gebliebenen Kuchen in Tupperdosen und die brüllenden Kinder in den Tiguan, und weg waren sie.

Alex war damals gar nicht erst erschienen. Er ist zu busy für Familie. Er wohnt mit seinem Lebensgefährten Patrick zusammen in der Nähe von Stuttgart. Patrick ist Grünen-Abgeordneter im Kreistag oder Landtag, was weiß ich, jedenfalls leitet er irgendwelche Ausschüsse zum Thema Klimawende und verdient genug Geld, um ständig mit Alex Liebeswochenenden in Wellnesshotels zu verbringen. Das leite ich mir zumindest aus den Infos ab, die mir Alex' Insta-Profil liefert. Es zeigt hauptsächlich Selfies, die beiden beim Kaviar-Brunch mit Blick aufs Matterhorn, beim Schneeschuhwandern in Kitzbühel, beim Sundowner in einer Rooftop-Bar in Helsinki, im Bademantel und mit Gesichtsmaske Hand in Hand auf Relaxliegen, aufgenommen von einer Holzterrasse mit Blick auf den Comer See. Zum Teil etwas peinliche Bilder, finde ich, zumindest würde ich mich nicht so im Internet präsentieren, wäre ich eine Person des öffentlichen Lebens, aber vielleicht ist Patrick als Politiker nicht so bedeutend, als dass seine Feinde die Insta-Posts seines Lebensgefährten verfolgen würden, oder aber es ist heutzutage normal, auch für Politiker, verliebte Bademantel-Selfies um die Welt zu schicken.

»Alex ist übrigens gerade in Südafrika«, sagt meine Mutter, als hätte sie meine Gedanken gelesen. Sie zeigt mir auf ihrem Smartphone Alex' neues WhatsApp-Profilbild, das ihn und Patrick vor einem Jeep bei einer Safari in staubiger Landschaft zeigt. Sie habe ihn auf sein Profilbild hin angeschrieben und gefragt, wo er sei, und gerade habe er geantwortet, dass Patrick und er *ganz spontan* eine Last-Minute-Rundreise Südafrika gebucht hätten. Und jetzt habe sie ihn »ganz spontan«

gefragt, wie sie denn dorthin gekommen seien, sicherlich auf dem Tandem oder im Ruderboot, um CO_2 zu sparen.

»Hast du ihn das wirklich gefragt?« Ich muss lachen, die vielleicht vom Seefahrergetränk beflügelte Forschheit meiner Mutter gefällt mir.

»Ja, bin gespannt, wie er sich da jetzt wieder herauswindet! Ständig in der Weltgeschichte herumfliegen, aber mich wegen der Kreuzfahrt anprangern!«

Dieser Patrick müsse viel Geld verdienen, sagt sie kopfschüttelnd, dass die sich dauernd Reisen leisten könnten. Die finanzielle Beteiligung meines Bruders an solchen Buchungen halten wir beide für überschaubar, da er seit Ende des BWL-Studiums in die Gründung von Start-ups involviert ist, die nach kurzer Zeit wieder vom Markt verschwinden. Was sein neuestes Projekt ist, weiß auch meine Mutter nicht, obwohl mein Vater und sie ihm ständig Geld zuschießen in der Hoffnung, dass er endlich mal eine tragende Geschäftsidee entwickelt.

»Ein Pop-Up-Store mit veganen Schlafanzügen, oder was weiß ich«, sagt meine Mutter, dahinein sei zuletzt Geld geflossen, aber sie habe jetzt schon länger nichts mehr von ihm gehört, den Verkaufserfolg der Schlafanzüge betreffend, da sei ja fast noch das Vorgängerprojekt vielversprechender gewesen, Sofas aus recycelten Fischernetzen. Das sei schließlich nur daran gescheitert, dass man den Fischgeruch nicht gänzlich aus den Netzen habe tilgen können.

»Ach du liebe Zeit!«, schreit meine Mutter dann auf einmal, »was hast denn du da für einen riesigen blauen Fleck?«

Sie deutet auf meinen linken Unterschenkel. Ich tue so, als sähe ich die gelbgrün-violett marmorierte Stelle zum ersten Mal, dabei weiß ich natürlich, was das für ein Fleck ist, hatte mich sogar die ganze Zeit in meiner roten Papageien-Shorts so hingesetzt, dass meine Mutter die Stelle nicht zu Gesicht bekam, aber vorhin in einem unbedachten Moment die Beinstellung gewechselt, das linke über das rechte Bein geschlagen, sodass die Sichtung des Flecks, wie befürchtet, einen großen Schrecken bei meiner Mutter auslöst.

»Was hast du denn da gemacht, das sieht ja schlimm aus!«

»Wahrscheinlich an die Bettkante geknallt«, sage ich schulterzuckend, »oder mit dem Koffer drangestoßen.«

Ich hoffe eindringlich, dass sie die Stelle nicht genauer inspiziert, sonst müsste sie eigentlich sehen, dass weniger ein Stoß als vielmehr ein Biss die Ursache des schillernden Blutergusses ist, ein riesiger Knutschbiss, ein Saugfleck, mein letztes Andenken an Günther. Seit einer Woche ändert es jeden Tag die Farbe, weigert sich aber, gänzlich zu verschwinden.

Zum Glück ist meine Mutter unachtsam und wendet sich wieder ihrem brummenden Handy zu. Ich danke dem Bord-WLAN und der Familien-WhatsApp-Gruppe, in der sicherlich gerade Nachrichten eintreffen, die meine Mutter von diesem eigentlich sehr offensichtlichen Knutschfleck ablenken und die peinliches Nachfragen verhindern. Denkbar wäre zum Beispiel, wer mir diesen Fleck verpasst habe und welche Stellung man einnehmen müsse, um einem anderen Menschen solch einen Fleck verabreichen zu können. Knutschflecke am Hals, schön und gut, aber an der Wade?

Gut, dass sie nicht nachfragt. Weißt du, Mutter, müsste ich sonst ehrlicherweise sagen, es begab sich so, dass Günther, mein allzu alter und allzu verheirateter Liebhaber, des Abends auf und gewissermaßen auch in mir lag, eine Art Abschiedsvereinigung zweier Körper, die von nun an getrennte Wege gehen sollten, zumindest hatte ich kurz zuvor mit ihm Schluss gemacht. Wie dem auch sei, jedenfalls kommt er in mir und beißt parallel dazu mit geschlossenen Augen in mein nach oben gerecktes linkes Bein, ähnlich einem besessenen Biber beim utopischen Versuch, einen mitteldicken Baumstamm mit nur einem einzigen Biss durchzunagen, und so, Mutter, so entstand dieser Fleck.

»Ich bin so froh, dass wenigstens *du* normal bist«, sagt meine Mutter mit Blick auf ihr Handy. »Deine Geschwister machen mich fix und fertig, ich weiß nicht, wer von beiden schlimmer ist.«

Alex habe ihr eine »schnippische Antwort« aus Kapstadt geschickt, dass er und Patrick »selbstverständlich CO_2-Ausgleichszahlungen« für ihre Flüge leisten würden. Plus Link zu einer Webseite, wo man berechnen könne, wie viel Öko-Wiedergutmachung man zahlen müsse. Für den Flug nach Südafrika hätten sie jeder siebenundfünfzig Euro CO_2-Ausgleich an Klimaschutzprojekte gespendet, Patrick unterstütze eine Organisation, die trockengelegte Moore in Polen wieder renaturiere, und seine, also Alex' Ausgleichszahlung komme Klein-Biogasanlagen in Nepal zugute, wo Bergbauern durch die Verbrennung der eigenen Exkremente zu Energieerzeugern würden.

»Vierhundert Euro Minimum überweisen wir ihm jeden Monat«, ruft meine Mutter, »weil der Herr ja mit siebenundzwanzig immer noch nicht lebensfähig ist, und er spielt den Öko-Jesus und leitet mein Geld direkt weiter an die nepalesischen Bergbauern!«

Sie werde hier und jetzt das Handy ausschalten, beschließt sie, denn diese Familien-WhatsApp-Gruppe sei absolut unerfreulich und deprimierend. Bevor sie ihre Ankündigung in die Tat umsetzt, zeigt sie mir noch Yvonnes Nachricht, die sich auf die African-Buddha-Lounge-Fotos bezieht, die Mama in der Gruppe geteilt hat.

Aha, das sieht ja sehr exotisch aus, ich dachte, ihr fahrt an den Nordpol, nicht nach Afrika. Naja, ich bin so im Stress zurzeit, vielleicht hab ich da was falsch verstanden, viel Spaß weiterhin, wo auch immer ihr seid. Anbei mal ein paar Facts aus dem Real Life, falls es euch interessiert, womit ich zurzeit so alles zu kämpfen habe!

Es folgen drei Fotos. Eines ist ein für Laien unbegreifliches Röntgenbild. Ich kann nicht einmal erkennen, um welches Körperteil es sich handelt, aber dankenswerterweise hat Yvonne es mit einer Erklärung versehen: *Jetzt auch noch das!! Horst hat eine Kalkschulter!!*

Das zweite Bild ist ein abfotografierter Brief, der Horst und Yvonne darüber unterrichtet, dass ihr Sohn Gideon im Religionsunterricht einen Mitschüler mit einem Deospray angegriffen habe. Ob er ihn angesprüht oder ihm die Dose auf den Schädel geschlagen hat, geht aus dem Schreiben nicht hervor. Der dritte *Fact aus dem Real Life* ist der abfotografierte Kostenvoranschlag für Tabeas feste Zahnspange. *Kein Kommentar!!!* hat Yvonne als Kommentar dazu geschrieben.

»Wer solche Kinder hat, braucht keine CO_2-Ausgleichszahlungen zu machen«, resümiert meine

Mutter und schaltet ihr Handy aus, »ich bin gestraft genug.«

Blubbernd saugen wir unsere Seefahrergetränke leer und gehen ins Bett.

Kapitel 5

Bergen

Ich stehe auf unserem Balkon und betrachte Bergen. Viel kann ich nicht sehen, denn direkt vor uns liegt ein Kreuzfahrtschiff vor Anker, das ungefähr sieben Stockwerke höher und hundert Meter breiter als unseres ist. Eine Balkonhochhauswand mit durchsichtiger Außenwasserrutsche, durch die momentan jedoch niemand hinunterschliddert. Was entweder daran liegt, dass die Benutzung der Außenwasserrutsche nicht gestattet ist, solange das Schiff im Hafen liegt, oder daran, dass es in Strömen regnet und sich keiner der Hochhauskreuzfahrer bei diesem Wetter am Swimmingpool auf dem Oberdeck aufhält. Wabernde Wolkenfetzen ziehen vorbei, verhüllen die grüngrauen Berggipfel, die sich rings um die Stadt erheben. Schwarze Rauchschwaden aus dem Schlot des Riesenschiffs gegenüber beteiligen sich an der Verhüllung des Hafens und des Stadtzentrums, und auch die Assis vom Nachbarbalkon entsenden hustend Qualmwolke um Qualmwolke gen Himmel, als habe sich alle Welt vorgenommen, unser erstes Reiseziel Bergen unsichtbar zu machen. Gerade lehnen die beiden nebeneinander am Balkongeländer, Ascheflöckchen von ihren Zigaretten taumeln nach unten auf den nassen Pier. Die Assis beobachten interessiert das Rangieren und Parken eines riesigen Tanklasters direkt unter uns. Er fährt mit viel Gepiepse und Getucker so nah ans Schiff wie möglich, dann taucht unter uns auf einmal ein dicker Schlauch auf, er wird anscheinend aus dem Schiffsbauch ausgefahren wie der Fühler einer Schnecke. Männer mit gelben Warnwesten verbinden den Fühler mit einem passenden Schlauch aus dem Tanklaster, es entsteht somit eine Art Nabelschnur, und die Schlauchvereinigung beginnt zu vibrieren und zucken. Entweder wird etwas ins Schiff hinein- oder aus dem Schiff herausgepumpt, denke ich. Aber was? Die Antwort kann ich mir kurze Zeit später selbst geben, denn außer Brummen und Dröhnen steigt nun auch übler Fäulnis- und Kloakengestank zu mir auf.

»Das ist der Kack-Laster«, erklärt die Assi-Frau mit Reibeisenstimme ihrem Mann. »Der saugt die Kacke ab.«

»Aber wir sind doch noch gar nicht so lang unterwegs«, sagt der Mann, »wieso ist denn da schon so viel Scheiße im Schiff? Dass die das an der ersten Station schon absaugen müssen! Kann doch gar nicht sein!«

»Du hast doch auch schon zweimal gekackt!«, wirft sie ihm vor und drückt ihre Kippe auf dem Geländer aus.

»Was?«

»Seit wir aufm Schiff sind, hast du schon zweimal gekackt, geb's doch zu!«

Der Mann will nicht »zugeben«, seit Reisebeginn schon zweimal gekackt zu haben, es entspinnt sich ein derbes Streitgespräch. Die Häufigkeit ihrer Ausscheidungen scheint ein heikles, problembehaftetes Thema ihrer Beziehung zu sein. Offenbar leidet die Assi-Frau öfter an Verstopfung, der Mann hält ihr vor, nur neidisch auf ihn zu sein, weil er immer könne, wann er wolle. Sie erwidert, er sei ein »Oberarsch«. Ein Drehbuchschreiber vom *Traumschiff*, denke ich, sollte hier auf meinem Balkon sitzen, sich solche Dialoge anhören und ins nächste Skript einbauen. Facts aus dem Real Life.

Ich fliehe nach drinnen und wundere mich, wo meine Mutter so lange bleibt, denn eigentlich wollte sie nach dem Frühstück nur kurz an die Rezeption, um für unseren Landgang fünfzig Euro in norwegische Kronen umzutauschen. Und um nochmals unseren fehlenden Krabbengutschein zu reklamieren, der gestern nicht, wie von der Rezeptionistin versprochen, in die Kabine gebracht wurde. Wer weiß, was es da wieder für Verwicklungen und Warteschlangen gibt, denke ich und widerstehe der Versuchung, mein Handy anzuschalten, den Wegfall der Roaminggebühren zu nutzen und hier kostenlos im norwegischen Netz meine WhatsApps und Mails auf Günther-Botschaften zu checken.

Meine Mutter poltert mit zwei riesigen Einkaufstüten in die Kabine und wedelt triumphierend mit zwei Zetteln, bei denen es sich um unsere hart erkämpften Krabbengutscheine handelt. Diesmal habe sie sich nicht abwimmeln lassen, erzählt sie, sie habe so lange und eindringlich auf die Herausgabe der Krabbengutscheine gepocht, bis die Rezeptionistin »den Florian« geholt hätte, wer auch immer das sei, aber »der Florian« werde offenbar immer bei unlösbaren Problemen mit Passagieren zu Hilfe geholt, und »der Florian« sei dann auch sehr nett gewesen und habe aus irgendeinem Hinterzimmer die Krabbengutscheine hervorgeholt, die wir jetzt jederzeit im Edelbezahlrestaurant Das elfte Gebot auf Deck 10 einlösen könnten. Sie habe dort gleich für morgen um 18 Uhr einen Tisch reservieren lassen.

»Und was hast du da in den großen Tüten?«, frage ich

misstrauisch. Sobald man meine Mutter für ein paar Minuten allein lässt, beginnt sie, Sachen einzukaufen, es ist im Hinblick auf den Rücktransport unserer Koffer ein mir bekanntes Gefahrenpotenzial. Ich denke an unsere erste Kreuzfahrt im Mittelmeer zurück. Im Prinzip hätten wir am Schluss einen zusätzlichen Koffer gebraucht, um ihre ganzen Einkäufe darin unterzubringen. Allein in Barcelona auf den Ramblas erstand sie für Gideon, der damals FC-Barcelona-Fan war, eine komplette Vereinsausrüstung inklusive Fußball, Bettwäsche, Trikot, Schal, Fahne, Socken und Stickeralbum. Dann noch eine Paellapfanne in Valencia, handgetöpferte Müslischalen in Palma de Mallorca und ein Einmachglas voller Meersalz in Marseille. Und Kühlschrankmagneten, aus jeder Stadt mindestens drei Stück.

»Stell dir vor, auf dem Rückweg von der Rezeption bin ich in eine Tupperparty in der Seefahrer-Lounge geraten!« Sie leert ihre Tüten auf dem Bett aus. Heraus kullert eine Salatschleuder, eine Knoblauchpresse, ein Reiskocher und diverse Aufbewahrungsboxen in verschiedenen Größen.

An Bord, so erfahre ich, sei nämlich auch eine mobile Tupperberaterin, Frau Bernhard aus Wuppertal, die hier alle drei Tage in der Fernfahrer-Lounge eine Schiffstupperparty ausrichte.

»Tolle Idee«, freut sich meine Mutter, »zu Hause hab ich ja nie Zeit für so was, und hier kann man ganz entspannt einkaufen.«

»Mama, wie sollen wir das alles heimtransportieren?«

»Das wiegt doch fast nichts, ist doch nur Plastik!«

»Aber vom Volumen her, das nimmt fast deinen ganzen Koffer ein!«

»Ach Quatsch, das kann man doch ausstopfen!«

»Ausstopfen?«

»Die Salatschleuder und die Gefrierboxen, die stopf ich dann voll mit Socken und Unterwäsche, und in den Reiskocher kommen die Knoblauchpresse und meine Medikamente!«

»Mama, du darfst ab jetzt keinesfalls mehr was einkaufen«, ermahne ich sie, »denk an Barcelona!«

Ja, ja, murrt sie, sie werde ab jetzt auch nichts mehr kaufen, schon gar keine Mitbringsel, Gideon habe sich damals ja nicht mal bedankt für seine FC-Barcelona-Geschenke, zwei Wochen später habe es dann gar geheißen, er sei jetzt nicht mehr Barcelona-, sondern Chelsea-Fan, und Yvonne verwende die teuren kunsthandwerklichen Müslischüsseln aus Palma de Mallorca auf dem Balkongeländer als Vogelfutterschalen, zwei davon hätten die Amseln oder der Wind schon umgeworfen und zertrümmert.

»Die kriegen nichts mehr mitgebracht, ich denk jetzt nur noch an mich selbst, mir bringt auch niemand was mit, ich muss mir alles selbst kaufen, was mir gefällt, und so eine Salatschleuder wollte ich schon immer, und der Reiskocher ist auch praktisch, und unsere Knoblauchpresse hat dein Vater neulich kaputt gemacht, weil er immer so grob zudrückt, also hätte ich sowieso eine neue kaufen müssen, und außerdem«, vollendet sie ihr Rechtfertigungsplädoyer, »da waren Leute, die haben noch viel mehr gekauft als ich, neben mir war eine Frau, die hat für fast sechshundert Euro eingekauft, eine Saftpresse, einen Pommesschneider, einen Bräter, eine Parmesanreibe und das komplette Servierschüsselset Allegra!«

»Ja, ist ja gut«, sage ich, »gehen wir jetzt in die Stadt? Das Schiff legt bald schon wieder ab, wenn wir weiter rumtrödeln.«

»Stress, Stress, nichts als Stress hat man im Leben!«, ruft meine Mutter wie eine Theaterschauspielerin und verschwindet im Bad.

Kurze Zeit später passieren wir die Seefahrer-Lounge auf dem Weg zum Ausgang. Vom Tupperparty-Event sind keine Spuren zurückgeblieben. Als einzige Gäste sitzen die Pferdekopfhanseaten nebeneinander auf zwei Barhockern am Tresen und blicken durch die beschlagenen Panoramafenster in die graue Außenwelt.

»Guck mal, die sind schon wieder am Trinken«, raunt mir meine Mutter zu, als wir in deren Rücken vorbeigehen. »Das sind aber jetzt keine Moscow Mules, oder?«

Ich tippe darauf, dass es sich bei den apricotfarbenen Getränken in ihren hohen Cocktailgläsern um Zombies handelt, also Rum, Brandy und Orangensaft, äußere meine Vermutung aber nicht, um nicht wieder zu große Fachkenntnis auf dem alkoholischen Sektor vorgeworfen zu bekommen. Jedenfalls, denke ich wenig später, wäre es sicher entspannter gewesen, sich mit Zombies in die Seefahrer-Lounge zu setzen, als sich im eiskalten Regen durchs Hafengelände in die Innenstadt von Bergen vorzukämpfen.

Heftige Windböen haben unseren Knirps-Regenschirmen schon nach wenigen Hundert Metern das Genick gebrochen. Wir stopfen sie in einen Mülleimer und kaufen in einem Souvenirshop namens *I Love Norway* zwei riesige, sturmfest wirkende Regenschirme, die mit dem Schriftzug *I Love Norway* bedruckt sind und garantiert in keinen Koffer passen. Meine Mutter erwirbt noch drei Kühlschrankmagneten, auf denen der Schriftzug *I Love Norway*, ein Eisbär und eine Trollfamilie zu sehen sind. Nach diesem Einkauf sind die fünfzig Euro, die sie an der Rezeption umgetauscht hat, fast restlos aufgebraucht.

»Herrje, das ist ja wirklich so teuer hier, unglaublich, ich glaub, wir gehen lieber wieder zurück aufs Schiff, das macht doch keinen Spaß bei den Preisen und bei dem Wetter, ich muss auch bald schon wieder aufs Klo.«

Ich überrede meine Mutter, jetzt, da wir extra die teuren Schirme erstanden haben, zumindest zu einem kurzen Stadtrundgang, »wenn wir schon mal da sind.« Im Gehen versuche ich, den winzigen, durchnässten Stadtplan in der Bordzeitung zu deuten. Wir finden immerhin Bryggen, die bekannteste Sehenswürdigkeit der Stadt: dicht aneinander gebaute Hanse-Häuser am Hafenbecken. Früher wurde hier irgendetwas ein- und ausgeladen, der Infotext ist vom Regen verwischt, ich erkenne aber noch Begriffe wie Hanse, der Fisch, die Deutschen, der Kai, Holzhäuser, Feuersbrünste. Ein Spaziergang durch die schmalen Gassen zwischen den spitzgiebeligen Häusern wird empfohlen, die Gassen sind jedoch bereits verstopft mit Touristen und Regenschirmen, wir treten den Rückzug an.

»Wenigstens fliegt hier kein Müll rum«, lobt meine Mutter die Stadt, »denk mal an Palermo, was da für ein Müll war am Hafen, guck mal, der riesige Troll, wir könnten doch ein Selfie mit dem Troll machen!«

Wir versuchen, ein Selfie mit einem vor einem Souvenirladen aufgestellten Troll zu machen, aber zuerst sieht man den Troll wegen unserer Schirme kaum, dann regnet es aufs Display, woraufhin meine Mutter sich auf die Suche nach einem »überdachten Troll« begibt.

»Da vorne vor dem anderen Andenkenshop steht auch ein Troll, aber der ist auch nicht überdacht, so ein Mistwetter, aber guck mal, der Brunnen ist hübsch, so was gibt's bei uns nicht, nur hässliche Betonklötze. Plüschelche, Tax Free Shopping, was es alles gibt! Norwegerpullis, die sind daheim billiger im Kaufhof, aber so einen kleinen Troll würd ich gern mitnehmen für die Küche, aber ich hab ja kein Geld mehr, naja, ich kauf dann in Island oder am Nordkap einen Troll. Ab wo sieht man eigentlich das Polarlicht?«

Wir finden das Hanseatische Schiffsmuseum, dessen Besuch in der Bordzeitung empfohlen wird, da man dort *einen detaillierten Einblick in das Leben zur Hansezeit* gewinnen kann, haben aber nicht genug Geld für den Eintritt übrig. Unsere EC- und Kreditkarten hat meine Mutter klugerweise vorab im Kabinensafe eingeschlossen, damit sie beim Landgang nicht gestohlen werden können. Gerade in Hafenstädten wimmele es nämlich von Taschendieben. Ihrer Friseurin sei in Lissabon in der Straßenbahn die Handtasche ausgeräumt worden: alle Karten weg, restliche Urlaubstage auf der Polizeistation verbracht. Daher sei es zu empfehlen, im Urlaub keine Kreditkarten bei sich zu tragen. Bargeld- und kreditkartenlos, benutzen wir also lediglich die kostenlose Besuchertoilette im Foyer. Der Kaffee vom Bordfrühstück wird zu Festland-Urin und verschwindet in der norwegischen Kanalisation. Als wir wieder draußen stehen, werfe ich im Vorbeigehen einen flüchtigen Blick durch die regennassen Scheiben des Museumscafés und mache dabei eine Beobachtung, die mich kurz paranoid werden lässt.

Man kann zwar kaum etwas erkennen, jedoch bin ich mir fast sicher, an einem der hinteren Tische Sandra von Hagen, die Glückscoachin, und Johann, meinen Glückspaten, zu erkennen, wie sie Kaffee oder Tee trinken und – wie es scheint – in ein angeregtes Gespräch vertieft sind. Kennen die sich? Reden die über mich? Ist er vielleicht gar kein »normaler Passagier«, sondern ein versteckter Mitarbeiter der Glückscoachin? War gestern alles ein abgekartetes Spiel, hat er sich deshalb in die erste Reihe gesetzt, um »zufällig« auf die Bühne gebeten zu werden und dort das »Glückskind« zu spielen?

Ich wische die Gedanken beiseite und folge meiner zwar vom Blasendruck befreiten, aber dennoch immer unleidlicher werdenden Mutter zurück zum Schiff. Da auch meine Schuhe und Hosenbeine völlig durchnässt sind, habe ich nichts dagegen, unseren Stadtrundgang nach einer halben Stunde für beendet zu erklären.

»Schade«, sagt Mama, »aber es bringt ja alles nichts, wenn wir uns hier den Tod holen und dann in Island krank sind!«

Nach einer heißen Dusche bin ich fast davon überzeugt, mir die Sichtung von Johann und der Glückscoachin nur eingebildet zu haben. Die Scheiben dieses Museumscafés waren viel zu beschlagen, als dass man wirklich etwas hätte erkennen können, denke ich mir, und selbst wenn es doch die beiden waren, wieso sollte ich mir darüber Gedanken machen? Vielleicht hat er seinen grantelnden Vater auf dem Schiff gelassen, um sich allein das

Hanseatische Schiffsmuseum anzuschauen, dabei trifft er die Glückscoachin, sie erkennt ihr gestriges »Glückskind«, man kommt ins Gespräch, sie befragt ihn nach seiner aktuellen Glücksskala, vielleicht muss er bei Kaffee und Kuchen wieder eine Glückskarte ausfüllen, die sie dann gemeinsam auswerten.

Völlig egal. Sollen sie doch alle machen, was sie wollen.

Mit Mantel, Mütze, Schal und Wolldecke sitze ich warm eingehüllt auf dem Balkon und erfreue mich am Unglück der anderen. Die anderen, das sind die Kreuzfahrer, die vorab einen Ausflug für Bergen gebucht haben und ihn nun wohl oder übel antreten müssen, soll das Geld nicht für die Katz sein. Etwa zwanzig Meter unter mir am Kai versammelt sich eine Gruppe Segway-Fahrer. Eine Reiseleiterin verteilt durchsichtige Regencapes. Parallel dazu werden zwei Dutzend Mountainbikes aus dem Schiffsbauch ausgeladen und an wartende Kreuzfahrer übergeben. Dem Flyer *Unser Ausflugsprogramm in Bergen* entnehme ich, dass den Mountainbikern nun eine viereinhalbstündige Panoramafahrt auf das Dach der Stadt unter dem Motto »Lachs, Land und Leute« bevorsteht: *Über malerische Serpentinen geht es hinauf zur Bergstation des Hausbergs Fløyen, von wo Sie eine traumhafte Aussicht genießen.* Der Wind hat mittlerweile nachgelassen, aber die Wolken hängen so tief, dass man kaum noch das Oberdeck des Riesenkreuzfahrtschiffs gegenüber erkennen kann. Die Segway-Truppe entschwindet im Nebel. Sie haben wohl die dreistündige Tour *Auf dem Segway durch die Stadt, zum Fischmarkt und in die Eisbar* gebucht. Auf dem Fischmarkt werden sie Kjøttbøller, Fiskebøller und Skillingsbøller verkosten, danach bekommen sie in der Eisbar ein alkoholisches Getränk im Eisglas.

Ausflugsbusse kehren an den Hafen zurück und entleeren sich ihrer tropfnassen Insassen, die sofort ins Innere des Schiffs flüchten. Wahrscheinlich handelt es sich um Kreuzfahrer, die die Vormittagstour *Wie entsteht ein Norwegerpullover?* gebucht haben. In einer Pulloverfabrik haben sie *detaillierte Erklärungen zur Herstellung der typischen Norwegerpullover* erhalten. Es ist richtig befriedigend zu sehen, was man alles nicht erlebt hat, denke ich beim Studium des Ausflugsangebots.

Nachdem auch die Mountainbiker zu ihrer Bergetappe aufgebrochen sind, vertiefe ich mich in *Ozean-Tango – Leidenschaft auf hoher See*, das Buch, das Günther mir bei unserem letzten Treffen geschenkt hat. Auch wenn ich zuerst wegen des kitschigen Titels und Covers Ablehnung verspürte, hat mich die Geschichte mittlerweile so in den Bann gezogen, dass ich schon im letzten Drittel angelangt bin. Es ist alles hochdramatisch, und ähnlich wie bei den Ausflüglern im Regen bin ich auch hier froh, nicht selbst am Geschehen teilnehmen zu müssen. Der Roman spielt vor hundert Jahren auf einem Überseedampfer von Lissabon nach Buenos Aires. Die junge, schöne Gattin eines reichen Tuchfabrikanten verliebt sich in einen schneidigen Tangotänzer, der sein Geld damit verdient, nach dem Abendessen im Salon mit gelangweilten Gattinnen Tango zu tanzen, damit ihre Männer in Ruhe politische Gespräche führen können.

Seite um Seite verzehren sie sich mehr nacheinander, die junge Gattin und der Tangotänzer, wobei der schwerreiche Tuchfabrikant – ein alter, impotenter Mann – sich auf masochistische Weise daran ergötzt, seiner Frau dabei zuzusehen, wie sie sich hoffnungslos in den Tanz-jüngling verliebt. Immer wieder ermuntert er die beiden, zusammen Tango zu tanzen, und während sie übers Parkett gleiten, raucht er eine Zigarre und malt sich aus, wie er seine Frau bestrafen wird für den bevorstehenden Ehebruch. Schlimm wird er sie bestrafen, sehr schlimm, so wie es ihr gebührt. Die junge Gattin ahnt natürlich, dass er Verdacht schöpft, und weiß um seine gewalttäti-gen Eifersuchtsanfälle. Sie müsste sich vom schneidigen Tangotänzer fernhalten, denkt sie, aber kann sich seiner sinnlich erotischen Aura nicht erwehren und gibt sich ihm schließlich in seiner Kabine hin, während ihr Ehe-mann im Herrensalon in eine langatmige Schachpartie gegen einen argentinischen Rinderzuchtbaron vertieft ist.

Dagegen ist mein Liebesproblem mit Günther ein Witz, denke ich. Die in ihrer Sinnlichkeit unterdrückte Tuchfabrikantengattin, die wahrscheinlich in Kürze von ihrem impotenten Mann über Bord geworfen wird, hat es im Vergleich gesehen doch etwas schwerer als ich, wenngleich sie gerade einem Orgasmus auf hoher See entgegensteuert, was ich auf meiner Schiffsreise wohl nicht erleben werde.

»Komm doch nach drinnen«, ruft meine Mutter, »es ist viel zu kalt auf dem Balkon, ich schau gerade so eine in-teressante Doku über Schafzüchter in den Karpaten!«

Nein, lehne ich ab, mein Buch sei gerade so spannend, und beim Sound der Karpatendoku könne ich mich nicht auf die Handlung konzentrieren.

Nach dem furiosen Liebesakt ist dann aber leider die Luft raus. Die Tuchfabrikantengattin wandelt zwanzig Seiten lang auf dem Schiffsdeck umher und windet sich so sehr vor Pein und Schuldgefühlen, dass ich schon Angst habe, sie könnte ihrem Mann zuvorkommen und sich selbst in die Fluten des Atlantiks stürzen. Der fesche junge Tangotänzer sitzt derweil an der Bar bei einem Algonquin Cocktail, dessen Rezeptur nicht verraten wird, und schüttet einem älteren Passagier sein Herz aus. Die beiden kennen sich schon von vergangenen Überfahrten. Der ältere Passagier überquert gerade ein letztes Mal den Ozean, um in seiner Heimat Argentinien zu sterben. Er empfiehlt dem jungen Tänzer in ausufernden Nebensätzen, sich jedes Detail seiner erotischen Annäherung an die junge Tuchfabrikantengattin zu merken, denn später werde er von der Erinnerung zehren müssen. Die Erinnerung sei die einzige Quelle des Trostes in den langen einsamen Jahren und Jahrzehnten, die dem jungen Mann bevorstünden. Und er bereue es, sich lange zurückliegende Freuden nicht mehr so farbenfroh ins Gedächtnis rufen zu können, wie er es möchte. Wie gerne würde er sich in Kürze auf seinem Sterbebett in Buenos Aires an die zart blühende Dolores erinnern, die ihm einst auf einer Dachterrasse in Sevilla einen scheuen Kuss gewährte; aber leider habe er zum Zeitpunkt des Kusses ja noch nicht gewusst, wie wichtig sich die Erinnerung daran später noch ausnehmen würde. Und so hafte dem Versuch, sich die Szene ins Gedächtnis zu rufen, stets etwas Unzuverlässiges und somit Unbefriedigendes an. Drum sei dies sein Rat an den jungen Mann: Er solle sich während des Geschehens weniger dem Geschehen selbst hingeben, sondern sich auf die Einprägung dessen, was gerade geschehe, konzentrieren. Einst werde er auf dem Sterbebett von dieser Erinnerungsdisziplin profitieren.

»Heute ist großes Himalaya-Buffet«, ruft meine Mutter von drinnen, »zieh dich an, in einer halben Stunde müssen wir los, da ist doch wieder so ein Andrang, die kommen doch alle ausgehungert von ihren Ausflügen zurück!«

»Ja, ich komm gleich.«

Ein Algonquin Cocktail – das erfahre ich, als der Tangotänzer sich einen zweiten bestellt – besteht aus Rye Whiskey, Wermut und Ananassaft. Während der Barmann die Zutaten mixt und der alte Mann sich eine Zigarrenspitze zurechtschnitzt, versucht der junge Tänzer nun, sich an jedes Detail, jede Duftnote, jeden Gesprächsfetzen seit der ersten Begegnung mit der Tuchfabrikantengattin zu erinnern, sogar an die Raffung und Schnürung ihres Kleides beim ersten gemeinsamen Tanz. Es gelingt ihm mehr schlecht als recht, nicht einmal die Farbe ihrer Unterwäsche beim kurz zuvor erlebten Liebesakt sieht er mehr vor sich. Wenn die Erinnerung jetzt schon verblasst, denkt er sich mit zunehmender innerer Unruhe, wie soll ich mich dann erst auf dem Sterbebett an sie, an meine Geliebte, erinnern können?

Es folgt ein erschöpft-philosophischer Dialog mit dem alten Mann, der mittlerweile seine Zigarre angezündet hat. Der junge Tänzer äußert seine Bedenken, dass er aufgrund der kraftraubenden Erinnerungspraxis während des Geschehens ja das Geschehen selbst, während es geschehe, an sich gar nicht mehr recht genießen könne – *Können Sie mir folgen?*, fragt er den Alten. *Aber gewiss!*, ruft dieser. Halte nicht das Bemühen, sich jedes Detail eines Kusses, einer Berührung für alle Ewigkeit einzuprägen und nicht in die schwarzen Gefilde des Vergessens entfleuchen zu lassen, ihn zwangsläufig davon ab, den Kuss selbst überhaupt noch als euphorisierend und erinnerungswürdig zu empfinden?

Soll ich Eurem Rat wirklich folgen? Am Ende, so meine Angst, am Ende denke ich nur noch und fühle nichts mehr, Señor!

Die Erinnerung an erlebte Freuden sei wichtiger als das flüchtige Gefühl selbst, beharrt der alte Mann und bestellt einen Absinth.

»Oh Gott, die Möwen, ich hab ja die Möwen ganz vergessen!« Meine Mutter stürzt auf den Balkon, lehnt sich über die Reling und wirft Brötchenstücke senkrecht nach oben in die Luft.

»Mama, was machst du denn da?!«

»Ich wollte doch die Möwen füttern, ich hab extra beim Frühstück vier Brötchen mitgenommen!«

»Hier sind doch gar keine Möwen! Du kannst doch nicht einfach Brötchen in die Luft werfen!«

»Die kommen schon! Die sind schlau, die sehen, dass es hier was zu fressen gibt!«

In der Tat kommen aus dem Nichts auf einmal Möwen herbeigesegelt und schnappen sich die Brotstücke noch im Flug. Ich klappe den Ozean-Tango zu. Den Anblick, wie meine Mutter Brot in die Luft wirft und unser Balkon urplötzlich von schreienden Möwen umzingelt ist, werde ich mir auch ohne große Anstrengung auf dem Sterbebett in Erinnerung rufen können. Auch die turbulente Szene im Anschluss ist schwerlich aus dem Gedächtnis zu tilgen. Nach einigen Minuten, meine Mutter ist gerade dabei, das letzte Brötchen zu zerreißen und den vorbeisausenden Vögeln in die Schnäbel zu werfen, klopft es heftig an unserer Kabinentür.

»Jetzt wirst du bestimmt von der Bordpolizei verhaftet,

weil du Sachen vom Balkon wirfst«, sage ich. Meine Mutter schleudert die letzten Brötchenbrocken von sich, geht nach drinnen und öffnet die Tür.

Draußen steht nicht die Bordpolizei, sondern »der Florian«, der ja aber anscheinend auch so etwas wie ein Bordpolizist ist, da er stets in brenzligen Situationen zu Hilfe gerufen wird. Dass es sich bei dem jungen adretten Mann in weißer Uniform um besagten Florian handelt, erkenne ich daran, dass ihn meine Mutter mit einem freundlich überraschten »Ach, der Florian, so schnell sieht man sich wieder!« begrüßt. Der Florian teilt ihr höflich, aber bestimmt mit, dass an der Rezeption ein Hinweis eingegangen sei, dass jemand von dieser Kabinennummer aus Brot in die Luft werfe, und er müsse sie bitten, die Brotwerferei unverzüglich einzustellen.

Das sei doch gar nicht viel Brot gewesen, protestiert meine Mutter, nur ein paar Krumen, »für die armen Möwen«, die bekämen ja nichts zu fressen, die seien am Verhungern. Wie um ihre Aussage zu bestätigen, sausen immer mehr Möwen an unserem Balkon vorbei und stoßen wehklagende Schreie aus, die wahrscheinlich Bedauern über das abrupte Ende der Luftfütterung ausdrücken, oder auch die schiere Gier nach mehr Brot.

Da sie sowieso kein Futter mehr für die verhungernden Möwen Norwegens hat, sieht meine Mutter davon ab, sich in weitere Diskussionen zu verstricken, will jedoch nun vom Florian wissen, wer sie »verleumdet« hätte. »Wer ruft denn bei der Rezeption an und meldet, dass jemand Möwen füttert, was ist denn das für ein Denunziantenschiff, haben die Leute nichts Besseres zu tun im Urlaub? Typisch deutsch!« Den Namen des Anrufers dürfe er nicht nennen, sagt der Florian, aber nach einer

Weile bringt ihn meine Mutter tatsächlich dazu, den De-
nunzianten zu denunzieren, zumindest insoweit, als er
ihr sagt, es sei eine Bewohnerin der Kabine genau zwei
Stockwerke über uns gewesen. Von dort oben habe sie
die verbotene Fütterungsaktion beobachtet, sogleich die
Rezeption alarmiert und auch die richtige Kabinennummer der Übeltäter durchgegeben – was keine Kunst ist,
da die Nummern auf jedem Deck, abgesehen von der
ersten Ziffer, identisch sind, weshalb sie ihre eigene Kabinennummer nur mit anderer Decksziffer versehen
musste.

»Ha, und ich dachte erst, unsere Assi-Nachbarn hätten
mich verpfiffen«, sagt meine Mutter, nachdem der Florian weg ist, »aber die waren ja gar nicht auf dem Balkon,
als ich die armen Möwen gefüttert hab, die sind bestimmt schon beim Himalaya-Buffet. Hopp, mach dich
fertig, und danach schau ich gleich mal, wer da oben
wohnt, da klopf ich dann und sag der Person Bescheid!«

Der Andrang beim Himalaya-Buffet im Marktstüberl ist
so groß, dass ich die Himalaya-Spezialitäten nicht einmal
zu Gesicht bekomme, nur die breiten Rücken und Hin-
terteile von Kreuzfahrern, die sich in Richtung Himalaya-
kost drängen und drücken. Zum Glück gibt es auch einen
Schnitzel-Nudel-Kloß-Pommes-Salat-Buffetbereich, der
sich niemals ändert und nichts mit dem jeweiligen kulinarischen Themenabend zu tun hat. Hier hole ich mir
Spaghetti mit Meeresfrüchten, dazu einen Salat. Auch
die zwei älteren Ehepaare, mit denen wir kurze Zeit später zwischen Buchsbaumhecken an einem runden Sech-
sertisch sitzen, sind offenbar nicht bis zu den Köstlich-
keiten des Hochgebirges vorgedrungen, denn auf ihren

Tellern liegen Schnitzel, Bratkartoffeln, Fischstäbchen, Wurstsalat, Schweinebraten und Klöße.

Das Schiffshorn tutet majestätisch, und wir legen ab, was aber niemanden interessiert. Auch ich bin nach zwei Tagen an Bord schon so abgestumpft, dass ich keinen Blick nach draußen werfe, sondern lieber die Teller der Umsitzenden auf Himalaya-Spezialitäten hin absuche, da ich mich frage, was das überhaupt sein soll. Tibetische Buttermilch? Steak vom nepalesischen Hochland-Yak? Zum Himalaya fallen mir nur der Yeti, Reinhold Messner und Shangri-La ein, worüber ich mal ein Buch gelesen habe, Shangri-La, der sagenumwobene fiktive Ort in Tibet, wo alle Menschen in Frieden und Harmonie leben. Aber was isst man in Shangri-La? Was isst Reinhold Messner im Basiscamp, was frisst der Yeti? Rätsel der Menschheit.

Nachdem sie eine Erbsensuppe gegessen hat, verschwindet meine Mutter mit dem Ziel, sich jetzt zum Himalaya vorzukämpfen. Vielleicht ist das Buffet genauso ein fiktiver Ort wie Shangri-La, denke ich, sie schreiben großes Himalaya-Buffet in die Bordzeitung, weil es imposant klingt, und dann versperrt eine extra dafür engagierte Truppe Kreuzfahrerstatisten den ganzen Abend über den Zugang zu den Platten und Töpfen. Die sind in Wahrheit leer, was aber niemand bemerkt, weil alle entnervt zum Allerweltsschnitzelbuffet abdrehen und denken, sie seien eben zu einem ungünstigen Zeitpunkt ins Marktstüberl gegangen, als der Andrang am größten war.

Die beiden Ehepaare am Tisch unterhalten sich über die Ausflüge, die sie heute gemacht haben. Die einen waren in der Norwegerpulloverfabrik, also der Norwegerpulloverpulloverfabrik, es sei aber ein »Nepp« gewesen. Die anderen berichten von Ganzkörperdurchnässung, Nebelschwaden und abgestorbenen Füßen, sie waren offenbar Teilnehmer der Mountainbike-Tour, wobei es sich bei den Rädern, das erfahre ich beim Zuhören, um E-Mountainbikes gehandelt hat.

Meine Mutter kommt zurück, auf ihrem Teller Reis mit einer gelben Soße sowie ein winziges Stück Fleisch, »da musste ich mir die letzten Fetzen Lamm aus dem Bottich schaben, die plündern ja das Buffet, man könnte meinen, ein Schwarm Heuschrecken wär an Bord!«

Die angeblichen Himalaya-Speisen, so vermutet eines der Ehepaare am Tisch, seien vom gestrigen Themenabend Indien im Asia-Restaurant übriggeblieben, da habe es dasselbe gegeben.

Naja, sagt meine kauende Mutter, im Sinne der Nachhaltigkeit sei das ja zu begrüßen, »immer noch besser, als wenn sie die Indien-Reste ins Meer kippen.«

Unsere Kreuzfahrtgesellschaft sei ja, was den sparsamen Umgang mit Lebensmitteln angehe, sogar für einen Nachhaltigkeits-Award prämiert, weiß eine der Damen. Übrig gebliebenes Essen werde nämlich nicht weggeworfen, sondern an Obdachlose weitergegeben.

»Ja, sind denn hier etwa Obdachlose an Bord?«, fragt die andere Dame leicht beunruhigt.

Nein, erläutert ihre Sitznachbarin, soweit sie wisse, werde das Essen in den Häfen abgeladen und per LKW zu Suppenküchen transportiert, wo es der Armenspeisung diene. Noch nachhaltiger wäre es aber, scherzt ihr Mann, wenn die Obdachlosen wirklich direkt an Bord wären, denn dann könnte man sich die Transportwege sparen. Man könnte ihnen im Schiffsbauch einen Raum zuweisen, wo sie lagern könnten, dann hätten sie auch gleichzeitig noch ein Obdach.

Aber dann wären sie ja nicht mehr obdachlos, denke ich, dann hätten sie ja das wichtigste Indiz ihrer Bedürftigkeit verloren, merke aber selbst, wie spitzfindig das klingt. Auf unserer Route, höre ich noch, werde das Essen aber gar nicht an Obdachlose gespendet, da es in Skandinavien nicht so viele gebe, dass es sich lohne, das Modell werde wohl eher im Süden praktiziert, in den Häfen von Marseille und Barcelona etwa.

Ich gehe zum Dessertbuffet und lade mir einen großen Haufen Mousse au Chocolat und Tiramisu auf den Teller. Als ich mich wieder hinsetze, verabschiedet sich meine Mutter geschäftig, sie könne nicht warten, bis ich das alles aufgegessen hätte, das dauere ja Stunden, sie wolle jetzt »die Möwen-Denunziantin« aufspüren und zur Rede stellen.

Meinen Schokoberg löffelnd, fühle ich mich inmitten des ganzen Trubels und Geredes auf einmal friedlich und ruhig. Der Günther-Gedankenstrudel, der mich sonst von einem Augenblick auf den anderen unter Wasser ziehen konnte, hat an Kraft verloren. Vorhin konnte ich sogar einfach so in dem Buch lesen, das er mir geschenkt hat, ohne ständig an ihn zu denken und ihn zu vermissen. Wäre vor Kurzem noch unvorstellbar gewesen. Vor Beginn der Reise fühlte ich mich oft wie mit dem Rücken zur Wand, ach was, ich hatte quasi schon einen Abdruck in der Wand hinterlassen. Und jetzt bin ich weit weg von allem. Das sinnlose Schmachten, die sinnlose Sehnsucht, das ewige Grübeln – endlich ist mal nichts von alledem zu spüren. Zumindest in diesem Moment. Ich hoffe, dass der Zustand anhalten wird. Vielleicht wird es ja sogar noch besser, je weiter wir uns nach Norden bewegen. Vielleicht funktioniert es wirklich nur mit räumlicher Distanz. Ich werde es mir so schön wie möglich machen in den nächsten Tagen, nehme ich mir vor. Wellness auf hoher See. Auf dem Balkon sitzen, den Ausblick genießen, lesen, mich von Gemeinschaftsaktivitäten wie dem unsäglichen »Glücksvortrag« fernhalten, mich nicht überfressen. Das mit dem Nichtüberfressen gilt ab morgen, relativiere ich, ein Bäuerchen unterdrückend, denn heute werde ich mich definitiv am Nachtisch überfressen.

Die Pärchen an meinem Tisch unterhalten sich über die Schiffstoiletten und dann darüber, welches das schönste öffentliche Klo in Europa ist. Auf ihren Reisen haben sie schon viele öffentliche Toilettenanlagen gesehen, und sie sind sich einig, dass sich das schönste Klo Europas in Sevilla unter der Kathedrale befindet, es sei »mehr als eine Toilette, fast schon ein Museum«.

Ich verabschiede mich und gehe mit randvollem Magen leicht vornübergebeugt in unsere Kabine, wo meine Mutter schon im Bett liegt und fernsieht. Die Möwen-Denunziantin habe sie leider nicht angetroffen, auch auf mehrfaches Klopfen an der Kabinentür habe niemand reagiert, naja, sie werde es morgen noch mal probieren. »Die kann mir ja nicht weglaufen, das ist der Vorteil auf einem Schiff!«

Im Fernsehen läuft eine Kreuzfahrtreportage. Gerade werden Passagiere gezeigt, die in Ruhesesseln liegen und fernsehen. Was dort auf den Bildschirmen für ein Film läuft, kann ich nicht erkennen, vielleicht auch eine Kreuzfahrtreportage über Kreuzfahrer, die auf dem Schiff eine Kreuzfahrtreportage schauen.

»Interessant«, sagt meine Mutter, »da schalt ich den Fernseher ein, und das Erste, was ich seh, ist eine Kreuzfahrtreportage.«

»Aber wir sind doch selbst auf Kreuzfahrt«, erwidere ich.

»Ja, und?«

»Wir müssen doch jetzt nicht eine Doku über Kreuzfahrten schauen.«

»Warum denn nicht?«

»Weil das ist, wie wenn ... wenn du im Zoo bist und auf deinem Handy in der Mediathek einen von diesen Zoo-Tierfilmen schaust.«

»Im Zoo hab ich doch gar kein WLAN. Wie soll ich mit meinem Handy im Zoo einen Film schauen? Du hast mir selbst erklärt, dass ich dazu das WLAN brauch. Ach schau mal, die fahren dieselbe Strecke wie wir, nächste Etappe ist Reykjavik!«

»Wollen wir nicht nochmal rausgehen?«

»Also ich nicht, ich bin fix und fertig von diesem Gewaltmarsch im Regen durch Bergen. Wenn ich mich jetzt in diese überhitzte Buddhisten-Lounge setze, bin ich morgen krank.«

»Es gibt ja noch andere Orte. Vielleicht ist irgendwo eine nette Veranstaltung.«

»Dann schlag was vor«, gähnt meine Mutter, während sie den Ton lauter dreht. Das Studium der Abendveranstaltungen in der Bordzeitung lässt mich jedoch von meinem Plan, nochmals die Kabine zu verlassen, Abstand nehmen. Hauptevent ist eine Live-Tattoo-Show im Theater: *In Bergen sind der norwegische Tätowierstar Trond Hansen und sein Team zugestiegen! Kommen Sie um 22 Uhr ins Theater und nehmen Sie ein bleibendes Andenken mit nach Hause!*

In der African Buddha Lounge gibt es *Mega Lecker Moscow Mule – stilecht serviert im Kupferbecher*, und um halb elf einen Moscow-Mule-Limbo-Wettbewerb, bei dem man die Limbostange unterqueren muss, mit Cocktailgläsern in beiden Händen. Der Gewinner erhält einen Gutschein für eine Segway-Tour durch Reykjavik, die Zweit- und Drittplatzierten dürfen gratis am nächsten Handtuch-Origami-Workshop teilnehmen.

Black Jack, Poker und Roulette im Schiffscasino. Beim Mitternachts-Shopping im Bordshop gibt es zehn Prozent Ermäßigung auf alle Uhren ab 250 Euro. Und in der Ocean Bar *erwartet Sie unsere Glückscoachin Sandra von Hagen bei Aperol Spritz zu einer persönlichen Kennenlernrunde!*

Nein danke, dann lieber Kreuzfahrerin, die Kreuzfahrern im Fernsehen beim Fernsehen zuschaut, beschließe ich und gehe ins Bad, um mir die Zähne zu putzen.

Als ich fertig bin und mich neben meine halb eingeschlafene Mutter ins Bett lege, wird eine junge Familie mit Kind in ihrem Schiffsalltag begleitet. Das Kind heißt Yannick, es ist sechs Jahre alt und hat schon fünf Kreuzfahrten absolviert. Dementsprechend altklug führt es das Filmteam übers Schiff und quasselt mit polypenverstopfter Nase dummes Zeug ins Mikrofon. Die Mutter ist mit Tätowierungen – von Trond Hansen? – übersät, und während sie mit ihrem Mann in einem Partner-Ruhesessel fernsieht, erzählt sie, man könne an Bord so entspannt Urlaub machen, denn Yannick könne ja nicht vom Schiff verschwinden, man finde ihn immer irgendwo wieder. Yannick wird derweil dabei gefilmt, wie er an der Pool Bar mit seiner Kids-Bordkarte einen pinken Kindercocktail namens Bubblegum bestellt. Die

Kids-Bordkarte habe die Eigenschaft, dass Yannick damit keinen Alkohol bestellen könne, erklärt der ebenfalls tätowierte Vater, ansonsten habe sie aber volle Gültigkeit, und Yannick könne damit im Prinzip den ganzen Bordshop leerkaufen und sie in den Ruin stürzen. »Aber da vertrauen wir ihm einfach, dass er das nicht macht.«

Was ihm am besten gefällt auf dem Kreuzfahrtschiff, wird Yannick gefragt.

»Die Würstchen«, sagt er, »morgens ess ich immer Würstchen mit Ketchup und mittags und abends auch.«

»Die sollen dem mal die Polypen rausmachen lassen«, sagt meine Mutter, »furchtbar, wahrscheinlich finden die das auch noch süß!«

Yannicks Mutter wird eingeblendet. »Ja, er liebt die Würstchen, die Würstchen sind für ihn echt das Allergrößte!« Die Eltern lachen.

Landausflüge hingegen mag Yannick nicht. »Da muss man immer so viel laufen«, erläutert er, »ich bleib lieber auf dem Schiff, da ist viel schöner.« Dann rennt er an die Pool Bar und ordert den nächsten Kindercocktail.

»Das Problem ist«, sagt seine Mutter, »wir haben jetzt Europa schon gesehen, wir waren Nordsee, Ostsee, Mittelmeer und Kanarien.«

»Kanarien?«, wiederhole ich. Meine Mutter ist derweil eingeschlafen.

»Im Prinzip müssten wir jetzt mal Karibik oder Dubai machen«, sagt der Vater, »dass Yannick auch mal was anderes erlebt.«

Warum, er will doch eh nicht von Bord?, denke ich, während Yannick mit einem Würstchen in der Hand durchs Bild läuft. Dann kommt Werbung. Eine hübsche Blondine im Bikini sitzt mit iPad in der Hand in einem

Liegestuhl am Kanarien- oder Karibikstrand, blickt sich mit verführerischem Blick zur Kamera um und sagt: »Das ist mein letzter Urlaub allein! Ich parshippe jetzt!«

Ich angele mir die Fernbedienung vom Bauch meiner Mutter und schalte aus.

Kapitel 6

Seetag – Auf dem Weg nach Island

Heute ist die letzte Gelegenheit, mich an Bord tätowieren zu lassen, erfahre ich aus der Bordzeitung, denn Trond Hansen und sein Team werden das Schiff in Reykjavik wieder verlassen. Ich lasse die Chance ungenutzt verstreichen. Nächstes Highlight der Reise ist der Gastauftritt eines *isländischen Sehers*. Während wir morgen in Reykjavik vor Anker liegen, wird der Seher an Bord kommen. *Ragnar – He's Got The Look – Erikson* sei ein aus Funk und Fernsehen auch in Mitteleuropa bekannter Schamane, lese ich. *Jeweils ein halbes Jahr lang schöpft Ragnar Kraft im isländischen Hochland. Er betrachtet die scheinbar so karge Landschaft und nimmt die verborgenen Kräfte seiner Urahnen in sich auf.*

Die andere Hälfte des Jahres ist er in ganz Europa unterwegs, um die Menschen mit seinem *nährenden Blick* zu beschenken. Es kostet fünfundvierzig Euro, wenn man den Seher im Bordtheater sehen will. Oder wenn man vom Seher gesehen werden will, was weiß ich, was soll das sein, ein nährender Blick? Überraschenderweise ist meine Mutter bestens im Bilde über Ragnar – He's Got The Look – Erikson. Es gebe eine Fernsehdoku über ihn. »Der steht eine halbe Stunde lang in riesigen Hallen auf der Bühne und guckt die Leute an.« Sein nährender, mit der Kraft der Urahnen vollgesogener Blick heile Krankheiten und Depressionen, zumindest seien seine Fans davon überzeugt. Nach einer halben Stunde verschwinde er wieder, ohne ein Wort gesagt zu haben.

»Nee, da melden wir uns nicht an, für den Scharlatan«, beschließt meine Mutter. Stattdessen werde sie heute am Strudel-Workshop teilnehmen. Ich denke zuerst an Strudel gepaart mit Stromschnellen und wundere mich, was sie in einem Wildwasser-Workshop will, der die Gäste vielleicht auf Rafting in isländischen Flüssen vorbereiten soll, aber es handelt sich um einen Backkurs in der Bordküche, bei dem man lernt, österreichische Topfenstrudel anzufertigen.

Während sie Strudel backt, verziehe ich mich nachmittags mit dem Ozean-Tango in die Bordbibliothek. Mir ist etwas flau im Magen, wegen einer zu großen Portion Lasagne zum Mittagessen und weil sich heute erstmals die vom Kapitän angekündigten »turbulenten Wetteraktivitäten« eingestellt haben. Draußen tost ein eisiger Wind, die Gischt spritzt bis zu unserem Balkon hoch, das Schiff stampft und rollt, und überall an den Aufzügen und Treppenaufgängen stehen auf einmal große Stelen, aus denen man sich Brechtüten herausziehen kann. Von der Funktionsweise her sind sie ähnlich wie Hundekotbeutel-Spender in Parks und Grünanlagen.

Die Bibliothek ist ein winziger, abseits aller Cafés, Restaurants und Vergnügungslocations gelegener Raum, drei Wände komplett aus Bücherregalen bestehend, zwei Sessel direkt vor der Fensterfront, in der Mitte eine rote Zweisitzercouch.

Ich setze mich in einen der Sessel. Die Fenster sind so gut isoliert, dass man nichts von der stürmischen Außenwelt hört. Ich betrachte die sich lautlos auftürmenden und schäumend in sich zusammenbrechenden Wellenberge. Als Maßnahme gegen meine latente Übelkeit suche ich den Horizont, man soll ja den Blick auf den Horizont richten, um dem vom Geschaukel verwirrten Gehirn einen Anhaltspunkt und Ruhepol zu bieten, aber im einheitsgrauen Dunst ist keine Trennlinie zwischen Himmel und Meer erkennbar. Zusätzlich unwohl fühle ich mich auch, weil ich immer wieder an den bescheuerten Traum von letzter Nacht denken muss. Ich war Glückscoachin und musste an Bord einen Power-Point-Vortrag halten zu dem Thema *Die Chemie der Liebe*. Die Liebe sei ein Blitzschlag, erzählte ich den Kreuzfahrern, und man sei nur sicher davor, wenn man im Auto sitze. Niemand habe sich je beim Autofahren verliebt, denn das Auto sei ein pharaonischer Käfig. Ich klickte weiter in meiner Präsentation, und auf der LED-Leinwand hinter mir erschien ein Foto der ägyptischen Pyramiden. Auch die Pyramiden seien ein pharaonischer Käfig, erläuterte ich, die seien extra so gebaut worden, dass die Mumien darin nicht vom Blitz getroffen werden könnten, und außerdem habe sich noch niemals jemand im Inneren einer Pyramide verliebt. »Oder? Haben Sie sich jemals im Inneren einer Pyramide verliebt?«, rief ich forsch in Sandra-von-Hagen-Manier ins Publikum. Auf einmal sehe ich zwischen all den Kreuzfahrern Günther, neben ihm seine Frau Sanna. Sie trägt eine glitzernde Halskette, und ich weiß genau, dass er sie ihr kurz zuvor in der Bord-Shoppingwelt gekauft hat. An mehr kann ich mich zum Glück nicht erinnern.

Der Ozean-Tango wird gegen Ende hin immer schleppender und kann mich nicht mehr so richtig fesseln. Der junge Tangotänzer und die junge Tuchfabrikantengattin sind gerade wieder in seiner Kabine zugange. Er küsst sie und versucht, ihr Mieder zu öffnen, gleichzeitig muss er sich das Geräusch ihres erregten Wimmerns, die Kräuselung ihres schweißnassen Haars im Gedächtnis einprägen, da ihm ja sonst keine Erinnerung bleibt, von der er einst auf dem Totenbett wird zehren können. Er ist von all dem ziemlich überfordert, zumal ihr dann noch Tränen aus den Augen treten, Tränen, deren salzigen Geschmack und deren Lauflinie über ihre Wangenknochen er sich merken muss, ein Tränenbach fließt ins schweißnasse Haar, dem anderen wird am Schlüsselbein Einhalt geboten.

Der alte Tuchfabrikant sitzt derweil erneut, wiederum in Zigarrenrauch gehüllt und in düsterer Stimmung, bei einer Partie Schach mit dem argentinischen Rinderzuchtbaron zusammen. Sie trinken Kognak, und der Tuchfabrikant, der kurz vor dem Schachmatt steht, verspürt auf einmal einen Stich ins Herz und greift sich an die Brust. Ich denke schon, dass die Geschichte nun doch eine überraschende Wendung nimmt: Der lästige Ehemann fällt tot um, Herzinfarkt, und der Weg ist frei für das Liebesglück des jungen Paares. Aber nein, er verspürt lediglich einen Stich und spielt dann weiter Schach, nicht ahnend, dass im selben Moment, als er den Stich verspürt, der Tangotänzer in seine wimmernde Frau eindringt; denn das weiß nur der allwissende Erzähler.

›Ach‹, sagt der Tuchhändler, nachdem der Rinderzuchtbaron ihn schachmatt gesetzt hat, und dann nochmal: ›Ach!‹

Ich klappe das Buch zu und stehe auf, um mich in den Regalen nach spannenderer Lektüre umzusehen. Natürlich gebe ich damit leichtfertig meinen Sitzplatz im bequemen Sessel an der Panoramafensterfront auf, was prompt bestraft wird, denn kaum dass ich an der hinteren Regalwand stehe, öffnen sich mit einem Knall die saloonartigen Flügeltüren, und ein Seniorenpärchen von immensen Ausmaßen betritt die Bordbibliothek. Nun bin ich ja nach zwei Tagen auf See schon an die üppigen Körperumfänge vieler Passagiere gewöhnt, aber was ich jetzt sehe, ist eine groteske Karikatur menschlichen Körperbaus. Ohne Zweifel: Hier begegne ich den mit Abstand dicksten Kreuzfahrern an Bord. Sie sind auch sehr groß, beide etwa ein Meter achtzig, schätze ich, und so breit, dass ein jeder gerade so durch die Eingangstür passt. Sie werfen mir beide einen freundlichen, kurzatmigen Gruß zu und lassen sich in die Sessel an der Fensterfront fallen, wo sie nun reglos sitzen bleiben und heftig schnaufen. Wahrscheinlich hat der Fußmarsch von ihrer Kabine zur Bordbibliothek sie vollkommen erschöpft. Aus den Augenwinkeln betrachte ich die atmenden Kolosse, die eine Faszination des Schreckens auf mich ausüben. Etwa fünf Zentimeter Tiefgang, überlege ich, verdankt unser Schiff mit Sicherheit der Anwesenheit dieses Pärchens. Gespannt warte ich, wie sie sich weiterhin verhalten, aber es geschieht nichts, das Sitzen und Schnaufen scheint ihnen vollkommen zu genügen, zu viel Aktivität ist ja auch nicht ratsam. Der männliche Riese trägt ein aquamarinblaues XXXL-Polohemd, die Knöpfe geöffnet, um seinem Vierfachkinn Raum zum Herausquellen zu bieten. Graue Stoffhose mit Gummibund und Hosenträgern. Seine großen Fußklumpen werden von grob gestrickten beigen Socken umspannt. Die Wolle scheint aufgrund des Ausmaßes seiner Füße kurz vorm Zerreißen zu stehen und wird vielleicht nur noch von den braunen Gesundheitssandalen mit stramm versiegeltem Klettverschluss zusammengehalten. Mittig vor sich hat er zwischen die abgespreizten Beine seinen Krückstock aufgestellt und seine überkreuzten Unterarme waagrecht darauf abgelegt. Die Hände knicken an den Gelenken ab und hängen schlaff nach unten. Sein Blick ist nicht etwa aufs Meer, sondern auf die Stelle gerichtet, wo der Stock den Boden berührt. Es sieht aus wie eine ungewöhnliche Meditations- oder Yogahaltung: »Der gekreuzte Felsen«, oder so ähnlich könnte man die Übung nennen.

Seine Frau japst leise und wedelt sich mit den Händen Luft an die schweißnassen Backen. Sie trägt einen schwarzgefärbten Bürstenhaarschnitt mit dunkelrot glänzenden Nuancen, dazu leuchtend rot geschminkte Lippen, rote Finger- und Fußnägel und goldene Glitzer-Flipflops. Sie sieht aus wie ein riesiger, schillernder, an Land gespülter Koikarpfen, wie sie dasitzt und nach Luft schnappt. Den Rest ihrer Kleidung kann ich nicht eindeutig bestimmen, man sieht schwarze Stoffbahnen, die um ihren Körper geschlungen sind, ohne dass ersichtlich wäre, ob es sich um ein Kleid, einen Hosenanzug, einen Jumpsuit oder eben schlichtweg um Stoffbahnen handelt, in die sie sich eingewickelt hat.

Nach einiger Zeit sackt ihr Kopf nach vorn, offenbar ist sie eingeschlafen. Ihr Mann betrachtet weiterhin schnaufend seinen Stock.

Ich suche in der Bordbibliothek nach unterhaltsamer Lektüre, allerdings ohne Erfolg. Reihenweise Erotikschmalz mit Titeln wie *Vergib mir mein Begehren!*, *Brennende Lust – Das Feuer lodert weiter* und *Die keuschen Segler vom Oslofjord*. Daneben Gartenratgeber: *Wühlmäuse effek-*

tiv bekämpfen oder *Der Feind in meinem Vorgarten – Wenn Bäume zur Bedrohung werden*. Zerfledderte Krimis und Thriller: *Der Delfintherapeut – Blutige Reise nach Lanzarote*. Sieben Regionalkrimis aus der Eifel, sechs aus Hannover, drei aus der Oberpfalz, einer aus dem Hunsrück. Konsalik, Simmel, Juli Zeh. Ein fast tausendseitiges Werk namens *Ackerkrume, damals* fällt mir aus einer oberen Regalreihe entgegen. Ein »epochaler Familienroman« von Heinrich Waldemar Ertel, im Eigenverlag erschienen. Wer liest so was? Wie kommt so was aufs Schiff?

Ein Gedichtband von Friedemann Schmitt: *Auf der untersten Stufe der Öle*. Noch ein Gedichtband von Friedemann Schmitt: *Frauen im Wendehammer*.

Ohne literarische Ausbeute setze ich mich auf das kleine Sofa mit Ausblick auf die beiden Kreuzfahrer-Kolosse, zwischen denen ein Fetzen graue Meeresoberfläche zu sehen ist. Neben mir auf der roten Sitzfläche liegt ein Taschenbuch mit dem Titel *Die Sperma-Diät*, daneben eine Zeitschrift namens *Das Engelsheft – Impulse aus einer anderen Welt*. Ich hätte schwören können, dass die beiden Schriftstücke eben noch nicht dort lagen, dass das Sofa leer war, aber anscheinend habe ich mich getäuscht, oder jemand hat heimlich, still und leise, während ich mit Blick aufs Meer im Lesesessel in den Ozean-Tango vertieft war, die Bibliothek betreten und die Werke dort abgelegt. Vielleicht sind es aber wirklich »Impulse aus einer anderen Welt«, die sich hier aus dem Nichts manifestiert haben und mir etwas sagen wollen. Nicht ohne Neugier lese ich den Klappentext der Sperma-Diät: *Candy ist ein Großstadtsingle, wie er im Buche steht. Zusammen mit ihren Freundinnen Jessie, Laure und Meg kennt sie nur drei Themen, die es wert sind, Abend für Abend bei reichlich*

Prosecco und Cosmopolitan-Cocktails besprochen zu werden: Männer, Handtaschen und Männer. Da betritt der smarte, umwerfend gut aussehende Immobilienmakler Jason die Bühne und wirbelt das Liebesleben der Damen gehörig durcheinander. Ausgestattet mit einem Millionenbudget plant er, im Penthouse eines mysteriösen Gönners einen Pornofilm zu produzieren und sucht dafür noch die geeignete Hauptdarstellerin …

Aha, denke ich, was es alles gibt. Ich lege die Sperma-Diät wieder zur Seite und blättere im Engelsheft, wo sich ein erstaunlicher Artikel an den nächsten reiht. *Die schützende Hand des Erzengels Michael*, dann eine Reportage über Delfine, die Engel der Meere, wie ich erfahre. Die Autorin hat eine *Seelenreise nach Hawaii* unter dem Motto »Come back as a Dolphin« unternommen. Auf der nächsten Seite Auraorakel, dann Engelgesang (wie man lernt, ihn zu hören) und: Aktiviere deine Verletzlichkeit.

Ich lese ein verstörendes Interview mit einer Einhornexpertin. Einhörner, so lerne ich, haben eine andere Energie als Engel. Sie geben uns die Leichtigkeit zurück, denn sie arbeiten mit den Strahlen, die aus ihren Lichthörnern kommen. Sie habe einst unter einem Apfelbaum gesessen, erzählt die Einhornexpertin, als auf einmal aus einem goldenen Wirbel heraus eine Einhornherde auf sie zugetrabt kam, mit ihr telepathisch kommunizierte und ihr sagte, sie solle Einhornexpertin werden und den Menschen von ihnen berichten. Einhörner kommen aus der siebten Dimension, können sich der Erde aber nicht so leicht nähern wie Engel, weil sie eine andere Schwingung haben. Jeder Mensch habe mindestens zwei persönliche Einhörner, aber manche noch viel mehr, Jeanne d'Arc zum Beispiel war umgeben von Einhörnern. Gegen Ende des Interviews wird sie gefragt, was Einhörner eigentlich sind. *Einhörner sind weiße Pferde, die in eine höhere Schwingung gegangen sind und dadurch dieses Lichthorn bekommen haben*, antwortet die Einhornexpertin, *aber eigentlich sind Einhörner liebevolle Krankenschwestern, Kindermädchen und Haushaltshilfen, denn sie sind immer da, wenn wir sie brauchen.*

Ich überlege, ob ich das Heft Yvonne mitbringen soll, denn eine spirituelle Einhorn-Haushaltshilfe könnte sie sicher dringend brauchen. Mir fällt ein, dass ich noch ein Buch im Koffer habe, das mir Yvonne zum Geburtstag geschenkt hat. Wenn ich hier in der Bordbibliothek nicht fündig werde, kann ich mich also immer noch auf die Lektüre von *Die Chrysanthemenschwestern* freuen. Yvonne sagte, sie sei noch nie so bewegt gewesen von einer Geschichte, die Geschichte zweier Schwestern, und da wir ja auch Schwestern seien, solle ich das Buch unbedingt lesen, es würde mich sicherlich genauso bewegen wie sie.

Mit einem Knall floppt die Schwingtür auf, und ich schaue mich um, wer da so stürmisch hereinkommt. Wahrscheinlich würde ich nicht viel entgeisterter dreinschauen, beträte in diesem Moment ein Einhorn die Bordbibliothek, aber es ist Johann, mein Glückspate, der grinsend und mit einem Stapel Bücher in der Hand an mir vorbeigeht und sich rechts von mir an den Rand des Sofas setzt.

Er sieht aus wie ein Männermodel für Marinebekleidung: blauweiß gestreiftes T-Shirt, dunkle Leinenhose und diese Slipper, die man glaube ich als Segelschuhe bezeichnet.

»Hallo Pechmarie«, begrüßt er mich freundlich, und mir fällt nichts Schlagfertigeres ein, als »Ah, hallo …« zu murmeln. Aus den Augenwinkeln wirft er einen Blick auf mich und meine Lektüre. Die Peinlichkeit, die in mir aufsteigt, kommt aus der siebten Dimension, mindestens, mein Gesicht fühlt sich plötzlich so rot an wie die Fingernägel der schlafenden Riesenseniorin im Lesesessel. In aller Deutlichkeit ist mir bewusst, dass neben mir auf dem Sofa gut sichtbar die Buchtitel *Ozean-Tango – Leidenschaft auf hoher See* sowie *Die Sperma-Diät* liegen, zudem halte ich das Engelsheft mit dem aufgeschlagenen Einhorn-Artikel in der Hand – die Doppelseite ist mit galoppierenden weißen Einhörnern illustriert, aus deren Hörnern gleißende Lichtstrahlen schießen. Ich klappe die Zeitschrift zu und lege sie mit der Rückseite nach oben auf die Sperma-Diät, was es aber auch nicht besser macht, denn hinten ist Werbung für einen Engelskongress abgedruckt: *Wie Erzengel Gabriel auch in schweren Lebenskrisen helfen kann.* Mein Glückspate muss mich spätestens jetzt für völlig vereinsamt und verzweifelt halten, abgedriftet in esoterische Traumwelten und Kitschpornos.

Ich sollte wirklich für den Rest der Kreuzfahrt in der Kabine bleiben, denke ich, selbst in der Bordbibliothek ist man nicht sicher vor Demütigungen. Zumindest kommentiert er nicht, was er sieht, sondern vertieft sich in eine Art Arbeitsbuch, in dem er mit Kuli Kästchen ankreuzt und Sätze unterstreicht. Vielleicht ein Lehrbuch für die Uni, wobei er für einen Studenten eigentlich zu alt ist. Gerade als ich beschließe, meine Sachen zu packen und den Rückzug anzutreten, ertönt ein gellender Pfeifton, der Johann, mich und die dösenden Riesensenioren zusammenzucken lässt.

»Jetzt war ich gerade eingeschlafen«, beschwert sich

die monströse Frau, dann sieht sie auf die Uhr, schreckt erneut zusammen und wuchtet sich mit erstaunlicher Geschwindigkeit aus dem Sessel. »Franz, aufstehen, Kaffee und Kuchen ist gleich vorbei!« Schnaufend und schnaubend durchbrechen sie die Schwingtür und sind verschwunden.

Die Crew werde jetzt in Kürze eine Rettungsübung zum Thema »Evakuierung auf offenem Meer« durchführen, erklärt derweil eine Lautsprecherstimme. Die Passagiere sollten sich von den folgenden Alarmsignalen und Durchsagen nicht stören lassen, es sei aber jeder, der freiwillig an der Evakuierungsübung teilnehmen wolle, herzlich dazu eingeladen mitzumachen und sich nach dem entsprechenden Signalton mit Rettungsweste an seiner jeweiligen Sammelstation einzufinden.

Johann schaut mich kopfschüttelnd an: »Wer macht denn freiwillig bei so was mit?«

Ich zucke mit den Schultern. »Keine Ahnung.«

»Kannst du zufällig Spanisch?«

»Ähm … Ja, ein bisschen.«

»Ich könnte ein bisschen Hilfe gebrauchen. Hast du fünf Minuten Zeit?«

Ob ich fünf Minuten Zeit habe? Ich beschließe, dass ich endlich mal mit einer originellen Antwort aufwarten muss, um mein desaströses Image aufzuwerten.

»Eigentlich nicht, nein«, sage ich daher.

»Oh. Okay.« Er sieht mich leicht befremdet an.

»Ich wollte jetzt zum Piraten-Nachmittag auf dem Pooldeck. Da gibt's einen Wettbewerb im Holzbeinweitwurf, da wollte ich gerne mitmachen.«

»Aha. Ach so.« Er sieht mich noch befremdeter an. »Da wirft man Holzbeine?«

»Ja. Klingt superlustig, ich freu mich schon den ganzen Tag drauf.«

Jetzt weiß er nicht mehr, was er sagen soll. Ich sehe ihm an, dass ihm die bisherigen Einblicke in meine Persönlichkeit mehr als seltsam erscheinen. Für ihn erscheine ich als depressive, vereinsamte Engelsanbeterin, die sich in Ermangelung von Männerkontakten und Sex für Einhörner interessiert und gerne Holzbeinweitwurf macht.

»Das war ein Witz«, kläre ich ihn schließlich auf.

»Ach so.« Er atmet hörbar auf. »Es gibt gar keinen Piraten-Nachmittag.«

»Doch, aber ich geh da nicht hin.«

»Den gibt's echt?! Mit Holzbeinweitwurf? Glaub ich nicht.«

»Doch, steht in der Bordzeitung.«

»Bist du Schauspielerin? Du hast das so überzeugend gesagt, ich hab wirklich geglaubt, du gehst jetzt zum Holzbeinweitwurf.« Sein Blick ist leicht verändert jetzt, stelle ich nicht ohne leise Genugtuung fest. Keine Belustigung mehr, kein Spott und kein Mitleid. Stattdessen fast schon so etwas wie Interesse.

Die Worte »Ein Spiel und ein Zeitvertreib« kommen mir auf einmal in den Sinn, ohne dass ich zunächst weiß, was mein Gehirn mir mit dieser Assoziierung sagen will. Dann fällt mir ein: Es ist der Titel des ersten Buchs, das Günther mir geschenkt hatte, von James Salter. Es geht um eine Affäre zwischen einem Amerikaner und einer Französin, vom Inhalt habe ich das Meiste vergessen, aber der Titel gefiel mir damals schon auf Anhieb. Und jetzt drängt er sich plötzlich hier aufs Schiff. Diese Bekanntschaft mit dem Glückspaten … Vielleicht sollte ich sie nutzen, denke ich. Als Spiel und als Zeitvertreib eben. Damit die Kreuzfahrt schneller vorbeigeht. Damit für das lästige Günther-Vermissen im Idealfall kein Raum mehr bleibt. Wahrscheinlich ist mir schlichtweg die mit Leidenschaft überfrachtete Tango-Story zu Kopf gestiegen, aber im Moment erscheint mir ein Flirt mit einem attraktiven Alleinreisenden als äußerst unterhaltsame Zerstreuung, unterhaltsamer zumindest als Holzbeinweitwurf.

In den nächsten Minuten tauschen wir die wichtigsten Eckdaten aus. Er erfährt, dass ich keine Schauspielerin bin, sondern als Mediengestalterin arbeite, die mit dem Gedanken spielt, vielleicht noch Grafikdesign zu studieren, sich aber noch nicht richtig dazu aufraffen kann. Er nimmt es mit Begeisterung zur Kenntnis, als hätte ihm noch nie jemand spannendere Einblicke in sein Berufsleben gewährt. Er entwickelt beim Zuhören den typisch männlichen Idiotenblick, treuherzig und verblendet. Wobei, vielleicht ist es nicht typisch männlich, vielleicht sehen Frauen ja auch so aus, wenn sie gerade, ohne es selbst zu merken, ungläubig staunend über diese seltsame Schwelle stolpern, vom grauen Alltag als graue Maus hinein als Prinzessin ins bonbonrosarot gestrichene Schloss der Verliebten.

Johann arbeitet in Hamburg als Bauingenieur, geht aber demnächst für ein mehrmonatiges Projekt nach Spanien. Irgendein Bauvorhaben soll er dort begleiten, eine Ferienhaussiedlung, Eigentumswohnungen für deutsche Rentner an der Costa de la Luz. Das Buch, in dem er zuvor Kästchen angekreuzt hatte, stellt sich als Spanisch-Lernbuch heraus. Er sei in einem Volkshochschulkurs, dessen Niveau ihn deutlich überfordere, erzählt er, lauter Greise, die seit Jahrzehnten VHS-Spanischkurse machten und ihre Kenntnisse zusätzlich auf Südamerika-Busrundreisen und Gran-Canaria-Langzeiturlauben verfeinerten. Um nicht völlig den Anschluss zu verlieren, wolle er auf der Kreuzfahrt jeden Tag etwas »nacharbeiten«. Das sei sehr löblich, gebe ich ihm zu verstehen, und ich sei gerne bereit, ihm zu helfen, denn ich hätte im Gymnasium immerhin fünf Jahre lang Spanisch gehabt und auch einen Schüleraustausch in Madrid absolviert, das sei zwar alles schon lange her, aber wenn noch Restkenntnisse dieser schönen Sprache irgendwo in meinem Hirn versteckt sein sollten, so würde ich mich gerne bemühen, sie wieder zum Leben zu erwecken.

Ach, das sei wunderbar, wenn wir zusammen Spanisch lernen könnten, sagt Johann, und ich fühle mich wie eine Figur im Ozean-Tango. Unsere zarte Annäherung wird durch einen Pulk Rentner in Rettungswesten gestört, der von zwei Crewmitgliedern in die Bibliothek getrieben wird, mit der Anweisung, hier auf weitere Anweisungen zu warten. Anscheinend nehmen wirklich einige Passagiere – es sind ausschließlich Männer – freiwillig an der Evakuierungsübung teil.

Immer mehr Senioren in Rettungswesten drängen in die kleine Bibliothek, weswegen Johann vorschlägt, die Flucht anzutreten, bevor wir ungewollt in Evakuierungsmaßnahmen integriert und vielleicht zu Übungszwecken mitsamt den Rentnern in einem Rettungsboot zu Wasser gelassen werden.

Wir finden Zuflucht auf Deck 9 in der Casablanca-Lounge, die von der Einrichtung her eine Kreuzung zwischen deutschem Kleinkunsttheater und marokkanischem Teesalon darstellt. Bühne mit rotem Samtvorhang, auf der gegenüberliegenden Seite eine Bar mit Bierzapfanlage und etwa dreißig Ginflaschen in einem Setzkasten mit indirekter Beleuchtung. Im Raum verteilt sind mehrere Sitzgruppen mit niedrigen braunen Ledersesseln, sehr unbequem aussehenden Sitzwürfeln und bunten Mosaiktischen. Einziger Gast außer uns ist ein alter Mann mit verhornten Füßen, der gegen sich selbst Schach spielt.

Anscheinend schämt er sich seiner Verhornungen nicht oder ist sich ihrer gar nicht bewusst, sonst würde er wohl keine Badeschlappen tragen, sondern blickdichtes Schuhwerk. Der Mann war doch auch einmal ein Baby mit weichen Zehen, denke ich, unglaublich, was sich im Laufe eines Lebens für eine Patina ansammeln kann. Vielleicht ist es ein schleichender Prozess, vielleicht merkt man selbst gar nicht, wie man verhornt, so wie man ja auch nicht bemerkt, wenn man in der Demenz versinkt. Aber Johanns Anwesenheit und seine Bestrebungen, sich mit mir gemeinsam mit den Mysterien der spanischen Sprache zu beschäftigen, lenken mich vom Hornhaut-Mann ab.

Als Hausaufgabe für den Volkshochschulkurs muss er Fragen zu einem literarischen Textfragment beantworten. Wir lesen den Text und kapieren zusammen zwar den Inhalt, aber nicht den Sinn. Es geht um eine edle Familie, die in einem Landhaus zu Abend isst, und derweil erschießt sich die Tochter des Hauses im Badezimmer, nachdem sie sich zuvor vollständig entkleidet hat. Die Familie eilt, vom Schuss aufgeschreckt, ins Badezimmer. Der Vater kaut ein Stück Fleisch und wälzt es mit der Zunge im Mund herum, da er nicht mehr schlucken kann angesichts des Leichnams seiner Tochter.

»Was ist denn das für ein fürchterlicher Text?«, frage ich, »könnt ihr nichts Fröhlicheres lesen?«

»Ich weiß«, stöhnt Johann, »und noch schlimmer sind die Fragen, die man jetzt beantworten soll. Ich schieb das schon seit Beginn der Kreuzfahrt vor mir her, ich kapier die einfach nicht.«

»Ach was, das kann doch nicht so schwer sein.«

Die erste Frage zum Textverständnis lautet: Womit bedeckt der Vater den Leichnam seiner Tochter?

»Mit einem Waschlappen«, sage ich, »das stand doch da, dass er die Scham seiner Tochter mit einem Waschlappen bedeckt.«

»Nein«, sagt Johann, »ich glaube, er bedeckt den Büstenhalter der Tochter, der auf dem Bidet liegt, mit einem Waschlappen.« Bei nochmaligem Lesen der anspruchsvoll verschlungenen Sätze, die die Handlungen des Vaters beschreiben, wird klar, dass auch eine Stoffserviette eine gewisse Rolle spielt. Er bedeckt die Scham der Tochter entweder mit der Stoffserviette, dem Waschlappen oder dem BH. Wobei der BH auch in Bezug zu dem Fleischbrei steht, den der Vater die ganze Zeit ohne zu schlucken im Mund herumwälzt.

»Er erbricht das Fleisch am Ende in die Stoffserviette über dem Bidet«, vermute ich. Johann sagt, er verstehe die Abfolge so, dass der Vater der Tochter den BH auszieht, quasi als Kotztüte, in die er sich erbrechen kann. »Quatsch«, sage ich, »der BH hängt doch die ganze Zeit über dem Bidet.«

»Ja, stimmt. Aber was ist jetzt mit dem Waschlappen?«

Die Beschäftigung mit dem literarischen Textfragment nimmt uns so in Beschlag, dass wir kaum mitbekommen, wie sich die Casablanca-Lounge immer mehr füllt. Plötzlich sind um uns herum alle Sessel und Sitzwürfel mit Kreuzfahrern besetzt, emsige Kellner quetschen sich durch die Reihen und stellen auf jedem Tisch Kaffeekannen und große Servierteller mit Kuchenstücken, Cookies und Muffins ab, die sich die Kreuzfahrer flink zum Mund führen.

Wenn ich so um mich schaue, kommt mir das Schiff immer mehr vor wie eine schwimmende Adipositas-Kurklinik, in der ein neuer, ganzheitlicher Ansatz verfolgt wird: Hier wird das Übergewicht nicht bekämpft, sondern liebevoll erhalten und vermehrt. Das Gleiten des Kur-Schiffes auf der Oberfläche des Meeres sorgt für gefühlte Leichtigkeit und Schwerelosigkeit bei den Fettleibigen. Sieh her, sollen sie denken, selbst ein tonnenschwerer, hässlicher Brocken wie dieses Schiff kann problemlos übers Wasser schweben, ohne unterzugehen, es wird geliebt, es hat Fans, es läuft Häfen an, wird freundlich begrüßt und freundlich verabschiedet. Hier darf jeder sein, wie er ist. Voller Selbstvertrauen schnaufen die Dicken daher von Mahlzeit zu Mahlzeit, ohne gemaßregelt zu werden von Diätplänen oder Sportprogrammen. Das Fitnessstudio, fällt mir ein, liegt extra weit entfernt von den Bordrestaurants, damit man vor seiner Existenz mühelos die Augen verschließen kann.

Ein kleiner, älterer Herr mit braunem Cordsakko beginnt, auf der Bühne mit Headset, einem Stehtisch und einem Laptop zu hantieren. »Ist hier jetzt eine Veranstaltung?«, fragt Johann seinen Kuchen essenden Sitznachbarn, aber der schüttelt nur den Kopf.

»Ich weiß es nicht. Wir machen hier nur eine Pause.«

»Irgendwas mit Trollen«, sagt eine Frau.

Hier finde jetzt gleich ein Trollvortrag statt, präzisiert eine Seniorin, die ein lila XXL-T-Shirt mit dem Schriftzug *Find Joy In The Ordinary!* trägt. An Bord sei ein wissenschaftlicher Lektor von der Uni Hamburg, Dr. Jesper Müller, der in der Casablanca-Lounge bei Kaffee und Kuchen immer interessante Vorträge halte, gestern habe er über die Abenteuer der Wikinger gesprochen. Die übergewichtigen, essenden Rentner umschließen uns wie ein Felsenmeer, das nur schwer zu durchqueren oder übersteigen wäre, deswegen bleiben Johann und ich einfach sitzen, schenken uns Kaffee ein und beschließen, den Trollvortrag anzuhören.

Dr. Jesper Müller öffnet gerade ein Loch im Bühnenboden und zieht ein langes Kabel heraus, das er an seinen Laptop anstöpselt. »Hopsa«, sagt er dann, und nochmal »Hopsa«, da sich das Schiff gemächlich von Seite zu Seite wiegt und ihn aus dem Gleichgewicht bringt. »Heute sind wirklich hohe Wellen«, verkündet er dann, »das hab ich zuletzt in der Biskaya erlebt, aber naja, Sie sind ja seefest, meine Damen und Herren, Sie wissen, worauf Sie sich einlassen, Sie haben schließlich keine Flusskreuzfahrt gebucht, sondern die Highlights des Nordens!« Vom Wellengang gänzlich unbeeindruckt, verzehren die seefesten Senioren weiterhin Kuchenstück um Kuchenstück.

Der sogenannte Trollvortrag ist eine recht merkwürdige Angelegenheit. Dr. Jesper Müller schwankt mit bleichem Gesicht von einem Bein aufs andere, kommt bisweilen ins Straucheln und muss immer wieder »Hopsa!« rufen. Während er wie ein Betrunkener hin und her stolpert, eröffnet er der mampfenden Zuhörermenge, dass ganz Island von Trollen besiedelt sei. In einer Power-point-Präsentation zeigt er Fotos von Felsen, Wasserfällen und Schluchten. Es gebe keinen Ort auf Island, an dem die Trolle nicht zu finden seien. Er spricht von ihnen, als seien sie so real wie Islandpferde oder Polarfüchse. »Wussten Sie«, ruft er, »dass die isländischen Geysire von Trollen produziert werden, die unter der Erde sitzen und auf einen Heißwasserknopf drücken? Das wussten Sie sicher noch nicht! Hopsa!« Trollkinder, so lernen wir, stürzen sich zum Zeitvertreib gerne Wasserfälle hinab. Das oberste Ziel der isländischen Bevölkerung sei es, die Trolle zufriedenzustellen, denn es gebe nichts Schlimmeres als einen wütenden Troll oder gar eine ganze wütende Trollfamilie. »Ein Troll, der sich ungerecht behandelt fühlt«, erklärt der Lektor, »der löst dann schon mal Hopsa gerne einen Steinschlag aus! Oder er macht ein kleines Feuerchen unter der Erde, damit dann ein Vulkan ausbricht!« Die Vulkanausbrüche seien sowieso alle trollinduziert, das seien meist Trolle, die in der Trollschule nicht gut aufgepasst hätten. »Die wollen eigentlich nur einen großen Geysir erzeugen, aber dann gerät ihnen das entfachte Feuer außer Kontrolle, Hopsa, und einer drückt dann aus Versehen den Auslöserknopf!«

»Ich dachte, Trolle gibt's gar nicht wirklich«, flüstert Johann mir mit fragendem Blick zu. »Der erzählt das, als wären das wissenschaftliche Fakten, will der uns veräppeln?«

»Keine Ahnung«. Ich zucke mit den Schultern. »Wirklich rätselhaft.«

Wenn wir morgen auf Island Landausflüge machten, sollten wir unbedingt darauf achtgeben, keine Trolle zu verärgern, mahnt Dr. Jesper Müller, denn die Trolle wüssten, wo unser Schiff vor Anker liege, und da könne es schon passieren, dass ein Troll zur Bestrafung der Menschen einen Felsen ins Meer werfe, um eine Flutwelle auszulösen, und etliche Fischerboote seien durch solche Racheakte schon gekentert. »Am gefährlichsten ist der Drögen«, ruft er und reißt die Arme nach oben, »der Drögen wohnt auf dem Meer, das ist ein Troll, der stößt gerne Schiffe in den Abgrund, er macht Nebel, vor ihm muss man wirklich Angst haben!« Der Lektor schwankt nach einer besonders hohen, womöglich trollinduzierten Welle nach links, die Köpfe vor uns schwanken dezent mit, Johanns rechtes Knie berührt mein linkes, entfernt sich einige Zentimeter, kommt wieder zurück. Auch unsere Oberarme berühren sich, entfernen sich, berühren sich, wir pendeln sachte hin und her, ein Spielball der Nordseedünung. »Wenn viel Wind ist, so wie jetzt«, ruft der Lektor mit weit aufgerissenen Augen, »Hopsa, dann fliegen die Trolle an selbst gebastelten Schirmen aus Blättern und geflochtenem Gras durch die Luft!« Er rate uns, heute noch an Deck zu gehen und nachzuschauen, ob vielleicht gerade ein Troll vorbeisause. »Normalerweise kreisen sie nur über Land, aber es kann schon vorkommen, dass es einen übermütigen Troll auch weit aufs offene Meer hinaustreibt! Halten Sie Ausschau! Halten Sie Ausschau!«

Er beendet den Trollvortrag recht abrupt mit dem Hinweis, dass wir nun genug gelernt hätten über das so interessante Leben der isländischen Trolle, und im nächsten Vortrag werde er dann von den Besonderheiten der norwegischen Trolle erzählen, und da sei auch einiges dabei, was man zuvor sicherlich noch nicht gewusst habe.

Johann fragt, ob ich nach diesen lehrreichen Erkenntnissen Interesse daran hätte, mit ihm an Deck zu gehen und bei einem Cocktail an der Poolbar nach übermütigen Flugtrollen Ausschau zu halten.

»Ich hab doch sowieso den Auftrag, dir als dein Glückspate einen Cocktail auszugeben«, meint er grinsend.

»Hör bloß auf mit diesem schrecklichen Glücksvortrag«, sage ich, »ich will davon nichts mehr hören.«

»Okay, wenn ich nicht mehr davon spreche, gehst du dann mit?«

Ich bin drauf und dran, Ja zu sagen, aber ein Blick auf die Uhr lässt mich in die Höhe schnellen.

»Oh Gott, schon sechs Uhr! Ich muss los, meine Mutter hat für sechs Uhr einen Tisch im Elften Gebot reserviert!«

»Im was?«

»Das Elfte Gebot, dieses Bezahlrestaurant, wir haben da einen Krabbengutschein.«

»Was ist denn ein Krabbengutschein?«

»Ein Krabbenmenü, was weiß ich, also, ich muss los!«

»Dann, ähm … Man sieht sich, oder? So groß ist das Schiff ja nicht.«

Er winkt mir nach, während ich mich durch die aufbrechenden Senioren kämpfe und im Laufschritt zu unserer Kabine eile.

Wie befürchtet ist die Panik meiner Mutter so groß, dass sie aus Sorge um meine Abwesenheit schon beinahe den Generalalarm ausgelöst hätte. »Wo bleibst du denn, wir haben doch den Tisch reserviert, nicht dass der Krabbengutschein verfällt, wenn wir jetzt zu spät kommen!«

Sie wedelt mit dem Handy herum. Sie habe versucht, mich anzurufen, »da kam nur eine Stimme, dass der Teilnehmer nicht erreichbar ist, ich dachte, du bist über Bord gefallen!«

»Mein Handy ist aus, Mama, das weißt du doch! Ich bin im Flugmodus.«

»Ja, mein Handy war auch aus, und ich wollte es ja auch aus lassen, damit ich diese furchtbaren Nachrichten von Alex und Yvonne nicht mehr lesen muss!« Aber jetzt in dieser »Notsituation« habe sie es eben eingeschaltet, und prompt seien weitere »Unsäglichkeiten« meiner Geschwister eingetroffen, aber dafür sei jetzt keine Zeit, sie zeige es mir später. »Hopp, hopp, wir müssen los, wo warst du denn so lang?!«

Während wir den Kabinenflur entlangschwanken und immer wieder rechts und links an die Wände knallen, erzähle ich ihr, dass ich in der Bordbibliothek war und danach auf einem »interessanten« Vortrag über Islandtrolle, verschweige jedoch meine Begegnung mit dem Glückspaten.

Dass wir mit fünfzehn Minuten Verspätung im Elften Gebot eintreffen, hat zum Glück nicht die Aberkennung des Krabbengutscheins zur Folge. Ein ganz in Weiß gekleideter philippinischer Kellner geleitet uns zu unserem Zweiertisch im hinteren Bereich des Restaurants. Das Elfte Gebot ist spärlich besucht, da es aus Sicht der meisten Kreuzfahrer natürlich Unfug ist, ein teures Bezahlrestaurant auszusuchen, wenn im Marktstüberl, im Papageno und im Asia die Gratiströge warten. Die Einrichtung könnte man als dezent sakral beschreiben, an den Wänden hängen prunkvolle goldglänzende Ikonen, es ertönen gregorianische Gesänge als Hintergrundmusik, und die massiven Raumteiler aus dunklem, verschnörkeltem Holz, die für Privatsphäre an den Tischen sorgen, erinnern mich an die Seitenwände von Beichtstühlen.

Wir bestellen den günstigsten Wein, den wir auf der Karte finden können – das Glas kostet sieben Euro fünfzig – und warten auf das an der Rezeption und mithilfe Florians so hart erkämpfte Krabbenmenü.

Auf ihrem Smartphone zeigt mir meine Mutter besagte »Unsäglichkeiten« meiner Geschwister. Von Alex aus Südafrika kam ein Zeitungsartikel darüber, wie gefährlich es sei, an Land zu gehen. Als heutiger Kreuzfahrer solle man aus Sicherheitsgründen am besten das schützende Schiff nicht verlassen, denn in ganz Europa gebe es zur Zeit Demonstrationen an Kreuzfahrtterminals. Überall protestierten die Menschen gegen die »Monster auf See« und gegen den »dekadenten Kreuzfahrtimperialismus«, in Dubrovnik hätten Demonstranten Kreuzfahrer gar mit Steinen beworfen, während es in Barcelona zu einem Polizeieinsatz gekommen sei, weil Klimaaktivisten im Hafen versucht hätten, den Fäkalienschlauch eines Kreuzfahrtschiffs mit einer Kettensäge durchzuschneiden.

»Fäkalienschlauch, ist das dieses Ding, wo der Toiletteninhalt aus dem Schiff abgesaugt wird?«, fragt meine Mutter.

»Ja«, sage ich, »in Bergen kam doch so ein Tanklaster, deswegen hat es ja so gestunken, bis zu unserem Balkon hoch.«

»Worüber man sich unterhalten muss beim Essen!«, empört sich meine Mutter, »nur weil der mir solche Artikel schickt. Apropos Essen, die lassen sich ganz schön lange Zeit, die könnten doch mal langsam den ersten Gang auftischen, die wollen nur, dass man noch mehr von dem überteuerten Wein bestellt.«

Yvonne hat einen Arztbericht in die Familien-

WhatsApp-Gruppe gestellt, in dem man die Diagnose und Therapievorschläge für Horsts Kalkschulter nachlesen kann. Auch Arthrose wird festgestellt und eine mehrwöchige Kur empfohlen. *Da kommt wieder sehr viel Mehrarbeit im Haushalt auf mich zu,* schreibt Yvonne, *ganz zu schweigen von den Zuzahlungen, denn so eine Kur wird ja nicht in vollem Umfang erstattet. Gideon hat eine Sechs in Mathe geschrieben! Tabea kam gestern betrunken und ich vermute auch bekifft von einer Geburtstagsparty und hat ins Auto ihrer Freundin Janice gebrochen, deren Vater sie heimgefahren hat. Bin mit den Nerven am Ende! Horst hat mit seinen gesundheitlichen Problemen zu kämpfen und keine Kraft mehr, ein erzieherisches Machtwort zu sprechen. Wo soll das noch hinführen?! Wünsche euch noch eine tolle Nordpol-Kreuzfahrt!!*

Dann fügt sie noch an, wir sollten ihr unbedingt ein Foto vom Nordlicht schicken, sie sei ja so ein großer Fan der Aurora Borealis, habe aber selbst nicht die Gelegenheit, sie je zu Gesicht zu bekommen.

»Nordlichter sieht man doch nur im Winter«, erkläre ich, »und selbst dann muss man Glück haben.«

Sie habe Yvonne auch schon geantwortet, dass man die Nordlichter nur in der dunklen Jahreszeit sehe, sagt meine Mutter, aber Yvonne habe geschrieben, das stimme nicht, man sehe sie auch im Sommer, und wir sollten ihr so bald wie möglich ein Foto schicken.

Ein Kellner, laut Namensschild heißt er *Rommel Lopez,* tritt mit sehr ernstem, geradezu bedauerndem Gesichtsausdruck an unseren Tisch. Jetzt sagt er gleich, dass das Krabbenmenü leider ausfällt, denke ich, wegen eines Buchungsfehlers oder weiß der Himmel, und dann wird Mama wieder einen Aufstand machen und den Florian holen lassen, der dann die Situation klären muss. Aber er

sagt nur, theatralisch und in lautmalerisch nachgebilde-
tem Deutsch: »Geschäumte Suppe von Königskrabbe,
lassen Sie sich munden!«

Dann stellt er zwei winzige Schüsselchen vor uns ab,
kaum größer als japanische Teetassen, in denen sich eine
weiße Flüssigkeit befindet. Die geschäumte Suppe von
Königskrabbe schmeckt lecker, ist aber nach zweiein-
halb Löffeln leer.

»Da verhungert man ja beim Essen«, stellt meine Mutter fest, als wir nach diesem kargen ersten Gang wieder
einer endlosen Warterei auf die nächste Krabbenköst-
lichkeit ausgeliefert sind. Während sie auf ihrem Smartphone Antworten an Alex und Yvonne tippt, vertreibe
ich mir die Zeit damit, das junge Pärchen am Nachbartisch zu beobachten. Wie wir lösen sie einen Krabbengutschein ein, habe ich bei ihrem Begrüßungswortwech-
sel mit einem Kellner mitbekommen. Wahrscheinlich,
denke ich, bestehen die wenigen Besucher im Elften Gebot ausschließlich aus Krabbengutschein-Einlösern. Das
Paar ist etwa Anfang dreißig, beide sehen irgendwie
gläubig und sehr unsexy aus, die Frau mit Pagenschnitt
und seltsamem beigem Kostüm, wie eine Bankange-
stellte. Der Typ hat Übergewicht, rote Backen und trägt
ein stahlgraues steifes Hemd. Vielleicht haben sie die
Kreuzfahrt zu ihrer Verlobung geschenkt bekommen,
denke ich. An Bord unseres Schiffes sind zwar fast nur
Rentner, vereinzelt sieht man aber auch ganze Familien-
verbände, mehrere Generationen umfassende Clans, die
morgens sofort nach dem Frühstück damit beginnen,
Gesellschaftsspiele mit Würfeln und lustigen Veto-Kar-
ten zu spielen. Und ab und zu eben auch glückliche
junge Paare, die die Kreuzfahrt zu irgendeinem Anlass

geschenkt bekommen haben, zur Hochzeit, zum bestandenen Doppeldiplom, zur vermeldeten Schwangerschaft. Manchmal nehmen die Schenkenden, also die Eltern und Schwiegereltern, wohl von ihrem Anrecht als Mäzene Gebrauch, an der geschenkten Reise selbst teilzunehmen, wodurch die glücklichen jungen Paare dann wiederum Bestandteil eines Clans werden.

Ob die beiden am Nebentisch allein oder im größeren Familienverbund unterwegs sind und sich nur einen romantischen Krabbenabend zu zweit erkämpft haben, weiß ich nicht, aber jedenfalls sehen sie alles andere als glücklich aus. Die Frau erzählt ihm dauernd von Freundinnen, die kürzlich ein Kind bekommen haben. Wie dick sie in der Schwangerschaft waren, wie leicht oder schwer die Geburt verlief, wie viel Gewicht die Babys in welcher Zeit zugelegt hätten, welches schon zahne, welches sich schon vom Bauch auf den Rücken wälze, welches schon Brei esse, welches noch gestillt werde. Auf ihrem Smartphone zeigt sie ihm Fotos aller betreffenden Kinder. Sehr viele Fotos. Auch ein nicht einfühlsamer Mensch müsste eigentlich merken, was sie ihm damit sagen will. Sie möchte auch schwanger sein, denke ich, oder sie möchte zumindest mal in einer ruhigen Stunde beim romantischen Krabbenmenü mit ihrem Partner darüber reden, wie es wäre, ein Kind zu bekommen. Der Rotbackige begreift es aber nicht und begutachtet die Babys mit geringem Interesse. Stattdessen unterbindet er irgendwann ihre Fotopräsentation, indem er mit leiernder Stimme anfängt, von einem naturwissenschaftlichen Forschungsprojekt zu reden, an dem er wohl beteiligt ist, bei dem es aber einen gewissen Herrn Beck gebe, der ihm Steine in den Weg lege, mit voller Absicht. Forschungsgelder seien beantragt, aber noch nicht bewilligt, was wiederum an einem Versäumnis des Herrn Beck liege. Der Kowalski sage auch, der Beck wolle alles verschleppen, weil er vor seinem Ruhestand kein neues Projekt mehr anfangen wolle. Das gehe alles zu Lasten der Jüngeren im Team. Zumindest habe er jetzt einen Termin für das Referat über die Ergebnisse von Phase Drei. Seine Freundin ist verstummt, hat das Smartphone mit den Babyfotos weggepackt und starrt mit verkniffenem Gesicht auf den Beichtstuhl-Raumteiler hinter ihm.

Von Aberration, den Permittivitätszahlen, von der Periodendauer, von all dem habe der Beck keine Ahnung, der stelle sich immer als Allwissender hin, überlasse dann aber allen anderen die Arbeit. Der Brechungsindex sei auch ein Schwachpunkt des Herrn Beck, und der Hartmann habe ihm vertraulich gesteckt, der Beck habe in seiner ganzen Karriere noch keine ferromagnetische Studie angefertigt, obwohl er sich auf diesem Gebiet als Spezialist ausgebe.

»Weißt du eigentlich«, fällt ihm seine Freundin schließlich mitten im Satz ins Wort, »weißt du eigentlich, dass du die Leute unheimlich oft langweilst? Es kann ja sein, dass dich das alles interessiert, aber spätestens nach dem dritten Satz schaltet jeder ab, der dir zuhört. Jeder.«

Das saß, er schweigt betreten, sie sagt auch nichts mehr, und sie sitzen einfach nur da und schauen in verschiedene Richtungen. Kreuzfahrtromantik.

Nach einer gefühlten Ewigkeit – meine Mutter fotografiert derweil aus Langeweile schon die Ikonen und Beichtstühle – tritt Rommel Lopez mit zwei Tellern an unseren Tisch: »Ceviche von Königskrabbe auf Rucola-

Arrangement an Mandel-Vinaigrette, lassen Sie sich munden!«

In der Mitte des Tellers liegen drei marinierte kleine Krabben, sechs lange Rucolablätter sind wie Sonnenstrahlen sternförmig darum angeordnet.

Wir beschließen, nach dem Krabbenmenü auf direktem Wege ins Marktstüberl zu gehen, wo heute das große Südtirolbuffet stattfindet. Davon sei auf ihrem Strudelworkshop auch schon die Rede gewesen, erzählt Mama, dass das Südtirolbuffet zu empfehlen sei, »auf jeden Fall wird man da satt, das ist ja ein Witz hier, ein Löffel Suppe und sechs Blättchen Rauke!« Der österreichische Strudel-Workshop sei übrigens interessant gewesen, ein sehr kundiger pakistanischer Koch habe ihn geleitet, aber im Nachhinein wäre sie lieber mit mir zu dem Vortrag über die Trolle gegangen, denn wozu solle sie, noch dazu gegen Aufpreis, ihre Kunst des Strudelbackens verfeinern? Einen Strudel backe man nämlich nicht für sich selbst, den backe man für die Kinder, die Enkel, die Großfamilie, aber unsere Familie befinde sich ja offenkundig in einem Zustand unumkehrbarer Zerrüttung, sie brauche da bloß an unsere letzte, so unerfreuliche Zusammenkunft bei der Gartengrillparty zurückdenken, um zu wissen, dass sie so schnell keine Einladung zum Strudelessen aussprechen werde.

Als Hauptgang serviert uns Rommel Lopez eine »Krabben-Casse-Croute à la Hausrezept Das Elfte Gebot, lassen Sie sich munden!« Es handelt sich hierbei um eine Art Miniatur-Döner, ein mit Krabben, Kopfsalat und Tomaten gefülltes Fladenbrot.

»Herrje, wie soll man denn das essen?« Wir versuchen es mit Messer und Gabel, doch die Krabben-Casse-Croute widersetzt sich dem Verzehr, zumindest dem eleganten Verzehr: Der Inhalt des Minidöners quillt an allen Seiten heraus und landet auf dem Teller. Schließlich quetschen wir die Bröckchen mit den Fingern zurück ins Fladenbrot und essen ihn wie einen Döner aus der Hand. »Jetzt sitzen wir mit verschmierten Händen und Mündern im Edelrestaurant«, kommentiert meine Mutter den Hauptgang, »wie die Urmenschen mit der Fleischkeule in der Hand.«

Das verstummte junge Paar am Nebentisch hat ebenfalls zur Urmenschenmethode gegriffen, um sich den Krabbendöner einzuverleiben. Alle vier reiben wir uns gerade die verklebten Finger an den eleganten, blütenweißen Damastservietten ab, als in unmittelbarer Nähe ein Geräusch ertönt, das alle zusammenfahren lässt. Halb Aufschrei, halb Röcheln, immerhin wohl menschlichen Ursprungs, wobei der Laut eher an einen Dinosaurier oder das Fauchen einer gigantischen Echse denken lässt. Hinter dem Raumteiler, an dem wir sitzen, stolpert eine grotesk dicke, schwarz gekleidete Frau hervor, taumelt, faucht, wirft die Arme nach oben und bleibt in der Mitte des Elften Gebots stehen, wie das Opfer einer Teufelsaustreibung. Ich erkenne sofort die riesige Seniorin aus der Bordbibliothek. Ihr fast ebenso dicker Mann wankt ebenfalls in unser Blickfeld, sieht sich hilflos um, die Frau scheint ein ernstes medizinisches Problem zu haben, drei Kellner sind inzwischen herbeigeeilt und versuchen, ihr zu helfen, was sich als schwierig gestaltet, da sie ihr kaum bis zur Schulter reichen und die riesige Seniorin mit ihren zentnerschweren Gliedmaßen um sich schlägt, sich krümmt, wieder mit hochrotem Kopf in die Höhe fährt und mit aufgerissenem Mund faucht, als werde sie gleich Feuer speien.

»Der Rucola«, schreit ihr Mann und schiebt sich selbst den Finger in den Rachen, »der Rucola!«

Aha, anscheinend steckt seiner Frau ein Rucolablatt im Hals, das begreifen auch die kleinen, zierlich gebauten Kellner und versuchen, ihr auf den Rücken zu schlagen, was bei ihrer Körpermasse jedoch kaum einen Effekt hat. Als wäre nicht alles schon dramatisch genug, springt auf einmal meine Mutter auf, wirft dabei unsere beiden Weingläser um und schreit: »Frau Kempf! Das gibt's doch nicht! Frau Kempf!« Sie eilt auf die Riesenseniorin zu, die ihrerseits erstarrt und mit dem Fauchen aufhört. Mit schauerlichem Gurgeln würgt sie ein-, zweimal, dann zieht sie sich wie in Zeitlupe ein extrem langes, dünnes Rucolablatt mit den Fingern aus dem Rachen, stößt ein erleichtertes, die Kehle reinigendes Abschlussfauchen aus und schließt meine Mutter mit einem Freudenschrei in die Arme. Dann stehen sie da, meine Mutter fast gänzlich von Wülsten umschlossen, abwechselnd rufen sie »Frau Kempf, das gibt's ja nicht!« und »Frau Bernhard, das gibt's ja nicht!«, und mir werden die Zusammenhänge erst eine halbe Stunde später präsentiert, als wir zu viert an einer künstlichen Buchsbaumhecke beim großen Südtirolbuffet im Marktstüberl sitzen.

Es ist eine gemeinsame Fastenwoche, die meine Mutter und Frau Kempf verbindet. Vor fünf Jahren, so erfahre ich bei Broccoli-Speck-Auflauf mit Polenta-Käsetalern und Kaiserschmarrn, haben sie sich in einem Fastenhotel in der Lüneburger Heide kennengelernt.

»Das waren Verbrecher, erinnern Sie sich?«, ruft Frau Kempf mit vollem Mund, »eine ganze Woche gab's nichts zu essen, aber hundertfünfzig Euro am Tag kassieren, und ständig wurden wir gezwungen, Sport zu machen!«

Meine Mutter bestätigt, sehr schlechte Erinnerungen an die Fastenverbrecher zu haben, besonders an jenen Vormittag, als sie um sechs Uhr morgens beim Nordic Walking in einem Heidekrautfeld einen Hungerast erlitten habe.

»Am Wegesrand ist Ihre Mutter zusammengebrochen, ich seh es noch vor mir«, bekräftigt Frau Kempf. Die Fastenwanderbetreuerin des Hotels sei einfach weiter gewalkt, mit dem Hinweis, der Kreislauf meiner Mutter müsse lernen, »sich selbst zu regenerieren«.

Zum Glück sei Frau Kempf stehen geblieben und habe ihr »das Leben gerettet«, indem sie ihr einen Schokoriegel zu essen gegeben habe, den sie wohl in einer Bauchtasche oder Bauchfalte, so genau verstehe ich es nicht, versteckt und mitgeführt habe.

»Sport ist Mord, Breitensport ist Massenmord«, ruft Frau Kempfs Mann, den sie Franz nennt, recht unmotiviert, aber fröhlich dazwischen.

»Ach Franz, du alter Scherzkeks«, lacht Frau Kempf und bestellt bei einem Kellner für uns vier den Digestif des Tages, Südtiroler Grappa, um auf das unverhoffte Wiedersehen ihrer Fastenbekanntschaft anzustoßen. Sowohl Frau Kempf als auch meine Mutter, so versichern sie sich gegenseitig, hätten seit dieser »traumatischen Erfahrung« nie mehr den Versuch unternommen, eine Woche lang nichts zu essen.

»Wir fasten nicht mehr, wir sind beide chronisch krank!«, ruft Frau Kempf, »wir haben Vorhofflimmern!«

»Wir fasten nur noch nachts«, ergänzt ihr Mann. Wie um diese Aussage zu bestätigen, stemmt sich Frau Kempf in die Höhe und mischt sich unter die Kreuzfahrer, die sich am Südtirolbüfett drängen. Dank ihres Körperbaus kann sie wie ein Eisbrecher agieren, der die Menschenmenge langsam, aber unerbittlich aufspaltet und sich so einen direkten Zugang zu den Wurstplatten und Speckpfannen bahnt. Mit zwei Tellern in der Hand nähert sie sich kurze Zeit später schnaufend unserem Tisch. Sie watschelt eher, als dass sie geht, wie ein gigantischer Pinguin. Um das Gleichgewicht zu halten, kippt sie ihren Kopf nach hinten und macht ein Hohlkreuz, was das Gewicht ihres Bauchs auszugleichen scheint.

Begeistert und mit laut dröhnender Stimme erläutert sie die Haufen auf ihren Tellern, als spreche sie eine religiöse Verkündigung aus: »Risotto mit Stilfser Käse, Schüttelbrot und Speck! Kalbskopf mit Topfennocken und Specksalat! Geschmorte Rindswangen in Speck-Biersauce! Herrlich!« Das sei richtiges Essen, das sie jetzt mit noch größerer Freude als zuvor genießen werde, schließlich sei sie gerade dem Erstickungstod durch das Rucolablatt im entsetzlichen Elften Gebot entkommen, nie mehr werde sie einen Fuß in dieses Etablissement setzen. Wir sind uns alle einig darin, das Das Elfte Gebot künftig zu boykottieren. Meine Mutter, durch den Südtiroler Grappa und das Wiedersehen mit ihrer Fastenbekanntschaft in bester Stimmung, versteigt sich sogar zu der Behauptung, sie wisse jetzt endlich, was der Name des Restaurants bedeute: »Das elfte Gebot: Du sollst hier nicht essen!« Frau Kempf lacht schallend und bestellt eine weitere Runde Grappa, während ihr Mann mit einem ausschließlich mit Wurstscheiben bedeckten Teller vom Buffet kommt.

»Ja, Franz«, kommentiert Frau Kempf seine Beute, »fein

gemacht, so eine Platte mit Wurst ist auch mal schön, man braucht gar nicht viel, um glücklich zu sein!« Ihre Lautstärke, ihre Körperfülle, ihr Appetit, alles an Frau Kempf ist so grotesk überdimensioniert, dass ich nur ungläubig staunend danebensitze, sie anschauen und ihr zuhören kann. Meine Mutter strahlt und lacht, und ich sehe ihr an, dass sie erstmals seit Beginn unserer Reise nicht über Yvonne und Alex, nicht über WhatsApp-Nachrichten, zerrüttete Familienbande und missratene Enkel nachgrübelt, sondern glückselig aufgeht im tosenden Kommunikationswirbelsturm der Frau Kempf, deren Vorname nie genannt wird, was für mich auch stimmig erscheint, denn eine so übermächtige Gestalt wie sie, denke ich, kann nicht einfach mit Vornamen angeredet werden, am Ende heißt sie Resi, Heidi oder Babs, was ihr alles nicht gerecht werden würde, nein, für sie gibt es keinen passenderen Namen als einfach nur »Frau Kempf«.

Sie seien »Klimaflüchtlinge«, ruft Frau Kempf gerade, und ich erfahre, dass sie in Berlin wohnen, in der Nähe des Potsdamer Platzes, aber Berlin sei in letzter Zeit »unbewohnbar« geworden wegen der ständigen Klimademos und Verkehrsblockaden, und sie könne jedem finanzkräftigen Senior nur raten, sich dauerhaft auf ein Kreuzfahrtschiff zu retten. Nach unserer Rückkehr nach Hamburg blieben sie eine Woche lang zu Hause, aber auch nur, weil sie sich einer Operation unterziehen müsse, sie habe einen entzündeten Enddarm, Divertikulitis, und beim letzten Heimatbesuch habe ihr der Arzt geraten, es operieren zu lassen, weil sonst »jederzeit der Dickdarm platzen« könne. Im Hinblick auf die Nahrungsmengen, die Frau Kempf alleine an diesem Abend schon verzehrt hat, möchte ich mir ein Platzen ihres Dickdarms lieber nicht bildlich vorstellen.

Aber gleich nach der Operation gingen sie wieder aufs Schiff, »da machen wir Ostsee mit Sankt Petersburg, dann bleiben wir in Hamburg einfach an Bord und machen die nächste Reise mit, von Hamburg auf die Kapverden, dann fliegen wir zurück, dann sind wir vier Tage in Berlin, dann fliegen wir nach New York und fahren die Ostküste runter in die Karibik, dann von der Karibik aus über den Atlantik auf die Kanaren, da überwintern wir dann, Langzeiturlaub auf La Palma, und von dort dann Kreuzfahrt über Lissabon zurück nach Hamburg, und in Hamburg hängen wir dann noch die Metropolen Nordeuropas dran: Kopenhagen, Oslo und Göteborg. Weiter haben wir noch nicht geplant, wer weiß, ob wir dann überhaupt noch leben, wir sind beide chronisch krank, wir haben Vorhofflimmern, stimmt's, Franz?«

Ihre Bestattung hätten sie bereits bezahlt, berichtet Frau Kempf, ohne ihre Lautstärke zu drosseln, es sei alles mit dem Beerdigungsinstitut geregelt, und den Kindern und Enkeln hätten sie gesagt, dass sie nicht mit einem Erbe rechnen sollten, das würden Oma und Opa nämlich vorher »verreisen«. Der ideale Todeszeitpunkt: Wenn ihr Kontostand Null betrage; freilich sei das schwierig zu kalkulieren, »auf den Bahamas letztes Jahr gab es so einen schlimmen Sturm, da dachten wir schon, jetzt gibt's eine Seebestattung für uns, dabei sind noch ein paar Tausender übrig, und am Ende hätten unsere Kinder dann noch das Bestattungsgeld zurückgefordert vom Beerdigungsinstitut, weil Mama und Papa ja von den Haien gefressen wurden!«

Die unverhohlene Missgunst, mit der Frau Kempf von

ihren Nachkommen spricht, lässt meine Mutter aufhorchen. Instinktiv wittert sie eine Leidensgenossin, eine geplagte, allumfassend desillusionierte Mutter und Großmutter, der ebenfalls keine idyllischen Familienmomente vergönnt sind, die sich aus Frust und Enttäuschung auf eine immerwährende Kreuzfahrt zurückzieht und so lange weiter isst, bis der Dickdarm platzt. Meine Mutter erzählt daraufhin von ihren Problemen mit Yvonne und Alex, den Enkeln, der Zerrüttung, doch Frau Kempf winkt nach einer Weile ab, das sei doch gar nichts, im Gegensatz zu dem, was Franz und sie schon alles hätten erdulden müssen. Da verfüge meine Mutter ja geradezu über eine »Bilderbuchfamilie«. Franz schnauft leidvoll und vertilgt mit abwesendem Blick die letzte Scheibe Wurst. Gerne wolle sie uns von den familiären Abgründen berichten, die sich rings um sie herum auftäten, sagt Frau Kempf, doch dazu brauche sie noch einen Grappa und eine Stärkung vom Dessertbüfett. Das Gelage scheint abzufärben, denn obwohl ich mehr als satt bin, hole ich mir noch einen Teller Kaiserschmarrn, meine Mutter ebenfalls, Franz bleibt sitzen und starrt auf seinen leeren Wurstteller, Frau Kempf ergattert zwei Teller mit gefüllten Festtagskrapfen. Gemütlich schwankend nähert sich unser Schiff Island. Wenn jetzt ein Troll am Fenster vorbeiflöge, denke ich, keiner würde davon Notiz nehmen, selbst wenn er Loopings und Saltos in der Luft vollzöge. Das Interesse der Kreuzfahrer an den Tischen ringsum gilt ausschließlich der Einverleibung des Südtirolbuffets.

»Wer solche Nachkommen hat wie ich«, beginnt Frau Kempf und beißt in einen Festtagskrapfen, »der braucht sich nicht wundern, wenn er eines Tages vier Zentner wiegt. Frustessen! Alles Frustessen!« Und in der Tat, ich muss zugeben, die familiären Verwerfungen, die sie im Folgenden mit großer Freizügigkeit schildert, lassen es plausibel erscheinen, dass sie ihren Lebensabend lieber als heimatlose Kreuzfahrerin auf den sieben Weltmeeren verbringt als im Kreise ihrer Kinder und Enkel. Drei Söhne habe sie, erzählt Frau Kempf, und mit allen dreien sei sie zerstritten, »der Franz auch, was ich jetzt sage, gilt auch für Franz, sag Ja, Franz!«

»Ja«, sagt Franz und bestellt eine Runde Grappa.

»Um Himmels willen, ich darf nichts mehr trinken!«, wehrt meine Mutter ab.

»Ein Tröpfchen in Ehren«, sagt Franz, »kann niemand verwehren.«

Der erste Sohn, hebt Frau Kempf mit gewichtiger Stimme zu einer Art biblischen Erzählung an, sei Buchhalter und finanziell ruiniert, da er eine gewalttätige Afrikanerin geheiratet habe. »Francine hieß sie«, ruft Frau Kempf, »die hat ihn immer verprügelt, wenn er ihr nicht genug Geld für Handtaschen gegeben hat.« Mittlerweile sei er geschieden, jedoch müsse er immer noch in Ghana »ein ganzes Dorf unterhalten«. Dieser Sohn sei »die Dummheit in Person«, führt Frau Kempf aus, denn zuvor sei er mit einer Russin zusammen gewesen, die ihm ein Kind »angehängt« habe, und nach der Trennung habe die Russin »die ganze Wohnung mitgenommen«, sogar die Einbauküche habe sie abmontiert und alle Glühbirnen herausgedreht. Das mittlerweile elfjährige Kind, von dem Frau Kempf behauptet, dass es nicht ihr leiblicher Enkel ist, nehme ständig an teuren Fußballcamps teil, da die Russin unbedingt wolle, dass es Fußballprofi bei Real Madrid werde. Nie und nimmer werde das Kind ein Fußballprofi, prophezeit Frau Kempf, dafür sei es viel zu dick, es sehe aus wie ein Kugelstoßer, ach was, wie ein Sumoringer! (Was dafür spricht, denke ich, dass sie vielleicht doch seine leibliche Oma ist ...) Und jetzt habe er »zu allem Überfluss« auf dem Oktoberfest eine zweiundzwanzigjährige Brasilianerin kennengelernt, die er heiraten wolle, eine Depiladora.

»Eine was?«, fragt meine Mutter. Eine Depiladora, wiederholt Frau Kempf, eine Enthaarerin, die den Kundinnen mittels Brasilian Waxing die Schamhaare entferne, und ihr Sohn habe angerufen und zwanzigtausend Euro verlangt, für die Hochzeit und die Eröffnung eines Enthaarungsstudios seiner zukünftigen Frau in Potsdam. Seit sie ihm das Geld verweigert habe, rede er nicht mehr mit ihr.

Der zweite Sohn, ein Ingenieur für Überwachungsanlagen, sei eigentlich bis vor wenigen Jahren unproblematisch gewesen, bis er mit achtundvierzig auf die Idee gekommen sei, zu heiraten, Vater zu werden und ein altes Bauernhaus in Brandenburg umzubauen. »Mit fast fünfzig will der ein Haus bauen«, ruft Frau Kempf, »und dann beschweren sie sich, dass wir alten Großeltern nicht helfen! Die wollten, dass Franz kommt und das Dach abdichtet und eine Mauer hochzieht und den Bauschutt wegfährt, und ich sollte derweil die Enkel betreuen, ich hab gesagt: Nix da, Franz, wir sind beide herzkrank, wir haben Vorhofflimmern, wir gehen aufs Schiff und kommen so schnell nicht mehr runter!« Die Schwiegertochter habe ihr zuvor »die Weihnachtsgeschenke diktiert«, zwei überteuerte Öko-Schlafanzüge für Kinder, siebzig Euro hätte da einer gekostet. Doch sie habe stattdessen bei Aldi bei der Schlafzimmer-Aktionswoche zwei Schlafanzüge – »aus Öko-Baumwolle!« – für neun Euro neunundneunzig gekauft, seitdem spreche die Schwiegertochter nicht mehr mit ihr. Der Sohn sei durch den ausufernden, sich schon Jahre hinziehenden Bauernhausumbau finanziell am Ende, zudem habe seine Frau nun, nachdem beide Kinder im Kindergarten seien, katastrophale Selbstverwirklichungswünsche: »Die will Theaterstücke schreiben, die will malen und töpfern und ausstellen, dabei schafft sie es nicht mal, das Haus aufzuräumen, dafür brauchen sie jetzt eine Putzfrau, die er bezahlen muss, damit sie töpfern kann, und dann ruft er mich an und will Geld, ich sag: Nix da, nix da, nix da!« Daraufhin habe auch der zweite Sohn den Kontakt zu seinen Eltern abgebrochen.

Am dramatischsten sei jedoch die Situation des dritten Sohnes, der sei Singender Wirt im Allgäu.

»Was?« Meine Mutter verschluckt sich am Grappa. »Frau Kempf, das glaub ich Ihnen jetzt nicht, Ihr Sohn ist Singender Wirt? Wo die Volksmusikstars auftreten?«

Ganz richtig, bestätigt Frau Kempf, er sei Singender Wirt, er habe ein Hotel im Allgäu, wo eine Rentnerbusladung nach der anderen abgefertigt werde. Im Prinzip könne das Hotel eine Goldgrube sein, doch ihr Sohn habe es durch Unkenntnis und Leichtsinn in eine einzige »Misswirtschaft« verwandelt. »Der kippt bald um«, ruft Frau Kempf, »der hat auch schon Vorhofflimmern, dabei ist er erst sechsundvierzig!« Den ganzen Abend lang bediene er die Gäste, trete zwischendurch in seiner Funktion als Singender Wirt auf der Bühne auf, spiele Moderator bei den Karaoke-Wettbewerben, um vier Uhr gehe er ins Bett und müsse um sechs Uhr schon das Frühstück richten, »mit dreiundsechzig Wurstsorten«, betont Frau

Kempf, das sei das Alleinstellungsmerkmal seines Hotels, dass es dort dreiundsechzig Wurstsorten zum Frühstück gebe. Zu der chronischen Überarbeitung seien noch die Auswirkungen einer »fatalen Werbeaktion« gekommen: Der Sohn habe auf Anraten einer Werbeagentur fünfzig Lastwagen mit seinem Wirtshaus-Logo plakatieren lassen, verbunden mit einer Social-Media-Aktion, dass jeder, der einen solchen »Brummi« sehe und fotografiere, eine Übernachtung inklusive Schnapswanderung mit dem Singenden Wirt gewinne. Es hätten dann weitaus mehr Leute Fotos eingeschickt als gedacht, jetzt müsse er Hunderte von Gratis-Übernachtungen einlösen und sei völlig verschuldet. »Ich hab ihm gleich gesagt, dass er das nicht machen darf mit den LKW«, empört sich Frau Kempf, »aber auf mich hört ja keiner, auf Franz sowieso nicht, stimmt's, Franz? Sag Ja!«

Franz nickt, sagt »Ja« und bestellt eine weitere Runde Grappa.

Und statt den Aufwand zu reduzieren, setze der dritte Sohn in seiner Insolvenzpanik auf den »totalen Expansionskurs«, seit Kurzem biete er noch Bärwurz- und Hochmoorgeist-Verkostungen auf einer eigens dafür angemieteten Alm an, »der füllt die Senioren ab bis zum Gehtnichtmehr, am Schluss liegen die alle waagerecht im Schnee!« Eine hoteleigene Saunalandschaft habe er auch gebaut, und kurz nach der Eröffnung habe es dort eine Stichflamme gegeben, vier Rentner teilweise verbrüht oder verkohlt, sie wisse es nicht genau, jedenfalls müsse er ein horrendes Schmerzensgeld zahlen, weil irgendwas nicht richtig installiert gewesen sei, und die Volksmusikstars, die er verpflichte, seien auch viel zu teuer, das ganze Geld, das er erwirtschafte, gehe für die

Gagen der Volksmusikstars drauf, »soll er halt billigere holen«, schimpft Frau Kempf, »ob jetzt Antonia und Sieglinde da auftreten oder Johann und Michael, ist doch völlig egal! Und jetzt spricht er nicht mehr mit mir, weil ich ihm keinen Kredit über fünfzigtausend Euro für eine Straußenfarm gebe, der will im Allgäu Strauße halten als Attraktion, damit noch mehr Gäste kommen, nix da, keinen Pfennig kriegt der von mir!«

»Ja, keinen Cent«, präzisiert Franz.

Durch eigenes Verschulden seien alle drei Söhne in ihre individuellen, aber allesamt ausweglosen Notlagen gekommen, resümiert Frau Kempf, und ihr bleibe nichts zu tun, als ihr Kapital zu retten, bevor es in den gierigen, fordernden Schlünden der Nachkommen lande. Sie sei lange genug gutmütig gewesen und habe sich ausnutzen lassen, aber es sei »ein Fass ohne Boden, schlimm, aber wahr!«

»Die Genießerzeit ist leider vorbei«, sagt ein Kellner mit dem Namensschild *Aragon Martinez*, der an unseren Tisch tritt.

»Da sagen Sie was«, ruft Frau Kempf, »die Genießerzeit ist schon längst vorbei, jetzt geht's im Leben nur noch ums Durchhalten, stimmt's, Franz?«

»Ja.«

Das Marktstüberl leert sich, und wir schließen uns dem Strom der gesättigten Kreuzfahrer an, die in Richtung Bars, Kabinen oder Pooldeck-Party streben. Im Hinausgehen steckt sich Franz noch eine letzte Scheibe Wurst ein.

Kapitel 7

Reykjavik

»Woher hat Frau Kempf eigentlich so viel Geld, dass sie permanent auf dem Schiff wohnen können?«, frage ich meine Mutter am nächsten Morgen, als wir im Vorraum der Gangway darauf warten, an Land zu gehen. Vor und hinter uns stauen sich die Kreuzfahrer.

»Garagen«, sagt meine Mutter. Frau Kempf habe ihr schon damals in der Heilfastenwoche erzählt, dass sie vor Jahrzehnten ihr ganzes Erbe in den Kauf eines günstigen Abbruchgrundstücks investiert habe, wo sie dann Unmengen von Garagen habe errichten lassen. »Aber nicht nur für Autos«, erklärt meine Mutter, »das sind so Container, wo die Leute ihr Gerümpel einlagern können, wenn sie auf Weltreise gehen oder einfach so viel Kram haben, dass er nicht mehr in die Wohnung passt.«

»Ah, Selfstorage.«

»Keine Ahnung, wie man das nennt, jedenfalls ist sie damit steinreich geworden, naja, sie hat ja recht, Garagen machen keinen Ärger, im Gegensatz zu Mietern, das regelt alles ein Verwalter, und sie kann auf dem Schiff sitzen und kassieren. So, warum geht das denn nicht voran, am Ende verpassen wir noch den Bus!«

Da es in Reykjavik in Strömen regnet und wir nicht wieder wie in Bergen klatschnass durch die Stadt stolpern wollen, haben wir kurzerhand eine einstündige Stadtrundfahrt gebucht, für neunundvierzig Euro pro Person. »Absoluter Wucher«, schimpft meine Mutter, »aber was will man machen, guck mal, am Ausgang steht so ein Bordfotograf, deswegen geht das so langsam!«

Der philippinische Bordfotograf hat eine Papageientaucher-Mütze auf und fotografiert Kreuzfahrer, die eine ebensolche Mütze aufgesetzt bekommen. Die Fotos kann man dann später im Fotoshop auf Deck 6 kaufen. »Wir lassen uns nicht mit dem Vogel auf dem Kopf fotografieren«, beschließt meine Mutter. Wobei sie Papageientaucher ja sehr sympathisch finde, die habe sie erst kürzlich in einer Island-Dokumentation gesehen, in der wohl auch Eisbären vorkamen.

»Wenn Eisbären in Island an Land gehen, werden sie sofort erschossen, zum Schutz der Bevölkerung, hast du das gewusst?«

»Nein.«

Das habe sie auch in der Island-Doku gelernt. »Schlimm, oder? Da schwimmen die mühsam Hunderte von Kilometern durchs Meer, und dann so ein Schicksal!«

Zum Glück gilt die rabiate Abwehrmaßnahme nur für Eisbären, nicht für Kreuzfahrer, denn als wir endlich isländischen Boden betreten, wartet kein Einheimischer mit geladenem Gewehr auf uns, um uns zum Schutz der Bevölkerung niederzuballern. Auch keine Klimaaktivisten oder Kreuzfahrtgegner sind zu sehen, im Gegenteil, in einem improvisierten Zelt begrüßt eine Volkstanzgruppe die aus dem Schiff strömenden Passagiere mit fröhlichen Folkloredarbietungen, denen aber niemand Beachtung schenkt, da alle mit eingezogenen Köpfen durch den Regen zu den wartenden Ausflugsbussen eilen.

»Der Eisbär bringt beim Landgang kein Geld mit, wir schon, deswegen wird er erschossen und wir nicht«, sage ich, als wir im Bus sitzen, aber die Aufmerksamkeit meiner Mutter ist mittlerweile auf eine andere Tierart gerichtet. Durch die beschlagene Fensterscheibe, die sie immer wieder mit dem Ärmel freiwischt, blicken wir auf eine Reihe von Islandponys, die gerade mithilfe einer dreistufigen mobilen Treppe von Kreuzfahrern bestiegen werden.

»Die armen kleinen Ponys, die brechen ja zusammen«, empört sich meine Mutter. »Guck mal, wie dick die Leute sind!« Der Bordzeitung entnehmen wir, dass die adipösen Reiter wohl den Ausflug *Reykjavik entdecken auf dem Rücken der Islandpferde* gebucht haben, für hundertneunundfünfzig Euro.

»Auch viel zu teuer«, befindet meine Mutter, »aber wer so was bucht, dem geschieht's recht, hoffentlich finanzieren die von dem Geld auch einen Physiotherapeuten für die armen Pferde, die haben doch alle einen Rückenschaden!«

Langsam füllt sich der Bus mit nassen Kreuzfahrern, die Scheiben beschlagen noch mehr. In der Sitzreihe hinter uns unterhalten sich zwei Ehepaare volltönend über die Reichweite ihrer E-Bike-Akkus. Sie hätten letztes Jahr schon in Reykjavik einen E-Bike-Ausflug gemacht und wären damals nicht zufrieden mit der Reichweite der Leihräder gewesen, sagt ein Mann. Mit seinem eigenen E-Bike hätte er zwölf Kilometer weiter fahren können, »über den Daumen gepeilt«. Deswegen verzichteten sie »heuer« auf eine E-Bike-Tour, das sei doch sehr unerfreulich gewesen. »Das liegt aber auch an der Kälte, nicht nur am Leihrad-Akku«, ruft der andere Ehemann, »bei Kälte kommt man nicht weit, da hätte auch dein eigenes E-Bike schlapp gemacht.« Sie sprächen da aus Erfahrung, ergänzt seine Frau, denn am längsten habe der Akku in Südafrika gehalten, da seien sie dreiundachtzig Kilometer weit durch die Savanne gekommen, bei vierzig Grad. Und in Island nur dreizehn Grad, das sei ein Unterschied, da brauche man sich nicht wundern, wenn der Akku viel früher schlapp mache. Sie einigen sich darauf, dass Südafrika ideal für den E-Bike-Akku sei.

Als alle Sitzplätze besetzt sind, rollt der Bus langsam aus dem Hafengelände. Regen prasselt aufs Dach und perlt an den beschlagenen Scheiben herunter. Von Reykjavik sieht man nichts, nur nassen Asphalt, hässliche graugelbe Häuser, Ampeln, Beton, Nebelschwaden, Werbeschilder, Straßenschilder, Autos. Eine junge Frau, laut Namensschild *Kreuzfahrt-Scout Eileen*, verteilt Kopfhörer, über die wir ihre Erläuterungen während der Stadtrundfahrt hören können, die Buslautsprecher seien leider kaputt. Der Kopfhörer meiner Mutter funktioniert nicht, weshalb ich ihr meinen gebe, da ich es sowieso absurd finde, mir von Eileen erzählen zu lassen, was man draußen sehen könnte, wenn man etwas sehen würde. Stattdessen schließe ich die Augen, und während die Kreuzfahrer um mich herum ins nassgraue Nichts der isländischen Hauptstadt blicken und der Stimme aus ihren Kopfhörern lauschen, höre ich die Stimme meiner Mutter, die eine Art Livekommentar zum Livekommentar abgibt, garniert mit eigenen Beobachtungen und Beurteilungen der isländischen Lebensverhältnisse.

»So ein Mistwetter, wieso sind denn hier so viele Autos, ich dachte, Island ist so dünn besiedelt«, sagt sie. »Aha, die sagt, wir sind im Berufsverkehr, hoffentlich sind die alle nüchtern am Steuer, die Isländer trinken doch so viel, also wenn die immer so ein Wetter haben, kann man das verstehen, stell dir mal vor im Winter, wie schlimm das erst im Winter ist, hier im Bus ist eiskalt, ich hätte dickere Socken anziehen müssen, hoffentlich sind wir bald wieder im Schiff, und ein Klo hat der Bus auch nicht, und dafür neunundvierzig Euro, nie wieder! Guck mal, die vielen Baustellen, die sagt grad, hier wird so viel gebaut, die haben Geld, die müssen ja auch nix an die EU abgeben. Hier zieht's, und kaum Bäume haben die hier, naja, wir sind ja in der Stadt, aber außerhalb gibt's auch keine Bäume, haben ja die Wikinger alles abgeschlagen, braucht man gar nicht erst hinfahren, guck mal, das soll das Rathaus von Reykjavik sein, ein hässlicher Betonklotz, wie bei uns.«

Die Kreuzfahrer wischen mit Ärmeln, Taschentüchern und Händen an den Scheiben herum, was die Sicht allerdings nicht verbessert.

»Alter Hafen, wo soll denn hier ein alter Hafen sein?« Meine Mutter presst die Nase gegen die Scheibe. »Whale Watching kann man hier machen, da frierst du dir den Arsch ab und siehst keinen einzigen Wal. So viele Autos! Was arbeiten die denn alle? Aber sauber ist es, denk mal an Bari und Palermo! Hallgrimskirche, guck, das ist die Hallgrimskirche, das zweithöchste Gebäude von Reykjavik, bei dem Nebel sieht man die Spitze gar nicht. Das Material ist ja nicht grad schön, wie Zement, mein rechter Fuß ist ganz kalt, die haben auch jede Menge Kreisel, wie bei uns. Naja, ich hätte eigentlich von den Krimis vorgewarnt sein müssen, dass man hier nichts sieht. In den Krimis ist auch immer Nebel und Regen und eiskalt. Ich hab manchmal gedacht beim Lesen, die isländischen Autoren sind zu faul, um die Landschaft zu beschreiben, aber man sieht ja wirklich nichts, du siehst es ja. Wer das Klima aushält, Respekt, da haben sich nur die stärksten Gene durchgesetzt, kein Wunder, dass die Isländer so gut Fußball spielen.«

Nach einer Stunde kehren wir durchgefroren und ohne etwas von Reykjavik gesehen zu haben aufs Schiff zurück. Obwohl ich meiner Mutter eindringlich geraten hatte, meinem guten Beispiel zu folgen und ihr Smartphone für den Rest der Reise im Flugmodus zu lassen, vertieft sie sich, kaum dass wir zurück in der Kabine sind, in die neuesten WhatsApp-Mitteilungen, die natürlich allesamt unerfreulich sind und ein mütterliches Dauerwehklagen auslösen. Yvonne sei gerade mit Tabea bei einer Drogenberatungsstelle, denn Tabea habe zugegeben, auf der Party, von der sie neulich in so desolatem Zustand nach Hause gekommen sei, fünf Jägermeister und einen Joint konsumiert zu haben. Des Weiteren wolle Yvonne wissen, wo die Fotos der Nordlichter blieben, wir hätten doch sicherlich schon viele Nordlichter gesehen, außerdem habe sie nochmals die Frage geäußert, wann meine Mutter beabsichtige, ihren gewalttätigen Enkel Gideon auf eine Oma-Enkel-Kreuzfahrt mitzunehmen, wobei sicherlich auch Tabea von einer solchen Reise profitieren könne, gerade jetzt, wo sie in die Drogenabhängigkeit abzudriften drohe. Was sie davon halte, einfach beide Enkel mitzunehmen?

Alex hat ihr ein verwackeltes Foto einer Giraffe von hinten geschickt, außerdem einen Spiegel-Online-Artikel, versehen mit dem Kommentar *Bitte lesen!* Darin geht es um eine Ozeanüberquerung in einem Fass. Eine Hippiefamilie hat sich ein hochseetaugliches Fass gebaut und ist damit von La Gomera nach Florida gereist, wobei das Fass nur vom Wind gelenkt wurde und die Familie durchaus auch irgendwo anders hätte hingeweht werden können. *Da seht ihr mal*, hat Alex dazu geschrieben, *dass es auch andere, nachhaltige Arten gibt, die Meere zu bereisen. Man muss sich nur ein bisschen Mühe geben, dann findet man Alternativen.*

Meine Mutter ist nun vollends in Rage. »Der spinnt doch!«, zetert sie mit rotem Kopf, »soll ich mich etwa in ein Fass setzen? In meinem Alter?« Als Sofortmaßnahme, um sie zu beruhigen, nehme ich ihr das Handy ab und schalte den Fernseher ein. Auf dem Bildschirm brüllt ein Cowboy einen anderen Cowboy an, sein Kopf ist noch röter als der meiner Mutter: »Lassen Sie sich nie mehr im Glencoe Valley blicken! Wenn doch, dann wird so viel Blut fließen, bis niemand mehr von uns lebt!«

»Überall Dramen«, brüllt jetzt auch meine Mutter, »überall Mord und Totschlag, kann man nicht einfach in Frieden leben? Die gönnen mir einfach die Kreuzfahrt nicht, meine letzte Freude im Leben!«

»Ich habe schon viel Gemeinheit und Niedertracht gesehen in meinem Leben«, brüllt der andere Cowboy im Westernfilm, »aber bei Gott, so ein mieser Schurke wie Sie ist mir noch nie untergekommen!« Dann fallen Schüsse, Indianer seilen sich von Felswänden ab, und ich schalte um, auf der Suche nach friedlichen Programminhalten, bevor meine Mutter vor lauter Aufregung einen Herzinfarkt bekommt. Zum Glück läuft auf NDR eine Dokumentation über sibirische Tierschützer. Ein angefahrener Habichtskauz aus Jekaterinburg wird gerade in eine Tieraufpäppelungsstation eingeliefert und von einem ehrenamtlichen Tierarzt untersucht. Einer Sumpfohreule muss ein Flügel amputiert werden, und ein Luchs wird nach langem Reha-Aufenthalt in die Wildnis entlassen. Meine Mutter beruhigt sich etwas.

»Die hätten den Friedensnobelpreis verdient«, lobt sie die engagierten Tierschützer, »die machen sinnvolle Sachen, und meine engsten Verwandten haben nichts anderes im Kopf, als Missgunst und Chaos zu verbreiten!«

Die Wölfe Gerd und Gerda werden vorgestellt, sie sind Geschwister, deren Mutter auf einer Autobahn überfahren wurde. Die Tierpfleger sagen, sie hätten gern mehr Wölfe in der Auffangstation, um ein Rudel zu bilden, aber es seien leider schon lange keine weiteren Wolfswaisen eingeliefert worden. Während das Filmteam nun einen südrussischen Schäferhund, der »im Herzen ein Welpe geblieben« ist, bei seinem Tagesablauf begleitet, ziehe ich mir Sportsachen an, verabschiede mich und gehe ins Fitnessstudio. Der Wurst-, Knödel- und Kaiserschmarrn-Exzess vom Südtirol-Abend liegt mir immer noch schwer im Magen, und außer ausgiebig frühstücken, vom Schiff zum Bus gehen, im Reisebus sitzen, vom Bus zum Schiff gehen und dort im Bett eine halbe Tierschützerdoku schauen, habe ich mich heute noch nicht körperlich betätigt. Eine Horde Kreuzfahrer wird gerade aus dem Marktstüberl getrieben. Kurz nach sechzehn Uhr, die Kaffee-und-Kuchen-Zeit ist vorüber. Die kleinen, erschöpften Kellner verrammeln das schmiedeeiserne Tor. Ihnen bleiben jetzt knapp zwei Stunden, um alle Überreste der Schlacht am Nachmittagskuchenbuffet zu tilgen und das Marktstüberl für den Ansturm beim Abendessen vorzubereiten. Es gibt nur kurze Zeitspannen an Bord, in denen es nicht möglich ist, gratis Nahrung und Getränke aufzunehmen. Zwischen elf und zwölf, denke ich, das ist ein kritisches Zeitfenster, in dem man die Kreuzfahrer oft sinnierend in Sesseln herumsitzen sieht, in dieser toten Zeit zwischen Frühstück und Mittagessen. Zwischen Mittagessen und Kaffee und Kuchen muss nur eine halbe Stunde überbrückt werden, vierzehn Uhr dreißig bis fünfzehn Uhr, das ist machbar, man kann die dreißig Minuten zum Beispiel für einen Fußmarsch zur Kabine nutzen, dort seinen Darm entleeren, um wieder Platz zu schaffen für die Nahrung, die ja von oben unerbittlich nachrückt. Von den Vakuumtoiletten aus wird alles hinab in den Schiffsbauch gesaugt, was zuvor aus diesem hervorgeholt und an den Buffets verfüttert wurde. Ein geschlossener Verdauungskreislauf auf hoher See.

Ins Fitnessstudio hat sich auch an diesem Nachmittag kaum ein Kreuzfahrer verirrt. Nur ein geschätzt Hundertjähriger im weißen Tennisdress arbeitet sich auf einem Stepper ab, mit Bewegungen so langsam wie eine Galapagos-Riesenschildkröte. Ich will mich gerade auf einen Hometrainer setzen, der nicht direkt vor den Flachbildschirmen steht, auf denen wieder die Werbefilme mit den glücklichen Kreuzfahrer-Paaren und -Familien laufen, als mir jemand von hinten auf die Schulter tippt.

»Huhu, sorry, du hast nicht zufällig Lust, beim *Bauch muss weg* mitzumachen?« Ich drehe mich um und schaue in zwei strahlende verschwitzte Gesichter, ein Pärchen Mitte dreißig, beide in ärmellosen Synthetiktops und engen kurzen Lauf-Tights, mit identischen Profi-Pulsuhren am Handgelenk. Erst nach einer Weile kapiere ich, was sie von mir wollen. Offenbar sind drei Teilnehmer nötig, damit einer der vielen, in der Bordzeitung angekündigten Sportkurse zustande kommt, und sie seien jetzt schon zweimal umsonst ins Fitnessstudio gekommen, jedes Mal sei der Kurs ausgefallen, sagt die Frau, einmal das Cross-Fit-Zirkeltraining und einmal das Body-Attack-Workout. Und jetzt hätten sie sich extra auf den Laufbändern schon eine halbe Stunde warm gelaufen, um danach zum Bauch muss weg zu gehen, und jetzt seien sie schon wieder die einzigen beiden Interessenten.

»Wir dachten, wir fragen einfach mal«, sagt der Mann, »das wird bestimmt total cool. Hier sind leider so wenige aktive Leute an Bord, dabei macht das doch mega Spaß, sich zwischen der ganzen Esserei mal so richtig auszupowern!«

Da die beiden zwar etwas überdreht, aber dennoch nett wirken, und ich darüber hinaus ja wirklich nichts dagegen hätte, wenn nach diesem ominösen Kurs Bauch muss weg etwas Bauch mus weg wäre, lasse ich mich überreden mitzumachen, woraufhin sie mich jubilierend in einen großen Nebenraum führen.

»Samantha, wir sind zu dritt!«, ruft der Mann. Ein junges blondes Mädel im schwarzen Aerobic-Dress kommt hinter einer Plastikpalme hervor.

»Echt jetzt?« Samantha kaut Kaugummi und schaut uns nicht gerade erfreut an. Offenbar ist sie eine der Bord-Fitnesstrainerinnen, die angesichts der bewegungsfaulen, adipösen Passagiere einen sehr gechillten Job haben dürften.

»Willst du wirklich mitmachen beim Bauch muss weg?«, fragt sie mich.

»Äh, ja.«

»Wir haben einfach Leute gefragt, ob sie mitmachen«, ruft der weibliche Part des Fitnesspärchens, »weil du ja gesagt hast, dass der Kurs sonst schon wieder ausfällt.«

»Das ist mir jetzt ehrlich gesagt gar nicht so recht«, mault die Fitnesstrainerin, »ich hab voll den Ausschlag am Rücken. Wollt ihr jetzt wirklich den Kurs machen?«

Sie wirft mir böse Blicke zu, denn ich bin schuld, dass sie das Aktivpärchen, das schon voller Vorfreude auf der Stelle läuft und hin und her tänzelt, nicht einfach aufgrund nicht erreichter Mindestteilnehmerzahl wegschicken kann.

»Der Kurs wird richtig anstrengend«, droht sie uns noch, während sie sich missmutig ein Headset anlegt, »das werden sechzig Minuten volle Power, wir machen eine Mischung aus Aerobic, Kickboxen, Tae Bo und Body Fight!«

Bitte, was?!, denke ich entsetzt.

»Yeah, wir sind bereit!«, schreit der Mann und boxt dreimal in die Luft. Samantha verdreht genervt die Augen und hantiert an den Knöpfen einer Musikanlage herum. Dann brechen aus Lautsprechern ohrenbetäubende Techno-Beats über uns herein, und es gibt kein Zurück mehr. Ich bin mir sicher, dass das Workout, das folgt, eine Racheaktion der Fitnesstrainerin dafür ist, dass wir ihren geruhsamen Arbeitstag gestört haben. Selbst Hochleistungssportler hätten Mühe, den Wahnsinn durchzustehen, den sie uns abverlangt.

»Power! Power!«, schreit sie ins Headset, »immer weitermachen, die Arme mit dazu, Po nach hinten schieben, acht mehr, sieben mehr, sechs mehr! Sidekick rechts, Sidekick links, go, go, go!«

Im Rhythmus der Musik müssen wir auf der Stelle rennen, dabei nach vorne boxen, nach oben, zur Seite, dann von unten nach oben, »Kinnhaken-Alaaarm!!!«, zehn Kinnhaken, dann müssen wir nach hinten austreten wie ein Pferd, zehnmal, zwanzigmal. ich bin nach kurzer Zeit dem Kreislaufkollaps nah und kann meine Arme kaum noch oben halten. Aufgeben kommt nicht infrage, sage ich mir, diesen Triumph will ich der blöden Samantha nicht gönnen, die bestimmt nur darauf wartet, dass einer von uns umkippt und sie daraufhin das Workout abbrechen kann.

Das Aktivpärchen neben mir ist nach ein paar Minuten ebenfalls schon schweißüberströmt, ihre Synthetiktops sind so durchtränkt, dass sie eine Tonstufe dunkler erscheinen. Im Gegensatz zu mir scheinen die beiden jedoch eine masochistische Freude an der Komplettverausgabung zu verspüren.

»Ha! Das brennt! Oh ja! Oh ja!«, schreit der Mann immer zwischendurch, »Yes! Ha! Oh yeah! Das ist gut! Yes! Holla! Ah!« Es wirkt geradezu orgiastisch. Seine Freundin beschränkt sich darauf, mit teuflisch verzerrtem Gesicht bei jedem Schlag und Tritt in die Luft eine Art »Hu!« zu rufen, was aber kaum zu hören ist, da das Gebrüll der Fitnesstrainerin die euphorischen Schmerzensschreie des Mannes und die Beats sie übertönen. Es sind die längsten sechzig Minuten meines Lebens, und als sie vorüber sind, ist mein Bauch vielleicht wirklich weg, zumindest spüre ich ihn nicht mehr, wobei das nichts zu sagen hat, da ich auch den Rest meines Körpers nicht mehr spüre.

Zitternd sinke ich auf eine Sitzbank am Panoramafenster, Samantha verschwindet in einer künstlichen Felswand. Das Aktivpärchen klatscht sich ab, dann brechen beide auf dem Boden zusammen und bleiben dort liegen wie Hitzeopfer bei einem Marathonlauf in der Wüste.

»Holla«, stöhnt der Mann, »das war gut! Das war so gut! Yes! Oh ja! Oh ja!«

Udo und Katrin heißen die zwei, erfahre ich ein paar Minuten später, als sie wieder zu Atem kommen, sich aufrichten und auf dem Boden mit Dehnübungen für ihre geschundenen Glieder beginnen. Das sei so cool, dass ich mitgemacht habe, bedankt sich Katrin, und sie würden sich immer so freuen, mal jemand Junges an Bord zu treffen, denn sie seien leider in einer Zwickmühle, da sie Kreuzfahrten total toll fänden, »so vom Konzept her«, aber leider altersmäßig immer recht allein auf weiter Flur dort seien. Einzig auf einer »Rennradkreuzfahrt« hätten sie ein paar Pärchen im gleichen Alter kennen gelernt.

»Das war geil«, ruft Udo, »Korsika, da sind wir hundert Kilometer gefahren und zweitausend Höhenmeter, Sardinien achtzig Kilometer, Marokko fünfzig Kilometer auf der Wüstenpiste, das war hart, oh ja, holla, war das hart!«

»Und zum Abschluss auf Teneriffa, da sind wir auf den Teide hochgefahren«, schwärmt Katrin, »hundert Kilometer, zweitausendzweihundert Höhenmeter!« Leider würden zur Zeit keine Rennradkreuzfahrten angeboten, alles sei auf Rentner ausgelegt, und heute Morgen bei der zweistündigen Radtour rund um Reykjavik seien sie die einzigen Teilnehmer ohne E-Bike gewesen. Einer der Senioren sei auf der regennassen Straße mit dem Bike weggerutscht und in einen geschotterten Graben gefallen, Verdacht auf Schlüsselbeinbruch. Ein Krankenwagen habe ihn abtransportieren müssen, das habe die ganze Tour verzögert, und sie hätten eine Ewigkeit frierend im Regen gestanden. Schließlich seien sie auf eigene Faust zurück zum Schiff gefahren, da sie ja den Bauch-muss-weg-Kurs nicht verpassen wollten.

»Wir könnten Ines doch auf einen Cocktail einladen«, sagt Udo, »um uns zu revanchieren, dass sie uns den Kurs ermöglicht hat.« Ich will abwinken, kann aber vor Schwäche weder die Hand heben noch einen vernünftigen Satz formulieren.

»Au ja«, ruft Katrin, »wir laden Ines zu einem Cocktail ein. Heute Abend ist doch Alpenglüh'n-Party in der Ocean Bar! Wollen wir uns da treffen, so um zehn?«

»Oh ja«, beschließt Udo, »das machen wir! Das haben wir uns verdient, wir haben so hart gepumpt heute! Da wird dann auch hart gefeiert!«

»Ich weiß noch nicht«, gelingt es mir zu sagen, aber die beiden betonen, ich solle mir keinen Stress machen, sie seien dann jedenfalls heute bei der Alpenglüh'n-Party am Start, und ansonsten könnte ich sie in den nächsten Tagen immer dort finden, wo eine Party sei, sie seien immer »am Start«, das sei der perfekte Urlaub für sie, »tagsüber hart trainieren, abends hart feiern!«

»Aha, okay, ich schau mal …«

Irgendwie schleppe ich mich in die Kabine zurück.

Meine Mutter zeigt wenig Bedauern, als ich mich ächzend aufs Bett fallen lasse. »Was musst du auch so anstrengende Sachen mitmachen, du hast doch Urlaub!« Sie habe unterdessen eine hochinteressante Dokumentation über Polarfüchse in Island gesehen. »Die leben an der Küste in Geröll und Spalten und müssen essen, was zufällig angeschwemmt wird, und die Fuchsmutter muss jeden Tag die senkrechten Klippen rauf und runter klettern und die Möwen jagen, die da brüten, damit ihre sechs Kinder nicht verhungern, so geht's den Müttern, in der Tierwelt wie bei den Menschen! Hopp, geh dich duschen, wir müssen ins Marktstüberl, da ist doch heute Griechischer Abend, sonst kriegen wir keinen guten Platz!«

Ich befolge ihren Befehl, dusche mich, alles tut weh, ich fühle mich, als hätte man mich gegen eine Wand geworfen. Wenig später stehen wir vor den noch geschlossenen Toren zum Marktstüberl, eine Viertelstunde zu früh, zusammen mit etwa sechzig weiteren Kreuzfahrern, die sich eine gute Startposition zum Sturm auf das griechische Buffet sichern wollen. Ich kauere auf einem kleinen Bänkchen und beneide erstmals die zahlreichen Passagiere, die mit Krücken und Rollatoren unterwegs sind. So was hätte ich jetzt auch gerne, wer weiß, wie lange mich meine zitternden Beine noch tragen werden. Die Aufzugtüren öffnen sich, und heraus kommen zwei uralte Frauen, die zu der Kategorie der »Abgeknickten« gehören (so nenne ich sie heimlich). Es gibt nicht wenige davon an Bord, wie mir in den letzten Tagen auffiel. Es handelt sich dabei um eine Steigerungsform der »Buckligen«. Die Abgeknickten haben nicht nur einen Buckel, sondern laufen derart nach vorn gebeugt, dass der Oberkörper parallel zum Boden liegt. Um nicht vornüberzukippen, benutzen sie meist Nordic-Walking-Stöcke oder Gehwagen. »In den RTL-Nachrichten haben sie ein Ehepaar gezeigt, die waren auf Kreuzfahrt in Spitzbergen«, sagt meine Mutter, »die wollten ein Selfie auf einer Eisscholle machen und sind abgetrieben, man muss wirklich aufpassen, ich geh mal weiter nach vorne, bleibst du hier sitzen?« Sie verschwindet in der Menge. Die zwei abgeknickten Damen nähern sich dem Feedback-Automaten, der neben meiner Sitzbank steht. Es handelt sich dabei um mannshohe Riesendisplays mit der Aufschrift *Sagen Sie uns Ihre Meinung!*, die an verschiedenen Stellen des Schiffes positioniert sind. Wahrscheinlich wurden die Feedback-Automaten aufgestellt, um den Andrang an der Rezeption einzudämmen und gleichzeitig die Lust der Kreuzfahrer am Sichbeschweren zu befriedigen. *Was möchten Sie bewerten?* steht auf der Startseite, und dann muss man sich durch ein weit verzweigtes Menü durchklicken, das von der Auswahl in den Restaurants über die Animation bis zu den Fremdsprachenkenntnissen unserer Mitarbeiter reicht. Die abgeknickten Greisinnen scheitern an der Bedienung des futuristischen Mega-Touch-Screens. Ständig werden sie auf die Startseite zurückgeworfen. Das Gerät scheint mir absichtlich kompliziert und seniorenunfreundlich programmiert zu sein. Bei einem neuen Versuch schaffen sie es, sich bis zum Bereich *Speisenangebot im Marktstüberl* durchzukämpfen und geben ihm zwei von zehn möglichen Sternen. Dann überlegen sie offenbar zu lange, was sie ins Beschwerdefeld eintippen sollen, denn plötzlich erscheint wieder die Startseite mit der nun schon geradezu höhnisch klingenden Begrüßungsfrage: *Was möchten Sie bewerten?* Beim nächsten Fehlversuch steht dort dann vielleicht *Was möchten Sie denn nun eigentlich bewerten?!*, denke ich. *»Wann sehen Sie endlich ein, dass Sie nicht dazu in der Lage sind, eine Bewertung abzugeben? Wollen Sie sich wirklich anmaßen, an diesem top organisierten, auf alle Ihre Bedürfnisse eingehenden Schiff Kritik zu üben, wenn Sie nicht einmal mit diesem idiotensicheren Display klarkommen?!«*

Die Abgeknickten lassen sich nicht beirren und starten tapfer von Neuem. Als die Tore zum Marktstüberl geöffnet werden, lassen sie jedoch von ihrem Vorhaben ab und steuern, Kopf voran, mit ihren Rollatoren hinein zum Griechischen Abend. »Washy-washy, happy-happy!«, rufen die asiatischen Kellner am Eingang und desinfizieren die Kreuzfahrer. Als ich am Display vorbeigehe, sehe ich, dass die alten Damen sich erneut zum Bereich *Speisenangebot im Marktstüberl* vorgearbeitet hatten, wo nun in der Beschwerdezeile in Großbuchstaben zu lesen steht: *DIE SALATBLÄTER SIND VIEL ZU GROSS! AUCV DIE TOMATEN SIND VIEL ZU GROSS GESNITTTEN MAN KANN SIE NICHT ESSEN!!!*

Ich finde meine Mutter am selben Tisch, an dem wir gestern mit dem Ehepaar Kempf saßen, mit dem wir auch heute Abend verabredet sind. Am Buffet das übliche Gedränge, wobei es mir so vorkommt, als werde die Gier und die Rücksichtslosigkeit der Esser von Tag zu Tag etwas größer. Aber wahrscheinlich ist es einfach mein Nervenkostüm, das von Tag zu Tag schrumpft. Man rempelt und schubst, einem Senior rutschen Fleischfetzen von einem viel zu hohen Berg Gyros vom Teller, einem anderen Kreuzfahrer segeln drei – in der Tat recht große! – Salatblätter zu Boden. Alles tritt sich fest. Jeder häuft sich unstimmige Kompositionen auf den Teller. Von den Speisen, von denen man vermutet, dass sie schmackhaft sind, nimmt man sich viel zu viel, immer in der Angst, das Erwählte könnte vielen anderen Passagieren auch gut schmecken. Dieser Futterneid führt dazu, dass der Trog leer ist, wenn man sich einen Nachschlag holen will. Also lieber gleich einen Berg auftürmen. Ein Kreuzfahrer öffnet den Kupferdeckel eines Suppenbottichs mit der Aufschrift *Kaninchensuppe nach Art der griechischen*

Bergbauern, lässt ihn wieder zufallen und sagt: »Ekelhaft! Da schauen mehr Augen raus als rein!« Rätselhaft. Was für Augen? Einen Moment lang vermute ich, dass abgehackte Kaninchenköpfe mit Augen in der Kaninchensuppe nach Art der griechischen Bergbauern schwimmen. Es erscheint mir zwar barbarisch, aber nicht unmöglich, dass solch eine Kaninchenkopf-Suppe existiert und dass sie an Bord angeboten wird. Dann fällt mir ein, dass er augenscheinlich die Fettaugen meint und die Suppe in seinen Augen zu viele Fettaugen hat.

Am Gemüse- und Salatbuffet ist eine Schiefertafel, die neu oder mir bislang noch nicht aufgefallen ist: *DER VEGETARISCHE* MOMENT!. Ich stelle mir einen Kreuzfahrer vor, der den ganzen Tag lang nur Fleisch isst, dann abends feierlich eine Gurkenscheibe auf den Teller legt und seinen vegetarischen Moment erlebt.

»Beim philippinischen Abend im Asia gab's gar keinen Fisch«, erzählt eine Seniorin an der Gyrospfanne, »dabei sind die Philippinen doch von Wasser umgeben!« Einem Kreuzfahrer neben ihr gelingt es nicht, mit der Greifzange eine Krokette zu schnappen. »Na, na, na«, ruft er daraufhin, »wir sind doch hier nicht auf dem Rummelplatz!« Was meint er damit? Wahrscheinlich dass die Krokette aufhören soll, immer so lustig davonzukullern. Urlaub im Irrenhaus, denke ich, und häufe mir einen zu großen Berg Gyros, Tsatsiki und Fladenbrot auf, damit ich mich nicht nochmal ins Buffetgetümmel stürzen muss.

Zusammen mit mir kommen auch Frau und Herr Kempf am Tisch an, beide schwitzend und keuchend nach dem beschwerlichen Fußmarsch von der Kabine zum Marktstüberl. Herr Kempf schaut sich nach einem

Platz um, wo er seine Nordic-Walking-Stöcke, auf die er sich heute stützt, abstellen kann. Schließlich rammt er die spitzen Stäbe beidhändig von oben in einen riesigen Blumenkübel, wo sie tatsächlich stecken bleiben. Die Bewegung sieht aus wie die eines Picadero, der in der Arena dem Stier seine Spieße in den Rücken sticht. Frau Kempf schickt ihn zum Buffet, er solle ihr was mitbringen, »egal was, Hauptsache nichts Trockenes«, dann lässt sie sich ächzend auf ihren Stuhl sinken. Sie trägt ein dickes schwarzes Schaltuch mit aufgedruckten goldenen Blitzen, ein kurzärmliges weißes Shirt und darüber eine beige Weste. Ich muss ständig auf ihre immensen, freiliegenden Arme schauen. Farbe und Beschaffenheit ihrer Haut erinnern an Brotteig. Roher Brotteig vor dem Backen. Wenn man Frau Kempf im Ofen erhitzte, würde sie dann eine Kruste bekommen? Mir gelingt es nicht, den Gedanken beiseitezudrängen und mich aufs Essen zu konzentrieren. Wahrscheinlich, vermute ich, ist das Schiff dabei, mich in den Wahnsinn zu treiben.

Es gehe ihr sehr schlecht, klagt Frau Kempf, sie leide an Übelkeit und Verstopfung.

Meine Güte, denke ich gereizt, das fehlt jetzt gerade noch, solche ekligen Gesprächsthemen beim Essen. Meine Mutter empfiehlt ein homöopathisches Abführmittel aus ihrer Reiseapotheke, doch Frau Kempf winkt ab. Sie habe selbst Abführmittel dabei, helfe alles nichts, sie hoffe nur, dass es sich um eine normale Reiseverstopfung handele und nichts mit ihrem entzündeten, vom Platzen bedrohten Enddarm zu tun habe, den sie ja bald behandeln lassen müsse. »Der Fluch unserer Straße verfolgt einen bis aufs Schiff«, ruft sie, »man kann ihm nicht entkommen.«

»Was für ein Fluch?«, fragt meine Mutter.

Wir erfahren, dass über der Straße, in der Herr und Frau Kempf wohnen, ein Fluch liege, jedenfalls seien alle dort Ansässigen im Lauf der letzten Jahre von Krankheiten befallen worden.

»Herr Strunk, Demenz«, zählt Frau Kempf auf, »Frau Kücük, Schlaganfall, Frau Timmermann, inoperabler Kropf! Und Frau Wieland, unsere Nachbarin, hat sich am letzten Tag in Bad Kohlgrub beim Käseholen auf der Käse-Alm den Fußknöchel gebrochen, man ist nirgendwo sicher!« Frau Wieland habe übrigens auch einen »inwendigen Kropf« gehabt, wie Frau Timmermann, aber sie habe ihn sich »mit Reiki selbst weggemacht«, und der Herr Kowalski, den Herrn Kowalski habe sie ja fast vergessen, »dritte Hüft-OP in zwei Jahren«, und seine Putzfrau habe Depressionen, wobei die Putzfrau streng genommen nicht zu den Anwohnern zähle, aber trotzdem vom Fluch betroffen sei. Anscheinend könne man auch auf einem Kreuzfahrtschiff der Straße der Versehrten nicht entkommen, zumindest gehe es ihr wirklich schlecht, klagt Frau Kempf, dann wiederholt sie nochmals die Namen aller Anwohner, die bereits in den Strudel des Unheils gezogen worden seien.

»Und unser Hausmeister ist im Pflegeheim«, ergänzt ihr Mann, der mit zwei Tellern voller Fleisch vom Buffet zurückkommt, »Parkinson.«

»Ja, so schnell geht's«, sagt Frau Kempf, »eben noch fit, schon unter der Erde.«

»Deshalb soll man Kreuzfahrten machen, solange man noch kann«, schlussfolgert meine Mutter.

»Haustürabholung«, sagt Frau Kempf, »wir machen nur noch Haustürabholung. Da kommt der Bus zur Haustür und fährt einen direkt aufs Schiff! Alles andere geht nicht mehr, wir sind beide herzkrank!«

»Hams noch a Platzerl für an alten Mann? Dös is ja a Chaos hier! Da geht's zu, da herinnen, wie beim Gastmahl des Trimalchio!« Herr Wagner setzt sich zu uns an den runden Tisch, der österreichische Preisausschreiben-Gewinner und Vater meines Glückspaten. Ich schaue mich um, vermutlich taucht Johann auch gleich hinter einer der Buchsbaumhecken auf, aber sein Vater scheint allein das Abendessen einzunehmen. Schwitzend und mit gequältem Gesichtsausdruck verzehrt er einen griechischen Vorspeisenteller, bestehend aus zerfallenen Dolmadakia, zerquetschten Riesenbohnen, undefinierbaren Klumpen und Soßen. Es sieht aus, als sei es schon mal gegessen worden oder komme direkt aus der Biotonne.

»A Ästhetik is dös ned!«, kommentiert der Greis seinen unappetitlichen Nahrungshaufen und wird daraufhin von Frau Kempf und meiner Mutter sofort in eine hitzige Diskussion über das Gedränge am Buffet, das überfüllte Marktstüberl und weitere Missstände an Bord integriert.

Herr Wagner erzählt von den Zumutungen, die ihm schon bei der Einschiffung widerfahren seien, von der Balkonkabine, die ihm verwehrt wurde, obwohl er extra ein Kabinen-Upgrade bezahlt habe, im Preisausschreiben habe er die Kreuzfahrt gewonnen, und dann in die Innenkabine. »An Gewinner steckens in die Innenkabine, i hab Klaustrophobie, des is ärztlich belegt, der Florian sollt kommen und sich kümmern, i sag, wer bittschö is der Florian, der Florian konnt auch nix machen, alles ausgebucht, Innenkabine, ohne Fenster, die san gnadenlos, i hab Klaustrophobie, i hab seit Beginn der Reise kei Minute geschlafn, des is doch kein Urlaub, des is a einzige Schikane!«

»Sie müssen auf den Putz hauen!«, ruft Frau Kempf und haut zur Demonstration ihrer Aussage mit der Faust auf die Tischplatte.

»Ja, Sie müssen sich wehren!« Meine Mutter erzählt davon, wie mühsam wir uns unseren Krabbengutschein erkämpfen mussten, den uns das Schiff habe verwehren wollen.

Auch wenn das Schiff übermächtig erscheine, es lohne sich, die Stimme zu erheben und seine Rechte einzufordern, bekräftigt Frau Kempf. Auf der Alaskakreuzfahrt letztes Jahr sei durch eine defekte Klimaanlage ständig Zigarettenrauch in ihre Kabine geblasen worden, und sie sei zur Rezeption gegangen und habe mit gerichtlichen Konsequenzen gedroht, wenn sie nicht sofort eine andere Kabine zugewiesen bekämen, »wir sind chronisch krank, wir haben beide Vorhofflimmern, stimmt's, Franz?«

»Ja.« Ihr Mann spricht mit vollem Mund.

»Da hieß es auch, wir sind ausgebucht, wir können nichts machen, aber da hab ich gesagt, egal, dann wollen wir eine Suite! Die Suiten sind nämlich nicht immer ausgebucht!« Nach längerem Hin und Her hätten sie schließlich ein Gratis-Upgrade in die Suiten-Kategorie erhalten, »da hatten wir dann eine Kabine, die war so groß wie eine Drei-Zimmer-Wohnung, inklusive eigenem Butler, stimmt's, Franz?«

»Ja«, stimmt ihr Mann zu, »der hat die Handtücher zweimal am Tag zu einem Schwan gefaltet.«

Das Problem habe sich zum Glück heute gelöst, berichtet Herr Wagner, sein Sohn und er seien vorhin in eine kurzfristig frei gewordene Balkonkabine umgezogen. Ich frage mich, was man unter »kurzfristig frei geworden« zu verstehen hat.

»Wie kann denn eine Kabine plötzlich frei werden?«, spricht meine Mutter meine Gedanken laut aus, »gab es etwa einen Todesfall? Von dem man nicht unterrichtet wird? Das wär wieder mal typisch, dass die einem so was verschweigen!«

»Es gibt genug Särge an Bord«, sagt Herr Kempf mit vollem Mund, »alle, die es nicht schaffen, kommen im Zinksarg nach Hause.«

So wie er »den Florian« verstanden habe, habe ein älteres Ehepaar in Reykjavik das Schiff verlassen, berichtet der österreichische Preisausschreiben-Gewinner. Der Mann sei wohl bei einer E-Bike-Tour schwer gestürzt und ins Krankenhaus gebracht worden.

»Sport ist Mord, Breitensport ist Massenmord«, sagt Herr Kempf.

Die Frau des gestürzten Rentners habe daraufhin die Koffer gepackt und ausgecheckt, da sie ja ihren Mann nicht allein im isländischen Krankenhaus zurücklassen konnte, und so hätten er und sein Sohn nun von diesem unfallbedingten Passagierschwund profitiert und endlich die ihnen zustehende Balkonkabine erhalten.

»Sie reisen mit Ihrem Sohn?«, fragt Frau Kempf. »Wo ist er denn, das möcht ich ja gern mal sehen, einen normalen netten Sohn, der mit seinem Vater eine Kreuzfahrt macht, denk mal an unsere Söhne, Franz, undenkbar, wir sind mit allen zerstritten!«

Sein Sohn, der Johann, der sei oben im Asia beim »Sushi-Event der Nationen« oder wie das heiße, »so an gerollten rohen Fisch, naa, ekelhaft, des brauch i ned. Naja, Frauen schmeckt so was.«

Wieso Frauen? Ich bin kurzzeitig komplett verwirrt, Johann ist ja wohl eindeutig ein Mann, oder hab ich da was falsch verstanden? Oder ist er ein Mann, der als Frau bezeichnet werden will? Queer, Transgender, wie nennt man das korrekterweise? Blödsinn, denke ich wenig später, vielleicht hat sein Vater damit gemeint, dass Johann gerade mit einer Frau Sushi essen ist. Aber mit wem? Oder hat es der Grantler einfach so dahingesagt, da er sich die Existenz von Sushi nur durch die Nachfrage weiblicher Esser erklären kann?

»Sushi-, Algen- und Sea-Food-Event ist heute im Asia«, weiß meine Mutter, »das stand in der Bordzeitung.«

»Sea Food, ja, so an Schaaß«, eifert sich Herr Wagner, »is doch alles Sea Food, wenn man's auf dem Schiff isst, des Gyros, alles is Sea Food, mir san Meeresbewohner, unter uns is nur Wasser, viertausend Meter Wasser, des vergessen die Leut!« Algen zu essen sei der Gipfel der Dekadenz, schimpft er weiter, »die Weltmeere ham a Hypoxie, die ersticken, die Algen verwandeln CO_2 in Sauerstoff, also lasst's die doch im Meer, bittschön! Dem Meer seinen letzten Sauerstoffproduzent wegessen, wo sammer denn, des is dekadent, des is makaber!« Wenn schon »Sea Food«, dann solle man lieber Walfleisch essen, ergänzt er, aus ökologischer Sicht sei das besser. »Die Algen san nützlich, die Wale ned, die kacken ins Meer, die produziern kein Sauerstoff, und Wasser verdrängens auch, also wenn man alle Wale rausnimmt und aufisst, würd der Meeresspiegel bestimmt a bisserl sinken!«

»Die wollen jetzt sogar Algen-Öl als Biosprit verwenden«, bringt sich meine Mutter in die umweltpolitische Debatte ein.

»Sollens doch Plastik essen«, ruft Herr Wagner, »Mikroplastiksuppe an Mistkübelrisotto nach Art der indonesischen Müllfischer! Kennens den Great Pacific Garbage Pack? Der große pazifische Müllstrudel, dreimal so groß wie Frankreich! Und des is nur a einziges Symptom, die Umwelt is am Ende, die Finanzmärkt sinn am Ende, die Gesellschaft, die Welt is am Ende! Schauns doch, alle, die noch können, flüchten sich auf a Schiff, dann ersaufens im Mittelmeer oder stürzen in Island vom Elektro-Bike!«

»Ja, wir sind alle Bootsflüchtlinge«, bekräftigt meine Mutter, »schlimm, aber wahr.«

Wir essen schweigend weiter, sogar Frau Kempf verstummt. Sie führt mit der linken Hand unablässig Weißbrot und Gyros zum Mund, während sie sich mit der rechten den schmerzenden Bauch massiert.

Am Nebentisch sitzen fünf alte Bootsflüchtlinge aus Sachsen, die mir in den letzten Tagen schon mehrfach bei den Mahlzeiten aufgefallen sind. Da sie immer in derselben Konstellation auftreten, nahm ich zunächst an, es handele sich um eine Art Rentnerfreundeskreis. Zwei ältere Pärchen und eine steinalte Frau. Die beiden Männer sehen sich zum Verwechseln ähnlich, sodass ich bei den ersten Sichtungen davon überzeugt war, es müsse sich um zwei behinderte Brüder handeln, denn sie haben die gleiche leicht schwachsinnige Mimik: stets offen stehende Münder, leichtes Schielen hinter dicken Brillengläsern, ruckhafte, vogelartige Bewegungen, identische beige Westen über gestreiften Hemden und Kugelbäuchen. Sie stoßen abgehackte Lautfolgen aus, die mir unverständlich sind. Die Frauen sind trotz des sächsischen Dialekts bisweilen zu verstehen, eine sagte heute beim Frühstück, der »Karötten-Ingwö-Schmuudie« sei zu süß, die andere lobte die Maracujas, sie schmeckten zwar nicht gut, aber seien gesund und zu Hause »sündhaft deuö«. Bestimmt, dachte ich anfangs, haben die resoluten Ehefrauen der Behinderten diese Kreuzfahrt organisiert und dazu die hochbetagte Mutter der Brüder mitgenommen. Die vermutete Mutter hat kaum noch Haare, eher orange gefärbte Flaumreste, und auch sie gehört zum Stamm der Abgeknickten mit Rollator. Der sächsische Familienurlaub ist jedoch gar keiner, denn wie ich in diesem Moment zweifelsfrei hören kann, siezen die Paare einander und erzählen sich von vergangenen Reisen. Von einer Kreuzfahrt nach Grönland ist die Rede, da habe es einen »Fleischverkostungs-Workshop« gegeben, wo man Bisons und Tauben habe essen können, ein »dolles« Geschmackserlebnis, wobei es neunundsechzig Euro Aufpreis pro Person gekostet habe, also nicht nach dem Geschmack ihres Geldbeutels gewesen sei. Das andere Ehepaar erzählt von Peru, da hätten sie Meerschweinchen gegessen, die seien aber auch für den Geschmack des Geldbeutels sehr zu empfehlen. Offenbar haben sie sich erst hier auf dem Schiff kennengelernt und finden sich nun Abend für Abend am selben Tisch ein. Wie die einzelne Greisin in die Gruppe passt, erschließt sich mir nicht, aber es kann sich keineswegs um die Mutter der Männer handeln, die darüber hinaus ja wohl auch gar keine Brüder sind. Sie wird zwar freundlich ins Gespräch integriert, dann verabschiedet sie sich jedoch förmlich und schiebt sich in Zeitlupe, auf ihren Rollator gestützt, allein aus dem Restaurant.

Nachdem sie einen Rülpser unterdrückt hat, eröffnet Frau Kempf mit einem kulinarischen Veranstaltungstipp wieder unser Tischgespräch. »Wenn wir am Nordkap sind, ist hier im Marktstüberl der große Elsässer Käseabend! Hoffentlich ist bis dahin mein Bauchweh weg, es gibt kaum was Besseres als Elsässer Käse!«

Elsässer Käse, schön und gut, erwidert Herr Wagner, es gehe jedoch nichts über die russische Küche. Er sei ein großer Freund Russlands und habe noch nie besser gegessen als vor zehn Jahren bei einer Wolga-Kreuzfahrt »auf den Wasserwegen der Zaren«. Überhaupt, Russland sei die einzige Nation, die noch »Kultur« besitze. »Klassikkonzert in einer russischen Schleusenkammer hams da angeboten, ornithologische Expeditionen, Ballettvorführungen! Und hier? Tätowier-Künstler und die depperte Glückstante und Wurst-und-Durst-Aktion, da sehens doch den Niedergang!«

Mit flackernden Augen führt er am Beispiel der Kreuzfahrtbranche den »Niedergang der Gesellschaft« aus, von dem einzig Russland nicht betroffen sei. Früher seien nur Gutsbesitzer, Kommerzienräte und Bankiers auf Kreuzfahrt gegangen. »1875, da hat des noch anders ausgeschaut, Thomas Cook, die erste Kreuzfahrt hat Thomas Cook veranstaltet, zur Mitternachtssonne am Nordkap, früher, des war Adel und Großbürgertum, des warn elitäre Erkunder! Schauns nur, was is heute mit Thomas Cook? In Spitzbergen, da hams gejagt, da hams Rentiere geschossen, Walrosse, Polarfüchse!«

»Die armen Tiere, um Himmels willen!«, ruft meine Mutter.

»Da waren Präparatoren an Bord«, fährt Johanns Vater unbeirrt fort, »Präparatoren! Und historische Vorträge hat's geben, über die deutschen Kolonien! Und heut, die Glückstante und das DJ Entertainment, da sehens doch den Niedergang!« Beim Bau der Wilhelm Gustloff habe man darauf geachtet, dass man das Kreuzfahrtschiff bei Bedarf leicht in ein Lazarettschiff umwandeln könnte. »Da ham in alle Aufzüge Krankenhausbetten reingepasst, des war kurz vorm Zweiten Weltkrieg, naja, am dreißigsten Jänner fünfundvierzg ists von aam Sowjet-U-Boot versenkt worden, vor der pommerschen Küste, da ham die Lazarettaufzüge auch nix mehr gnutzt.«

»Ah, ich platz gleich!« Frau Kempf stöhnt und hält sich leidend den Bauch. »Was gäb ich drum, wenn ich aufs Klo könnte, ein Königreich für einen Stuhlgang!« Sie sieht aus, als bräuchte sie auch dringend einen Lazarettaufzug. Davon unbeeindruckt, hält Herr Wagner weiter Lobreden auf seine Wolga-Kreuzfahrt, einen Russischsprachkurs habe es gegeben, Galadinners mit Streichquartett, nun gut, der Piratenabend sei etwas zu folkloristisch geraten, genauso wie die Schaschlikparty, dafür zum Ausgleich aber »hochinteressante Mikro-Expeditionen«, zum Neujungfrauenkloster, zur Dimitri-Blut-Kirche, Kirillo-Beloserski-Kloster, Zarenresidenz Pawlowsk.

»In Russland ist auch nicht alles Gold, was glänzt«, widerspricht meine Mutter, »da ist gar keine Meinungsfreiheit.«

»Gute Frau, Sie wollen mir nicht sagen, wir hätten in Deutschland oder Österreich a Meinungsfreiheit, nirgends in Europa hams noch a Meinungsfreiheit, also Sie können schon Ihre Meinung sagen, aber es hat halt gewisse Konsequenzen, des werns dann schon merken am eigenen Leib!«

»Ich glaube, mein Dickdarm überlebt die Reise nicht«,

ächzt Frau Kempf, »diesmal ist es so weit, Franz, ich hätte mich doch lieber vorher operieren lassen sollen. Was gäb ich drum, aufs Klo zu können!«

»Wollen wir ins Bordklinikum?«, fragt meine Mutter sie besorgt. »Die können Ihnen dort vielleicht einen Einlauf machen! Dass sich der Pfropfen löst! Sonst platzen Sie ja irgendwann!«

»Einläufe nützen bei mir nichts«, stöhnt Frau Kempf, »was ich im Enddarm hab, ist hart wie Stein, da könnte ich tausend Einläufe machen, da weicht nichts auf!«

Herr Wagner steht mit angewidertem Gesicht auf, wischt sich den Mund ab und verlässt ohne Abschiedsgruß den Tisch. Obwohl er ja den Verlust der Meinungsfreiheit bedauert, gesteht er Frau Kempf wohl nicht zu, sich öffentlich zum Inhalt ihres Dickdarms zu äußern. Vielleicht sieht er in den fäkalfokussierten Gesprächsbeiträgen von Frau Kempf und meiner Mutter einen weiteren Beleg für den kulturellen Niedergang der Gesellschaft.

Herr Kempf bestellt vier doppelte Ouzo, »um die Verdauung anzuregen«, und meine Mutter protestiert sogleich. Sie könne nicht schon wieder Alkohol trinken, gestern der Grappa, er müsse ihr auch noch sagen, wie viel Geld er für den Grappa bekomme, aber Herr Kempf winkt ab, das gehe alles auf seine Rechnung. Wie schon erwähnt sei es Ziel und Zweck ihres Lebens an Bord, den Kontostand bis zu ihrem Ableben auf null zu drücken, um den missratenen Söhnen kein Geld zu hinterlassen.

»Reise vor dem Sterben, sonst reisen deine Erben!«

»Wir tun unser Geld verreisen«, bekräftigt Frau Kempf, »wir geben denen nichts!«

Ein Kellner serviert die Schnäpse, Herr Kempf unter-
schreibt die Rechnung, wir stoßen an.

»Waren Sie eigentlich an Land heute?«, fragt meine
Mutter, vielleicht um Frau Kempf auf andere Gedanken
zu bringen und von ihren Unterbauchschmerzen abzulenken. »Haben Sie einen Ausflug gemacht in Reykjavik?«

Beide winken ab. Seit Jahren hätten sie schon keinen
Landgang mehr gemacht. »Wir sind froh, wenn wir es
von der Kabine zum Essen schaffen und zurück«, sagt
Frau Kempf, »wir sind beide herzkrank!« Daher machten sie auch so gerne »Positionierungsfahrten«, denn da
gebe es nur Seetage, zudem seien diese Routen bis zu
fünfzig Prozent günstiger. Eine Positionierungsfahrt, erklärt sie uns, finde statt, wenn die Reedereien ihre Flot-
ten verlegten, zum Beispiel im Frühling von der Karibik
ins Mittelmeer und im Herbst von Europa in die Karibik.
»Mehr Urlaub fürs gleiche Geld« habe man, wenn man
eine Positionierungsfahrt von Hamburg nach New York
mache, denn wegen der Zeitzonen habe jeder Reise-
tag fünfundzwanzig Stunden. »Dafür kann man aber in
umgekehrter Richtung so viel shoppen, wie man will,
weil es von Amerika nach Europa keine Gewichtsgren-
zen gibt!« Man müsse aber im Vorfeld darauf achten,
welche Kabine man buche. Wenn man eine der Sonne
zugewandte Balkonkabine wolle, und wer wolle das
nicht, müsse man in Fahrtrichtung Europa unbedingt
steuerbord buchen, sonst liege die Kabine ja während
der ganzen Überfahrt im Schatten. Ein Landtag wie
heute sei geradezu ideal, um an Bord zu bleiben, ergänzt die Kreuzfahrtexpertin Frau Kempf, die sich nach
dem doppelten Ouzo kurzfristig etwas besser zu fühlen

scheint, zumindest referiert sie recht euphorisch über die Vorteile der Landgangsverweigerung: »Wenn alle von Bord sind, hat man das Buffet fast für sich alleine!« Heute Mittag hätten sie in herrlicher Ruhe das »Europäische Wurstbuffet« im Marktstüberl ausgenutzt. »Mehr als hundert verschiedene Wurst- und Schinkensorten, stimmt's, Franz?«

»Ja«, sagt Herr Kempf. »Pommersche Leberwurst, Rügenwalder Teewurst, Parmaschinken.«

»Hüttensalami, Schweizer Rosmarinschinken, Thüringer Metzgeraufschnitt«, ergänzt Frau Kempf. Am besten hätten ihr die mecklenburgischen Schinkenknacker geschmeckt.

»Was sollen wir denn in Island?«, fragt sie dann. »Ich sag immer, Island war vor uns da, es ist jetzt da, und es wird auch nach uns noch da sein, wieso sollen wir da ausgerechnet heute von Bord gehen? Das Wurstbuffet gab's nur heute Mittag, das wird in der Form nicht mehr wiederholt.«

So langsam erkenne ich Frau Kempf als Philosophin an. Sie hat recht. Island hat einen immerwährenden Charakter, doch das Essen an Bord ist vergänglich. Island ist immer da, wo es ist. Das europäische Wurstbuffet war nur heute Mittag verfügbar und genießbar. Morgen könnte es zwar auch wieder die Möglichkeit eines Wurstbuffets geben, aber es wird ein anderes sein als heute. Es erscheint mir nur logisch, sich gegen Island und für das Wurstbuffet zu entscheiden.

Zurück in der Kabine, weiß ich nicht so recht etwas mit mir anzufangen. In meinem Magen rumoren zu viel Gyros, Tsatsiki, Pommes, Ouzo, ich stinke nach Knoblauch, ich bin müde und gleichzeitig aufgedreht, ruhelos, was vielleicht von meinem Bauch-Muss-Weg-Brachial-Work-out kommt. Wahrscheinlich aber eher davon, dass ich den ganzen Abend über wieder häufiger an Günther denke. Immer wieder ploppen sinnlose Fragen auf, auf die ich keine Antwort habe, und die mir auch egal sein sollten, wenn die grandiose Methode mit dem Abstand-gewinnen-und-vergessen so toll funktionieren würde wie geplant. Was er wohl gerade macht? Ob er an mich denkt? Ob er mir geschrieben hat oder versucht hat an-zurufen? Ob er sich Sorgen macht, dass ich mich über-haupt nicht melde? Oder hat er mich schon vergessen? Es ist kurz nach zehn, draußen hoher Wellengang und ein seltsames, diffuses Licht, es sieht hellgrau aus mit ei-nem Stich ins Gelbe, irgendwie giftig und apokalyptisch. Wir müssen uns jetzt bald auf Höhe des Polarkreises be-finden, wahrscheinlich wird es die ganze Nacht über nicht richtig dunkel. Ich starre mein Smartphone-Display an, ich bin im Flugmodus, das kleine Flugzeug rechts oben ist aktiviert und wacht darüber, dass niemand mich mit Nachrichten behelligen kann, es kappt alle Verbin-dungen. Leider lässt sich mein Gehirn nicht in den Flug-modus versetzen. Das wär's, denke ich, davon würde ich sofort Gebrauch machen. Mit einem Wisch alle herum-flirrenden Gedanken stumm schalten, nur noch die Off-line-Körperfunktionen aufrechterhalten: essen, hören, tasten, fühlen, sehen, verdauen, schlafen. Keine Grübe-leien über gestern und morgen. Zen-Mönchen gelingt es wahrscheinlich, mit Meditation in diesen Zustand zu kommen, aber die sitzen auch in reizarmen, stillen japa-nischen Bergklöstern und nicht an Bord eines lärmenden Vergnügungsschiffs.

»Hast du noch was vor heute?«, gähnt meine Mutter und schaltet den Fernseher ein.

»Weiß nicht.«

In einer Nachrichtensendung Afghanistan, wo eine Botschaft explodiert ist. Im Kongo stürzt eine Kobalt-Mine ein, man sucht nach Verschütteten. Terroranschlag in Brüssel. Bedrohte Sumpffledermäuse verhindern den Bau eines Windkraftparks. Maßnahmen gegen Rechts. Rentenkürzung, Hasskriminalität. Von Westen kommt ein Regentief.

»Mein Gott, man kann's nicht mehr hören«, sagt meine Mutter, wobei unklar ist, auf welche der Nachrichten sie sich bezieht, wahrscheinlich auf alle.

Ich ziehe meine Jacke über und stemme die Balkontür auf.

»Was machst du, es kommt eiskalte Luft rein!«, protestiert meine Mutter.

»Ich will Fotos machen vom Himmel, guck doch mal, wie der aussieht, ganz gelb und grau, als würde gleich die Welt untergehen.«

»Die geht auch bald unter«, sagt meine Mutter, während sie einen anderen Fernsehsender sucht und mir noch zuruft, ich solle nach dem Polarlicht Ausschau halten, Yvonne wolle doch unbedingt ein Foto vom Polarlicht.

Der Wind draußen reißt mir fast das Handy aus der Hand. Polarlichter sind natürlich nicht zu sehen, dafür brechen gerade Strahlen der untergehenden Sonne am Horizont durch die unheimlichen Wolkenberge. Sogar die Assis auf dem Nachbarbalkon interessieren sich für das Naturschauspiel, stehen an der Reling und machen Selfies vor der Nordpolarmeerapokalypse. Beide sind sturzbetrunken.

»Ey Mann, gestern war der Sonnenuntergang schöner«, lallt die Frau. »So grell irgendwie heute. Und die geht gar nich richtig unter. Sonnenuntergang 22.08 Uhr, steht in der Bordzeitung, und jetzt ist schon später. Mann ey, Kacke.«

»Gehn wir dann noch en Absacker?«, fragt ihr Mann, »noch en Piña Colada?«

»Nee äh, lass ma.«

»Hä?«

»Ich muss mich ma hinsetzen.« Die Frau hustet, es werden Stühle gerückt und Zigaretten angezündet.

»En Piña Colada könnten wir doch noch«, wiederholt der Mann mit schwerer Zunge.

»Nee, ich bin so voll. Kapier das doch ma, du Arsch.«

»Alpenglüh'n-Party is in der Ocean Bar, da könnt ich so en Schnaps … Nach dem ganzen Nachtisch könnt ich en Schnaps vertragen.«

»Nee, ich kann nich mehr.«

»Oder noch en Bier?«

»Äh …«

»Lady Killer is Cocktail des Tages in der African Dings, African Lounge, da gibt's zwei für ein … Also Lady Killer, zwei für ein.«

»Ah, nee …«

»Du bist echt für nix zu begeistern!«

»Dieter, ich bin so voll, ich kotz dir gleich auf die Füße.«

Ihr Gespräch wirkt auf mich im Hinblick auf mein lästiges Liebeskummerproblem dezent tröstlich. So können Beziehungen enden, denke ich, man zerrt sich gegenseitig in den Abgrund. Sei froh, dass du dich rechtzeitig getrennt hast. Lieber allein, als einsam zu zweit und am Ende den anderen nur noch im Vollsuff ertragen zu können.

»Oder en Ramazotti? Zum Aufräumen? En Ramazotti räumt auf, Schluppi!«

Aha, denke ich, Dieter und Schluppi heißen die Insassen der Pärchenhölle auf dem Nachbarbalkon. Allerdings will Schluppi nicht Schluppi genannt werden.

»Du sollst mich nich Schluppi nennen, des weißt du genau, du Arsch!«

»Was is mit Aquavit? En Aquavit, zum Abschluss?«

»Na ja«, sagt Schluppi nach längerer Stille, »vielleicht noch en Stützbier. Im Bermuda-Eck.«

»En Stützbier im Bermuda-Eck? Dat is doch ma ne Ansage!«, freut sich Dieter.

»Boah, ich kotz gleich über die Reling!«

Ich gehe nach drinnen, wo meine Mutter mit offenem Mund vor dem dröhnenden Fernseher eingeschlafen ist. Es läuft eine Dokumentation über Berg-Messies in der Schweiz. Leute, die sich in abgelegene Gebiete zurückziehen und ihre Häuser mit Vorräten vollstopfen, um dem kommenden Finanzcrash zu entgehen. Das Filmteam begleitet einen graubärtigen Senioren aus Bern, der in einem Alpendorf immer mehr Scheunen anmietet, um Sachen darin zu verstauen. Traktoren, Autoteile, Generatoren, Schmiedezubehör, Holz, Nahrungsmittel, bergeweise kaputte Möbel und Fahrräder, die er nach dem Weltuntergang reparieren und verkaufen will oder so ähnlich. Die Anwohner beschweren sich über die vermüllten Grundstücke, auch seine Frau ist mit den Nerven am Ende und sagt, ihr Haus in Bern sei ebenfalls vollgestopft mit Gerümpel. Vor laufender Kamera stellt sie ihn vor die Wahl: Er müsse sich entscheiden, entweder für sie oder für seine Scheunen. Der Senior beginnt zu weinen, entscheidet sich aber rasch für die Scheunen und gegen seine Frau. Seine schweizerdeutschen Schluchzer sind deutsch untertitelt, was ihm den Rest seiner Würde nimmt. Die Szenen verstärken mein Gefühl leicht deprimierter Ruhelosigkeit. Es ist erst halb elf, ich kann jetzt keineswegs schon einschlafen, auf Lesen oder weitere Stunden vor dem Fernseher habe ich auch keine Lust. Ein Stützbier, denke ich. Was auch immer das genau ist. Dieter und Schluppi trinken jetzt ein Stützbier. Vielleicht sollte ich auch ein Stützbier trinken. Es klingt gut und kräftigend. Oder einen Stützcocktail. Das Aktivpärchen aus dem Fitnessstudio hatte mich ja zu dieser Alpenglüh'n-Party eingeladen. Ob sie überhaupt noch dort sind? Oder liegen sie schon im Bett, um morgen früh wieder fit für den nächsten Body-Fight-Exzess zu sein?

Ich schreibe meiner Mutter einen Zettel, dass ich noch auf ein Getränk oben in der Ocean Bar bin und dass sie gern nachkommen kann. Den Fernseher lasse ich an, da ich vermute, dass sie in der nächsten Viertelstunde aus ihrem Kurzschlaf aufwacht und weiterschauen will.

Selbst ein blinder Passagier ohne Orientierungssinn hätte keine Probleme, den Weg zur Alpenglüh'n-Party zu finden. Schon von Weitem hört man wummernde Bässe und Kreuzfahrer, die lautstark den *Anton aus Tirol* mitsingen. Die Ocean Bar ist rappelvoll, und ich stelle fest, dass es doch noch Sachen gibt, über die ich mich wundern kann, obwohl ich ja schon recht abgestumpft bin, was die absonderlichen Blüten des Lebens an Bord angeht. Aber ich hätte nicht damit gerechnet, dass mehr als die Hälfte der Partybesucher Dirndl oder Lederhosen trägt. Haben die das im Koffer mit hierhergenommen? Nur für den einen Abend? Die traditionelle Alpenglüh'n-Party genieße *auf allen Schiffen unserer Flotte absoluten Kultsta-tus*, steht in der Bordzeitung, also ist wirklich anzuneh-men, dass die erfahrenen Mehrfach-Kreuzfahrer für die Reise ans Nordkap bewusst ihre Oktoberfestgarnitur eingepackt haben. Wie soll es auch anders möglich sein, es wird wohl kaum einen Dirndlverleih hier an Bord ge-ben. Oder doch? Wie gesagt, mich wundert kaum noch etwas. Auch nicht, dass ich direkt am Eingang, in dem mannshohe Lebkuchenherzen aus Plastik Spalier ste-hen, Johann in die Arme laufe. Er trägt keine Lederhose, sondern Jeans und ein graues T-Shirt mit dem Aufdruck *Lisboa*.

»Hey, schön dich zu sehen!« Er bleibt stehen und strahlt mich an.

»Schönes T-Shirt«, sage ich. »Da würd ich auch gerne mal hin.«

Er blickt an sich herunter. »Lissabon ist super, ja. Da war ich schon zweimal. Musst du unbedingt auch mal hin.«

Ich nicke, und während ich mich so umschaue, denke ich, dass ich tatsächlich in diesem Moment lieber in Lis-sabon wäre, in einem netten, spärlich besuchten Nacht-café, leise Gespräche, in der Hand einen Gin Tonic oder was man dort trinkt, auf der Bühne eine Fadosängerin mit bodenlangem schwarzem Kleid und Netzhandschu-hen. Die Alpengaudi hier ist das pure Gegenteil. Johann ruft mir etwas ins Ohr, aber ich verstehe kaum, was er sagt, denn die Kreuzfahrer singen gerade den Refrain von *Schatzi, schenk mir ein Foto* mit, danach kommt über-gangslos *Hölle, Hölle, Hölle*. Johann nimmt meine Hand und zieht mich hinter sich her durch die Menge. So-viel ich verstanden habe, will er einen Sitzplatz suchen und mir ein Getränk ausgeben, wie es ja seine Pflicht als mein offizieller Glückspate sei. Alle Ledersessel in den Sitzgruppen rings um die Tanzfläche sind besetzt. Kleine Filipinos – auch sie tragen alle Lederhose und rotweiß-kariertes Hemd – eilen mit Tabletts hin und her und servieren Bierkrüge, Schnäpse und Cocktails. Wir verschnaufen kurz an einem Stehtisch, wo sofort ein als Almöhi mit Kunstbart kostümierter Bordfotograf auf uns zukommt, mir ein Papp-Lebkuchenherz mit der Aufschrift *Mordsgaudi – Mir zwei san dabei!* in die Hand drückt und zu fotografieren beginnt.

»Wir wollen eigentlich kein Foto«, rufe ich.

»Näher zusammen, näher zusammen«, schreit der Bordfotograf und weist uns an, das Papp-Lebkuchenherz zwischen uns zu halten, »ja, super, ein Bussi bitte!«

»Nee, ist schon gut«, sagt Johann lachend und will ihm das Herz zurückgeben, aber der Almöhi fotografiert unbeirrt weiter und ruft: »Bussi bitte, in der Fotoserie soll eins mit Bussi dabei sein, ihr werdet schon sehen, das wird ne tolle Erinnerung an euren Urlaub!«

»Darf ich?« Johann drückt mir einen Kuss auf die Schläfe, was den Bordfotografen halbwegs zufrieden stellt, zumindest reckt er mit Blick auf sein Kamera-Display den Daumen nach oben und entreißt uns das Papp-Herz, um damit neue Opfer zu suchen. Aus den Augenwinkeln sehe ich plötzlich Katrin und Udo. Ich hätte das Aktivpärchen fast nicht erkannt, denn statt ihrer Synthetik-Sportklamotten tragen auch sie Dirndl und Lederhose. Sie sitzen am Rande der Tanzfläche an einem kleinen Tisch und winken aufgeregt in meine Richtung.

»Da sind zwei Bekannte von mir«, schreie ich Johann ins Ohr und ziehe ihn hinter mir her in Richtung Katrin und Udo, die aufspringen und mich freudig umarmen.

»Ines, wie cool, dass du es noch geschafft hast«, schreit Katrin, dann noch irgendwas mit »Freund« und »voll cool«, ich verstehe es nicht, weil aus der Musikanlage gerade – recht unpassend zum Motto des Abends – *Fiesta Mexicana* dröhnt, wahrscheinlich will sie mir mitteilen, dass ihr Freund Udo es auch cool findet, dass ich da bin. Durch ihre täglichen, schweißtreibenden Partner-Workouts sind die beiden so dünn, dass sie sich gemeinsam auf einen der Ledersessel quetschen können, ich bekomme den nun frei gewordenen Sessel, und Johann setzt sich neben mich auf einen Holzklotz, der vielleicht zur alpenländischen Dekoration der Ocean Bar gehört. Beide geben Johann die Hand und stellen sich schreiend vor.

»Was trinkt ihr da?« Ich deute auf die grasgrünen Cocktails, die auf dem Tischchen stehen.

»Almabtrieb!«, brüllt Udo und reckt den Daumen nach oben, »Cocktail des Tages, Almabtrieb!«

»Schmeckt super lecker!«, ergänzt Katrin, »das ist mit Blue Curacao, Orangensaft, Sekt und Marillenschnaps!«

»Wir haben so hart gepumpt heute«, ruft Udo und reckt den Cocktail in die Höhe, »jetzt wird hart gefeiert! Hossa! Hossa! Fiesta, Fiesta Mexicana!«

»Ich hol uns auch so was, okay?« Johann sieht mich fragend an, ich zucke mit den Schultern und nicke, woraufhin er aufsteht und sich in Richtung Bar vorkämpft.

»Oh Gott, Udo, ich muss noch das Instagram-Foto machen mit Wurfi und Bärli!« Katrin holt zwei kleine Plüschtiere aus ihrer Handtasche, einen Eisbär und einen Maulwurf. Beide tragen Miniatursportkleidung, kleine Fußballtrikots mit Rückennummer und Fanschal. Sie drapiert die Tierchen neben den Cocktailgläsern und biegt die grünen Strohhalme zurecht, dass es aussieht, als labten sich der Eisbär und der Maulwurf gerade am Almabtrieb.

»Ich mach nämlich auf unseren Reisen immer Instagram-Fotos mit Wurfi und Bärli«, erklärt sie mir, während sie mit ihrem Smartphone Nahaufnahmen der trinkenden Plüschtiere macht. Wurfi und Bärli hätten fast fünftausend Follower, ruft sie, und ob ich auch Instagram hätte.

»Ja, aber ich hab lang nicht mehr reingeschaut.«

»Was soll ich für Hashtags machen, Udo?«

»Hossa! Hossa!« Udo boxt mit der Faust in die Luft.

»Okay, ich mach Hashtag Hossa, Hashtag Alpenglüh'n, Hashtag Wurfiundbärliaufkreuzfahrt, Hashtag Sportlovers, Hashtag Couplegoals, Hashtag Glückaufhohersee, Hashtag Nordpolarmeer, Hashtag Kreuzfahrtinsglück, Hashtag Polarkreis. Wir sind doch gleich am Polarkreis, oder?«

Johann kommt mit zwei Almabtrieb-Cocktails zurück. Wir stoßen an, ich trinke zügig und stelle fest, dass die mir bislang unbekannte Mixtur recht gut schmeckt.

»Das ist so mein kleines Steckenpferd«, ruft Katrin, »die Wurfi-und-Bärli-Stories auf Insta, wahrscheinlich so als Ausgleich, weil mein eigentlicher Beruf total langweilig ist.«

»Was machst du denn beruflich?« Ich hätte eigentlich erwartet, dass sie Fitnesstrainerin oder Sportlehrerin ist oder zusammen mit Udo Outdoor-Abenteuer-Urlaube für unfitte Großstädter organisiert, aber es stellt sich heraus, dass sie in München in der Logistikbranche arbeitet. Sie sitzt im Büro und organisiert Lebensmittel- und Tiertransporte. »Schweine nach Turin, Hühner nach Dresden, Schnitzel nach Amsterdam!«

»Sind das FC-Bayern-Trikots?« Johann deutet auf die

Plüschtiere, die mittlerweile in unfotogener Position wie im Vollrausch hintenüber gekippt sind.

»Ja, hab ich selbst genäht, Udo und ich sind totale Bayern-Fans!«

»Viiivaaa Colonia!«, brüllt Udo mit der Menge mit. Ich vermute, dass es nicht der erste Almabtrieb ist, den die beiden vor sich stehen haben, denn sie wirken ziemlich betrunken, was aber auch daran liegen könnte, dass ihre schmalen, vom Body Fight und weiteren Strapazen geschwächten Körper der Wirkung des Alkohols schutzlos ausgeliefert sind.

Viel lieber als in der Logistikbranche Tiertransporte zu managen, ruft Katrin, würde sie nochmal studieren, Innenarchitektur, und dann Industriehallen im skandinavischen Vintage-Style einrichten. »Oh Mann, Wurfi, Bärli, jetzt bleibt doch mal richtig sitzen!«, schimpft sie dann ihre Instagram-Models, »warum kippt ihr denn immer so nach hinten um?«

Johann wirft mir und meinen Bekannten leicht befremdete Blicke zu, wahrscheinlich wäre er lieber allein mit mir und würde irgendwelche Flirtversuche durchführen, aber wenn ich ehrlich bin, habe ich dazu keinen Nerv, eigentlich will ich gerade nur auf angenehme Weise den Promillegehalt im Blut nach oben fahren, um dann in einen traumlosen Schlaf zu fallen. Morgen aufwachen und wissen, dass das Ende der Kreuzfahrt wieder ein Stück näher gerückt ist. Ich weiß nicht, wie lange ich das Schiff noch aushalte, denke ich, in meiner jetzigen Verfassung geht es nur noch ums Durchhalten. Es ist mir ein Rätsel, wie die feiernden Kreuzfahrer ringsherum Freude an dieser Art Urlaub empfinden können. Auch für meine Mutter, überlege ich, ist es eigentlich eine denkbar ungeeignete Art des Reisens. Mit dem debilen Belustigungsprogramm an Bord kann sie nichts anfangen, das Fitnessstudio nutzt sie nicht, das Gedränge in den Restaurants versetzt sie in Panik, das Essen ist ihr zu reichhaltig, die Landausflüge zu teuer, die Cocktails zu eiswürfelhaltig. Überhaupt gehört sie nicht zum großen Teil der Kreuzfahrer, die des Dauertrinkens und -essens wegen an Bord sind. Im Endeffekt liegt sie ja die ganze Zeit in der Kabine und schaut Tierfilme. Was also bezweckt sie damit? Vielleicht ist es eine Sehnsucht nach Luxus, Freiheit, Weite, die sie umtreibt, aber letztlich wird diese Sehnsucht ja nicht erfüllt, alles ist mit Schikanen verbunden, alles muss sie sich erkämpfen, den Sitzplatz im Marktstüberl, das Essen auf dem Teller, den Krabbengutschein, und dann kommt auch noch der Florian und maßregelt sie, weil sie Möwen füttert.

»Ich hol uns noch zwei Almabtriebe«, ruft Johann, ich nicke und gebe ihm mein leeres Glas. Ein Moderator verkündet übers Mikro, dass jetzt alle auf die Bühne kommen sollten, die beim Maßkrug-Wettstemmen mitmachen wollten, der Gewinner erhalte eine Maß Bier. Es gebe einen Maßkrug-Stemm-Contest für Männer und einen für Frauen, und später komme noch der Nagelsepp mit seinem Holzklotz, da könne man dann beim Wettnageln mitmachen. Hurtig erklimmen etwa zehn Kreuzfahrer die Bühne, darunter ein paar jüngere, aber hauptsächlich Senioren. Der Großteil der Partybesucher bleibt jedoch bleischwer und reglos in den Sesseln sitzen. Die Tischchen rings um uns herum sind randvoll mit Cocktail-, Bier- und Schnapsgläsern, bei diesen Trinkmengen kommen die Lederhosen-Filipinos offenbar nicht schnell genug mit dem Abräumen hinterher.

Am Ende, denke ich, ist es doch das Frau-Kempf-Motiv, was für viele den Reiz einer Kreuzfahrt ausmacht. Flucht vor dem trübsinnigen Alltag, den entarteten Nachkommen. Nach jahrzehntelanger Kinderaufzucht mit alles andere als erfreulichen Resultaten beschließen die Senioren, jetzt an sich selbst zu denken. Nach ewigen, von niemandem gedankten Entbehrungen wollen sie weit in die Welt hinaus, allerdings muss die Reise möglichst komfortabel vonstatten gehen, denn die körperlichen Kräfte schwinden. Für diesen Zweck ist eine Kreuzfahrt ideal, muss ich zugeben. Der vom Leben ermüdete ältere Mensch tritt hier in ein geradezu infantiles Stadium ein. Er übergibt sich der Obhut des Schiffes, als sei es eine Gebärmutter. Man muss sich um nichts kümmern, das Leben scheint wieder leicht und sorgenfrei, passiv und ohne Verantwortung, wie damals, in den glücklichen Zeiten vor der eigenen Geburt. Dann liegen sie in ihren Kabinen, die ermatteten Senioren-Embryos, eingekuschelt in Betten, die sie nicht selbst beziehen müssen, vom Schiff in den Schlaf geschaukelt, das zielsicher seine Route verfolgt. Tagsüber wird rund um die Uhr Nahrung zugeführt, der Nachschub ist unendlich, nie entsteht eine Phase des Mangels. Man wächst heran. Wie ein Kind im Mutterbauch wird auch der Kreuzfahrer jeden Tag ein bisschen schwerer, es gibt nichts zu tun außer zu wachsen, und so tut man auch nichts, dreht sich vielleicht einmal behäbig um die eigene Achse, schaut zum Fenster hinaus auf ein beliebiges Meer und gibt sich dann wieder dem wohligen Verdauungsdämmern hin. Nirgendwo sonst bekommt man einen reibungslosen Transport von A nach B nach C, ohne auch nur aus dem Bett aufstehen zu müssen. Wie ich auch an mir selbst beobachten kann, stellt sich nach wenigen Tagen eine Erschlaffung der Gliedmaßen und des Geistes ein. Einzig der Verdauungsapparat setzt hier zu Höchstleistungen an. Neben dem Bett treiben Eisberge oder tropische Inseln vorbei, und je länger die Fahrt dauert, desto egaler wird die Kulisse.

»Scheiß draaauf, Malle ist nur einmal im Jaaahr!« Udo und Katrin singen lautstark mit, da ihnen dieses Lied anscheinend besonders gut gefällt, dabei filmen sie sich und halten auch Wurfi und Bärli in die Kamera, wahrscheinlich um es als Instagram-Story zu verwenden, in der Wurfi und Bärli auf hoher See hart feiern.

»Guck mal, das ist Wurfi in Amsterdam.« Katrin hält mir das Smartphone hin, ich sehe den Maulwurf im FC-Bayern-Trikot auf der Reling eines Hausboots sitzen, er hat neunhundertachtzig Likes und siebenunddreißig Kommentare. Wenn Udo auf Dienstreisen sei, nehme er Wurfi oft mit und schicke ihr dann Fotos, was Wurfi so erlebe, erzählt Katrin. »Und als ich mit meinen Mädels beim Junggesellinnenabschied in Straßburg war, hab ich Bärli mitgenommen und neben einen Flammkuchen gesetzt.« Aber am schönsten sei es für Wurfi und Bärli, wenn sie gemeinsam verreisen dürften, »das ist total aufregend für die!«

Johann kommt zurück, neben ihm ein Kellner mit Tablett, der uns vier Almabtriebe serviert, was Udo und Katrin in Höchststimmung versetzt. »Wir wollten doch deine Freundin zum Cocktail einladen, weil sie beim Body Fight mitgemacht hat«, ruft Katrin, »und jetzt werden wir selbst eingeladen, total irre, wir revanchieren uns aber, logo!«

»Wir haben so hart gepumpt«, stöhnt Udo. »Holla, das

war hart, wieso lässt du denn deine Freundin alleine zum Body Fight? Das nächste Mal musst du mitkommen, macht mega Spaß!«

Anscheinend denken sie, dass wir ein Paar sind, stelle ich irritiert fest, und während ich überlege, wie ich das richtigstellen soll, fragt Katrin, wie lange wir denn schon zusammen seien. Der Satz ist deutlich zu verstehen, denn die Musik ist verstummt. Die Aufmerksamkeit der Kreuzfahrer gilt den maßkrugstemmenden Passagieren auf der Bühne, deren Gesichter vor Anstrengung rot anlaufen. Auch ich laufe rot an, zumindest fühlt es sich so an, Auslöser ist ihre peinliche Frage oder der Almabtrieb, der mir zu Kopf steigt, oder beides.

»Ähm …«, sage ich.

»Seit drei Jahren«, sagt Johann. Er grinst mich an und legt mir die Hand aufs Knie, ich starre zurück, und dann muss ich loslachen. Eigentlich ist doch jetzt auch alles egal, denke ich, scheiß drauf, Malle ist nur einmal im Jahr.

»Ja, verrückt, genau drei Jahre sind es schon«, sage ich dann, »wir feiern mit der Kreuzfahrt sozusagen unser Kennenlernen. Das war schon lange unser Traum, nicht wahr, Schatz?«

»Wir haben so hart darauf gespart!«, bestätigt Johann.

»Wie süß!« Katrin schlägt die Hände vor der Brust zusammen. »Ihr seid so ein schönes Paar!«

»Auf die Liebe!« Udo kippt fast vom Sessel, als er mit uns anstößt. Auf der Bühne bricht ein Tumult aus, der Sieger und die Siegerin des Maßkrug-Wettstemmens stehen offenbar fest und werden beklatscht, dann wummern die Bässe wieder los, der Moderator animiert zum Mitsingen: »Wir ham Sankt Anton überlebt, nun kann uns wirklich nichts mehr schocken, wir werden jede Party rocken!«

Ich stehe auf, um auf die Toilette zu gehen, und merke, dass mir der Almabtrieb schon sehr zugesetzt hat. Was war da noch gleich alles drin? Sekt? Blue Curacao? Marillenschnaps? Wer denkt sich so was aus? Als ich zurückkomme, hat Udo Johann in eine Art Männerfachgespräch verstrickt. Anscheinend arbeitet er als Ingenieur in einer Firma, die am weltweiten Motorengeschäft beteiligt ist, er erzählt von Fahrgestellen und Teststrecken, irgendwie geht es auch um Klimaziele und Elektroautos, Johann wirkt nicht sehr interessiert und greift irgendwann nach meiner Hand, vage in Richtung Udo nickend, der nun nach einem großen Schluck Almabtrieb von seinen Arbeitszeiten berichtet. Die Firma schließe um neun Uhr abends das Gebäude ab, damit die Ingenieure und Manager nicht bis nach Mitternacht »in den Burnout hinein« arbeiteten. Das sei einerseits sinnvoll, »aber wenn du ein Baby hast, willst du ja auch dranbleiben und das Ding in trockene Tücher kriegen.« Eine Sekunde lang denke ich, die zwei hätten ein Baby, aber er meint wohl irgendwelche Ingenieurprojekte. Wegen der Zeitverschiebung sei die Zusammenarbeit mit Malaysia zu empfehlen. Wenn er denen in Malaysia abends was maile, würden die dort die ganze Nacht daran weiterarbeiten, und er könne am nächsten Morgen die Ergebnisse in Empfang nehmen. Da verliere man null Zeit.

»Mensch, Udo«, quengelt Katrin, »wir haben Urlaub, jetzt erzähl doch nicht von der Arbeit!«

Aber das Team in Malaysia, fährt er fort, habe kürzlich eine Umstrukturierung erfahren, und jetzt seien dort unfähige Menschen zugange, die die ganze Nacht nichts zustande brächten, und dann habe er keinen »Work Progress« am nächsten Morgen im Postfach, das sei ärgerlich und ineffizient, und da nütze der Vorteil der Zeitverschiebung dann auch nichts. Johann nickt, ich nicke, seine Freundin gähnt, sieht nach der Uhrzeit und springt in die Höhe.

»Ach du liebe Zeit, wir müssen an Deck! Schnell!« Sie stopft Wurfi, Bärli und ihr Smartphone in die Handtasche.

»Oh ja! Holla, gleich ist ja der Sprung über den Polarkreis! Kommt mit!« Die Aufbruchsstimmung des Aktivpärchens erklärt sich damit, dass oben auf dem Pooldeck in diesen Minuten die sogenannte Polarkreisparty beginnt. Der Moderator sagt es auch gerade auf der Bühne durch: Alle sollten sich nun an Deck begeben, da das Schiff in Kürze den Polarkreis überqueren werde. »Gemeinsam zählen wir den Countdown runter, und dann springen wir alle zusammen über den Polarkreis!« Dazu gebe es die Sonderaktion »Heiße Liebe im Eismeer« für nur zwei Euro, anscheinend eine Art Glühwein. Nach dem »Sprung über den Polarkreis« werde dann in der Ocean Bar bei der Alpenglüh'n-Party »die nächste Eskalationsstufe gezündet«.

Zum Glück ist Johann noch geistesgegenwärtig genug, um zu mahnen, dass wir kleidungstechnisch nicht gerade auf einen Aufenthalt an Deck bei geschätzten drei Grad Außentemperatur vorbereitet seien. Das Aktivpärchen ruft daraufhin begeistert eine »Jacken-Challenge« aus: »Wir rennen alle auf unsere Kabinen und holen was zum Anziehen, und wer als Letzter wieder da ist, muss den anderen dann oben an Deck die Heiße Liebe ausgeben!« Schon drängeln sie sich jauchzend durch die Kreuzfahrer, die jetzt alle aufstehen, und sprinten in Dirndl und Lederhose in Richtung Treppenhaus.

»Warte hier«, befiehlt mir Johann, »unsere Kabine ist hier gleich um die Ecke, bin in einer Minute wieder da.« Tatsächlich steht er kurz darauf mit zwei schwarzen, dick gefütterten Outdoorjacken vor mir.

»Kannst meine anziehen, ich nehm die von meinem Vater.« Er überreicht mir die Jacke, dazu noch einen grauen Schal und eine Wollmütze. »Wir haben jetzt doch noch eine Balkonkabine bekommen. Mein Vater wollte sich erst wieder beschweren, weil sie quasi direkt neben der Ocean Bar ist. Lärmbelästigung und so. Aber zum Glück hat er es dann sein lassen. Ich meine, ist doch alles besser als eine Innenkabine, irgendwann muss doch mal Schluss sein mit dem Gemecker.«

»Dein Vater saß heute Abend bei uns am Tisch im Marktstüberl.«

»Ah, da hat er bestimmt wieder irgendwelche Reden gehalten.«

»Naja, über den Niedergang der Gesellschaft, und über russische Flusskreuzfahrten.«

»Ich war lieber im Asia Sushi essen, ich bin froh, wenn ich ihn nicht die ganze Zeit um mich habe, er ist ziemlich anstrengend. Die ganze Zeit am Lamentieren.« Johann verdreht die Augen.

»Und, war's gut, das Sushi?«

»Ja, war okay. Aber so richtig satt wird man da nicht von.« Eigentlich zielte meine Frage darauf ab, Näheres zu einer eventuellen weiblichen Begleitung beim Sushi-essen zu erfahren, aber in der Hinsicht lässt er sich nichts entlocken. Naja, denke ich, ist ja auch egal. Aber interessiert hätte es mich schon. Wir schweigen, und der starre

Blick, den Johann auf mich richtet, verunsichert mich leicht, denn ich kann ihn nicht deuten. Er könnte Ausdruck schwelender Intensität oder auch absoluter Gleichgültigkeit sein. Ein bisschen irre ist der Typ schon, denke ich, wobei ich zugeben muss, dass mir genau das gefällt.

»Wart ihr schon öfter zusammen im Urlaub, du und dein Vater?«, frage ich schließlich, um sein Schweigen und Starren zu unterbrechen.

»Um Gottes willen«, antwortet er lachend, »ich seh ihn eigentlich nur einmal im Jahr an Weihnachten.« Sein Vater, erzählt Johann, während wir weiter auf die Rückkehr des Aktivpärchens warten, habe sich mit der gesamten Familie zerstritten und sich durch seine permanenten Nörgeleien und kulturpessimistischen Monologe ins soziale Abseits manövriert. Seine Eltern hätten sich getrennt, als er neun war, er sei dann bei seiner Mutter in Hamburg aufgewachsen. Sein Vater sei danach mit einer russischen, in Wien lebenden Fremdsprachensekretärin liiert gewesen, daher seine Lobpreisung auf die russische Kultur, die er sogar beibehalten habe, nachdem die Russin ihn verlassen habe.

»Und wie kam es jetzt dazu, dass ihr zusammen die Kreuzfahrt macht?«

»Er hat sonst niemanden gefunden, der mitwill. Obwohl die Reise ja gratis ist, auch für den Mitfahrer.« Johann zuckt die Schultern. »Er redet und schimpft den ganzen Tag, kein Wunder, dass er überhaupt keine Freunde hat. Manchmal denk ich: Wären wir doch schon wieder in Hamburg, damit das endlich ein Ende hat. Andererseits, im Moment gefällt's mir sehr gut, jetzt hab ich sogar plötzlich seit drei Jahren eine feste Freundin!« Er schattenboxt mich in die Rippen. »Wenn ich das heute

Morgen schon gewusst hätte, wär ich natürlich nicht zum Single-Frühstück gegangen, ich hoffe, du verzeihst mir das.«

»Single-Frühstück?«

»Ja, Frühstück für Singles und Alleinreisende, das war heute im Papageno.«

»Ach, stimmt«, fällt mir ein, »das hatte ich in der Bordzeitung gelesen.«

»Wenn du hingegangen wärst, hätten wir uns dort getroffen«, stellt Johann mit nicht zu widerlegender Logik fest.

»Ich hab keine Sekunde überlegt, da hinzugehen«, erwidere ich wahrheitsgemäß.

»Warum nicht?«

»Weil in der Beschreibung stand, dass diese Glückscoachin das Single-Frühstück moderiert. Und auf diese schreckliche Frau hab ich absolut keine Lust, was du hoffentlich nachvollziehen kannst. Bin froh, wenn ich ihr nie mehr über den Weg laufe.«

Johann kratzt sich an der Nase. »Ja, das war ein bisschen ... vielleicht ein bisschen zu taff, dass sie uns da einfach auf die Bühne gezerrt hat«, sagt er dann.

»Taff? Das war unmöglich«, präzisiere ich.

»Ja, du hast ja recht. Aber heute war sie eigentlich ganz nett.« Jedenfalls netter als die anderen alleinreisenden Damen, die er kennengelernt habe, alles in allem sei es ein ziemlicher Reinfall gewesen. Die eine Frau habe ihm auf ihrem Smartphone ungefragt Fotos von ihrer letzten Zahnoperation gezeigt. Er habe sich umgesetzt, aber die neue Gesprächspartnerin habe ihm ihre gesamte Scheidungsgeschichte erzählt: »Dass sie von ihren Nachbarn angefeindet wird, weil sie zwei Autos hat. Ihr Herz hängt sowohl am Benz als auch am BMW, und jeder sagt, sie würde ihren Mann ausbeuten, aber der hätte mehr als genug Geld. Und sie hätte so viele Jahre für ihn verschwendet, und jetzt macht sie nur noch, was sie will.« Die Frau habe nicht lockergelassen, erzählt Johann mit gequältem Gesichtsausdruck. Sie sei gerade auf einem autobiografischen Schreibseminar im Piemont gewesen, und ob er nicht Lust hätte, einen Text zu lesen, den sie dort verfasst habe.

»Eigentlich bin ich da ja nur hin, weil ich gehofft hatte, dass ich dich da vielleicht treffe«, sagt er. Bevor mir eine Antwort einfällt, biegt das Aktivpärchen um die Ecke und bleibt keuchend vor uns stehen.

»Wahnsinn, Udo, wir haben verloren, die beiden waren schneller! Aber unsere Kabine ist auch echt am anderen Ende vom Schiff, krass!«

»Ha! Oh ja! Das war gut, so ein Langsprint mit Alkohol im Blut! Das knallt! Holla!«

Zu viert steigen wir die Treppen zum Pooldeck hinauf, wo sich schon eine große Kreuzfahrermenge versammelt hat, wenn auch bei Weitem nicht so viele wie beim Gratis-Begrüßungssektbuffet.

Aus den Boxen schallen pompöse Opernklänge, vielleicht um der Dramatik der bevorstehenden Polarkreisüberquerung gerecht zu werden. Udo und Katrin drängen zur Poolbar vor und kommen schwankend mit vier Glühweinbechern zurück, in denen sich die Heiße Liebe im Eismeer befindet. Wir stoßen an.

»Holla, der knallt aber auch ganz gut!«, lobt Udo das Getränk, dann stellen sie ihre Becher auf einem Stehtisch ab und hängen Wurfi und Bärli mit den Schnauzen an die Ränder.

»Hashtag Heißeliebeimeismeer«, sagt Katrin während des Fotografierens, »Hashtag Sprungüberdenpolarkreis, Hashtag Partystimmung, Hashtag Kreuzfahrtlovers.«

»Hashtag Pooldeck, Hashtag Alkoholmachtglücklich«, ergänzt Udo.

Hashtag Fehlentscheidung, Hashtag Lebenskrise, Hashtag Ichmussinsbett, denke ich, denn die Heiße Liebe im Eismeer in Kombination mit den zuvor getrunkenen »Almabtrieben« droht zu bewirken, dass ich in Kürze aus den Latschen kippe. Das ist eindeutig mehr als Glühwein, irgendein Schnaps ist da mit drin in der roten Brühe, in der Kirschen und ein Batzen Sahne schwimmen. Vielleicht ist es auch der Sauerstoffschock nach dem Herumsitzen in der stickigen, überfüllten Ocean Bar, der mich zum Schwanken bringt. Ich halte mich an Johann fest, der die Annäherung freudig annimmt und seinen Arm um mich legt.

»So, gleich ist es so weit«, schreit ein unsichtbarer Entertainer von irgendwoher ins Mikrofon, »gleich überqueren wir den Polarkreis, seid ihr alle dabei?!«

»Jaaa!«, schreien die Kreuzfahrer.

»Dann lasst uns jetzt gemeinsam über den Polarkreis springen!«

»Wie soll das denn gehen?«, lalle ich, »wo ist denn hier der Polarkreis?!«

»Das ist doch völlig egal«, ruft Katrin, »wenn er den Countdown runtergezählt hat, springen wir alle in die Luft! Und machen Fotos dabei!«

»Zehn! Neun! Acht!«, dröhnt es aus den Lautsprechern. Bei »Null!« brechen alle in Jubel aus und hüpfen in die Luft, Udo mit einem gewaltigen Sprung aus dem Stand, wie ein Massai-Krieger. Aus den Lautsprechern schallt jetzt die Filmmelodie von *Fluch der Karibik*. Johann und ich absolvieren einen Partnersprung, etwa fünf Zentimeter hoch. Katrin drückt Johann ihr Smartphone in die Hand, er bekommt den Auftrag, Udo und sie beim gemeinsamen Springen zu fotografieren – was erst beim zehnten Versuch einigermaßen klappt, da die Handykamera nur mit Zeitverzögerung auslöst.

»Ah, so cool, beim letzten Foto sind wir beide in der Luft«, freut sich Katrin beim Begutachten der Bilder, »das tu ich gleich in Insta!« Rund um uns herum fotografieren Kreuzfahrer ihre Polarsprünge.

»Johann, Ines, jetzt ihr beiden!«

»Mir ist schlecht, wenn ich jetzt noch rumhüpfe, kommt mir der Almabtrieb hoch«, wehre ich ab.

»Dann gebt euch einen Kuss, das ist auch ultrasüß«, quiekt Katrin, »ein Kuss auf dem Polarkreis!«

»Hashtag Heißeliebeimeismeer!«, ruft Udo.

»Dann machen wir's halt, Schatzi«, sagt Johann, »die lassen ja doch nicht locker.«

Wenig später finde ich mich in der Situation wieder, zu Fluch-der-Karibik-Klängen mit meinem Glückspaten zu knutschen, während Katrin Fotos macht und zusammen mit Udo anfeuernde Rufe ausstößt.

»Oh wie süß, ja, nochmal, so richtig leidenschaftlich, als hättet ihr euch gerade erst kennengelernt!« Ich bin eine Schauspielerin, denke ich, wir drehen eine Liebesschmonzette namens *Heiße Liebe im Eismeer*, ich küsse einen sehr gut aussehenden, gut schmeckenden Filmpartner. Dann fällt mir ein, dass ich nach dem ganzen Tsatsiki beim Griechischen Abend übel nach Knoblauch stinken muss, was Johann aber nicht zu stören scheint. Dann denke ich an Günther und was er dazu sagen würde, wenn er mich jetzt sähe, woraufhin ich meine Filmrolle mit noch mehr Leidenschaft spiele, denn darum geht es doch hier auf dieser Reise, Günther zu vergessen. Und im Hinblick darauf kann es nicht schaden, einen neuen Mann zu küssen, auch wenn das Ganze jetzt recht inszeniert im Rahmen einer bescheuerten Sprung-über-den-Polarkreis-Aktion stattfindet. Aus den Augenwinkeln sehe ich, dass Katrin aufgehört hat zu fotografieren, da auf einmal der Almöhi-Bordfotograf aufgetaucht ist und ihnen eine aufblasbare, medizinballgroße Weltkugel in die Hände gedrückt hat. Sie suchen auf dem Plastikglobus den Polarkreis, deuten mit dem Finger darauf und strahlen in seine Kamera. Irgendwann registriere ich, dass ich trotz der Knutscherei kalte Lippen habe. Auch meine Hände sind eiskalt, und mir ist schlecht.

»Ich glaub, ich geh mal wieder rein«, sage ich und löse mich von Johann.

»Wollen wir noch was trinken, zu zweit, in einer anderen Bar?« Er streichelt mir über die Wange.

»Nein, ich geh ins Bett.« Er versucht nochmal, mich zu küssen, aber ich drehe den Kopf weg. Ich winke Udo und Katrin, die immer noch in ihre Weltkugel-Fotosession vertieft sind, zum Abschied zu. Johann folgt mir durch die Schiebetüren ins Treppenhaus. Drinnen, im gleißenden Licht und mit den nur noch wie von Ferne wummernden Beats, bin ich auf einmal recht ernüchtert. Diese Kreuzfahrt, konstatiere ich, während ich die Stufen in den Bauch des Schiffs hinuntersteige, ist ein einziges Debakel. Oder, wie es Johanns Vater sagen würde, a aanzige Schikane, wobei ich selbst schuld bin an allen Irrungen und Wirrungen.

»Ich würd dich ja gern mitnehmen in meine Kabine, aber da liegt mein Vater drin«, sagt Johann, als wir wieder auf Höhe der Ocean Bar angekommen sind.

»Aha, und wie kommst du darauf, dass ich da mitgehen würde?«, blaffe ich ihn recht unwirsch an. Ich ziehe Jacke, Schal und Mütze aus und drücke sie ihm in die Hand.

»Entschuldigung«, sagt Johann, »warum bist du denn jetzt so unfreundlich? Ich fand, das war ein sehr schöner Abend.«

»Ich hab zu viel getrunken von dem ganzen Quatsch, ich muss jetzt echt schlafen.« Ich verstehe mich selbst nicht, denn bis eben fand ich ihn noch mehr als sympathisch, aber jetzt auf einmal will ich ihn nur noch loswerden. Und diesen Satz mit der Kabine, in die er mich mitnehmen will, wo aber sein Vater liegt, diesen Satz eben fand ich unmöglich, auch wenn mein umnebeltes Hirn ihn schon jetzt gar nicht mehr genau rekonstruieren kann.

»Sehen wir uns morgen, Ines? Da ist Black-and-White-Party. Auch hier in der Ocean Bar.«

»Ich weiß es nicht.«

»Okay. Kannst ja schauen. Schlaf dich erstmal aus.«

»Ja. Gute Nacht!« Ich winke ihm zu und steige weiter nach unten zu unserem Deck ab, wobei ich mich am Geländer festhalte, um keinen Sturz hinzulegen und mein Leben mit gebrochenem Genick oberhalb des Polarkreises und unterhalb der Ocean Bar zu beenden.

»Wir sind seit drei Jahren zusammen«, ruft Johann mir von oben nach, »wir haben schon so viel überstanden, wir überstehen auch diese Krise!«

»Ja, Schatzi.« Trotz allem muss ich auf einmal lachen.

»Ich mach uns einen Termin bei der tollen Glückscoachin, die kann uns sicher helfen. Okay?« Als ich nochmal nach oben schaue, hat sich etwas in Johanns Gesichtsausdruck verändert. Irgendwie verstört und misstrauisch sieht er aus, als hätte ich etwas ganz Falsches gesagt, dann ist er verschwunden. Seltsam. Wieso reagiert er jetzt so komisch auf die Erwähnung der Glückscoachin? Vielleicht war er heute Abend mit ihr essen, denke ich. Vielleicht haben sie sich beim Alleinreisenden-Frühstück zum Sushi verabredet. In Bergen war er ja auch mit ihr im Café. Möglicherweise. Vielleicht aber auch nicht.

Ich gähne und beschließe, dass mir ab jetzt alles egal sein wird. Als ich in die Kabine komme, schläft meine Mutter immer noch. Es läuft ein Bericht über das Allgäu. Der Sprecher sagt, dass das Allgäu demnächst unter dem Touristenansturm kollabieren werde. Die Landschaft sei zerstört, die Luftverschmutzung beträchtlich, die Wildtiere flüchteten, auf den Wanderpfaden müsse man Schlange stehen, und an den Almhütten drohten die Holzterrassen abzubrechen wegen Überlastung. Ich schalte den Fernseher aus. Ich werde mich ab jetzt aus jeglichen Verstrickungen, Partys und Almabtrieben heraushalten, denke ich beim Zähneputzen. Am besten einfach die Kabine nicht mehr verlassen. Ich werde die Steigerung von Frau Kempf sein. Nicht nur das Schiff nicht verlassen, sondern nicht einmal das Bett. So könnte es gehen, denke ich und schalte das Licht aus. Ich bin die Steigerung von Frau Kempf. Ein guter Plan.

Kapitel 8

Seetag – Auf dem Weg zum Nordkap

Ich erwache am frühen Nachmittag und muss mir eingestehen, dass mein Plan, von nun an im Bett liegen zu bleiben, nicht mehr auf einer freiwilligen Entscheidung, sondern auf purer Notwendigkeit und Alternativlosigkeit beruht. Mir tut alles höllisch weh. Der Körper ist vom Body-Fight-Bauch-Muss-Weg-Workout zerschunden, der Kopf vom Almabtrieb und der Heißen Liebe im Eismeer, die Gedanken von wirren Träumen und chaotisch verwischten Erinnerungen an den gestrigen Abend. Außerdem habe ich mich offenbar trotz Johanns Jacke im Polarwind erkältet. Ich huste, habe Halsschmerzen, und meine Nase ist komplett zu.

Meine Mutter verabreicht mir etwa dreißig verschiedene Medikamente, die ich alle einnehme, ohne nach der Wirkung zu fragen. Wenig später bekomme ich zusätzlich zu allem Elend auch noch Durchfall, was an dem hochdosierten Anti-Verstopfungs-Magnesium-Konzentrat liegen muss, das ich willenlos getrunken habe. Sie sagt, ich sei selbst schuld, sie habe gefragt, was mir konkret fehle, und ich habe nur gestöhnt und »alles« gesagt und somit behauptet, an »allen« denkbaren körperlichen Einschränkungen zu leiden, weshalb sie mir auch »alle« Mittel, die sie in ihrer Reiseapotheke mit sich führe, ge-

geben habe. Darunter war auch eines gegen Verstopfung, das sie zum Mittagessen übrigens auch in dreifa-
cher Dosis Frau Kempf verabreicht habe, die immer noch
keinen Stuhlgang gehabt habe und unter immer größeren Schmerzen leide. Dann gibt sie mir zwei Tabletten
gegen Durchfall und drei Magenschutztabletten, die
dazu dienen, den Magen gegen die vielen Tabletten zu
schützen. Pharmazeutisch komplett verseucht, falle ich
in einen Dämmerschlaf, was auch an den im mütterli-
chen Medikamentenmix enthaltenen Baldrian-Dragees
liegen kann.

Abends gegen neun lese ich in der Bordzeitung, was
ich an diesem Seetag alles verpasst habe. Den Workshop
Anti Aging Kosmetik. Torwandschießen mit Denzel. Tanz-
tee mit Maria. Einen Vortrag über die Trichterbecherkul-
tur in Norwegen mit Dr. Jesper Müller, dem Trolle-Lek-
tor. Ein Champagner-Tasting in der Casablanca-Lounge
unter dem Motto *Werden Sie Connaisseur de Champagne*.
Den Workshop *Ahnenbereinigung* mit dem isländischen
Seher Ragnar – He's Got The Look. Das wäre vielleicht
was für meine Mutter gewesen, aber die war den ganzen
Tag über mit ihrer Freundin Frau Kempf in andere Akti-
vitäten verstrickt. Nach dem Frühstück, so berichtet sie
mir, hätten sie an der »Küchenaktion Riesenleberkäse im
Brötchen« auf dem Pooldeck teilgenommen. Frau Kempf
sei nämlich hartnäckig der Ansicht, sie müsse nur genug
Essen nachschieben, um Bewegung in ihre erstarrten
Darmwindungen zu bringen. »Ist natürlich Quatsch«,
schimpft meine Mutter, »ich hab gesagt, ein Stau auf der
Autobahn löst sich doch auch nicht dadurch auf, dass von
hinten immer mehr Autos drauffahren, aber was soll sie
machen, die ganzen Abführmittel helfen ja auch nichts.«

Danach hätten sie im Theater dem Kapitän höchstpersönlich gelauscht. In der Rubrik *Nautik leicht erklärt* habe er den Kreuzfahrern erläutert, was eine Seemeile sei. Viel nautisches Wissen ist jedoch nicht bei meiner Mutter hängen geblieben, »und dann hat das noch irgendwas mit dem Kompass zu tun und dem Erdumfang, man soll sich tausendachthundert Meter merken, aber jedenfalls scheint der Kapitän noch fit zu sein, er ist zwar immer noch viel zu dick und hat einen knallroten Kopf, aber ich glaube, bis zurück nach Hamburg packt er es noch ohne Herzinfarkt.«

Diese Erkenntnis habe sie beruhigt, sodass sie nach dem Mittagessen mit Frau Kempf eine vergnügliche Stunde beim Super-Jackpot-Bingo verbracht habe. Nach dem Kaffee und Kuchen habe das Ehepaar Kempf sie dann in der Fernfahrer-Lounge auf den Drink des Tages eingeladen.

»Beach Babe«, lese ich, aufwallende Übelkeit unterdrückend, aus der Bordzeitung vor, »hinreißend cremige Versuchung mit Rum, Wodka, Kokos, Banane und Erdbeersahne.«

»Ach du liebe Zeit, Rum und Wodka waren da drin? Und Sahne?! Hat aber gut geschmeckt, irgendwann ist ja auch alles egal, man lebt nur einmal, aber es waren wieder viel zu viele Eiswürfel drin, das ist wieder typisch, das machen die doch extra!«

Aus dem Marktstüberl hat sie mir eine Packung Zwieback und eine Kanne Kamillentee mitgebracht. Dort habe heute das *Kochduell der Nationen* stattgefunden, es seien Zettel verteilt worden, auf denen man ankreuzen sollte, ob die Gerichte des philippinischen, des malaysischen, des indischen oder des ukrainischen Kochs am besten geschmeckt hätten. »Da hab ich nichts ange-kreuzt«, empört sich meine Mutter, »was soll denn das bringen, der Verlierer wird entlassen, oder wie?! Hat so-wieso alles gleich geschmeckt!«

Die Glückscoachin Sandra von Hagen, lese ich, hat am heutigen Seetag gleich zwei bezahlpflichtige, völlig überteuerte Workshops gegeben. Einen für neunund-siebzig Euro namens *Glück in der Liebe – Für Singles und Paare*. Die Singles arbeiten unter ihrer Anleitung an dem Thema neu durchstarten, die Paare erhalten Impulse un-ter dem Motto, frischen Wind in alte Ehen zu bringen. Vielleicht hatte sich Johann schon für dieses Seminar an-gemeldet und deswegen so irritiert reagiert, als ich vor-schlug, uns zur Paartherapie bei Sandra von Hagen zu begeben? Der andere Workshop für neunundneunzig Euro ist richtig bizarr. Unter dem Motto *Kreativität und Weiblichkeit neu entdecken mit Crotch Charms* wendet er sich explizit an Frauen. Crotch Charms, so erfahre ich im Infotext, ist Intimschmuck für die Vagina. *Es handelt sich nicht um Intimpiercings, sondern um hübsche Schmuckketten, die im Schritt um das Bikinihöschen gelegt und wie eine Hals-kette verschlossen werden. In einer lustigen Frauenrunde bas-teln wir unter Anleitung von Glücksexpertin Sandra von Ha-gen unseren individuellen, funkelnden Eye-Catcher, der nicht nur beim Chillen auf dem Pooldeck alle Blicke auf sich ziehen wird, sondern auch neuen Schwung und knisternde Erotik ins Schlafzimmer bringt. Keine Frage: Crotch Charms machen glücklich! Probieren Sie es aus!*

Ich lese meiner Mutter den Text vor. Seltsamerweise legt sie nur die Stirn in Falten und starrt nachdenklich auf den – vielleicht aus Rücksicht auf meine körperliche Schwä-chung – ausnahmsweise ausgeschalteten Fernseher.

»Diese Glückscoachin spinnt doch, oder?«, frage ich und lasse die Bordzeitung sinken. »Wer soll denn an so einem Workshop mitmachen? Stell dir mal Frau Kempf vor, die sich eine Intimkette fürs Bikinihöschen bastelt. Und sich dann im Eiswind oben aufs Pooldeck legt und alle Blicke auf sich zieht.«

»Jetzt weiß ich, wer das war«, ruft meine Mutter plötzlich, »das war diese Glückscoachin! Ich hab die ganze Zeit gedacht, die Frau hast du doch schon mal gesehen, aber ich konnte sie nicht zuordnen, weil die so anders aussah! So komplett aufgedonnert!«

»Hä?«

Sie habe, erklärt mir meine Mutter, nach dem Abendessen einen nochmaligen Versuch unternommen herauszufinden, wer die Person gewesen sei, die sie wegen der Möwenfütterung verleumdet habe.

»Ach, du hast wieder an dieser Kabine geklopft, wo nie jemand aufmacht?«

»Genau, aber diesmal hat jemand aufgemacht, und das war die Glückscoachin, aber in dem Moment hab ich die nicht gleich erkannt, ich hab die ja nur einmal kurz auf der Bühne gesehen.«

»Diese Sandra von Hagen war das, die die Rezeption alarmiert hat, dass jemand Möwen füttert?« Das sieht ihr ähnlich, denke ich, eine durch und durch schreckliche Person. Ahnungslose auf die Bühne zerren und als Pechmarie lächerlich machen, adipösen Seniorinnen Intimschmuck als Weg zum Glück verkaufen, harmlose Möwenfreunde anschwärzen, das ist Sandra von Hagen.

»Ich hab ihr die Meinung gesagt«, ruft meine Mutter, »dass ich das nicht schön finde, dass man da gleich angezeigt wird, als hätte man ein Verbrechen begangen, und dann muss man sich rechtfertigen vor dem Florian, die armen Möwen, du hast doch gesehen, wie hungrig die waren!«

Die Glückscoachin habe sehr pampig reagiert, berichtet meine Mutter weiter, es gebe Regeln und Vorschriften an Bord, an die müsse sich jeder halten, und sie habe keine Zeit für Diskussionen, sie sei verabredet.

»Auf der Bühne hatte die doch so einen Business-Anzug an, oder? Deswegen hab ich die nicht gleich erkannt. Vorhin hatte sie ein Abendkleid an, so ein ganz enges, damit man auch sieht, wie dünn sie ist, dass sie eine Figur hat wie eine Zwanzigjährige, dabei ist die bestimmt schon fünfundvierzig, aber das war so geschmacklos, das Kleid, das war wie ein Schachbrett!«

»Ein Schachbrett?«

»So vom Muster her, das war komplett schwarz-weiß kariert, wie ein Schachbrett halt, und eine weiße Handtasche hatte sie, und schwarze Stöckelschuhe, weiße Ohrringe und schwarzen Lippenstift.«

Logo, denke ich, sie geht zur Black-and-White-Party. Mit Johann. Vielleicht nicht mit Johann, aber wahrscheinlich wird sie ihr Glückskind Johann dort treffen. Zufällig oder absichtlich. Ich weiß nicht, was ich mit dieser Information anfangen soll. Das Verhältnis, in dem die beiden zueinander stehen, verstehe ich nicht. Sie kann doch nicht ernsthaft etwas mit einem Passagier anfangen. Soweit ich weiß, gibt es diesbezüglich auch Regeln und Vorschriften an Bord, an die sich jeder halten muss. Und was sollte er von dieser überheblichen, durch und durch unsympathischen Frau wollen? Vielleicht will er einfach dringend eine ins Bett kriegen, gestern hat es mit mir nicht geklappt, heute mit Schachbrett-Sandra stehen die Chancen womöglich besser, zumindest verfügt sie über erotisierenden Intimschmuck und eine Einzelkabine, sodass sie sich dorthin zurückziehen könnten und nicht im selben Raum mit seinem grantelnden Vater Sex haben müssten. Aber es kann auch alles ganz anders und harmlos sein, schließlich geht heute das halbe Schiff zur großen Black-and-White-Party. Kann mir auch alles egal sein, denke ich. Gehirn auf Flugmodus.

Obwohl ich den ganzen Tag nur gedöst habe, werden meine Augenlider schon wieder schwer. Meine Mutter hat die Vorhänge zugezogen, daher kann ich nicht aufs Meer schauen, ich habe das Gefühl für Zeit und Raum verloren, weiß nur, dass wir morgen irgendwann am Nordkap sind. So weit weg von Günther wie nie zuvor, denke ich, bin aber zum Glück zu schwach, um dem Gedanken weitere folgen zu lassen. Der Fernseher wird eingeschaltet. Im Halbdämmer sehe ich eine Reportage mit dem Titel *Sechzehn Uhr Apfelstrudel im Salon* über eine Flusskreuzfahrt auf der Donau.

»So was könnten wir auch mal machen, oder?«, sagt meine Mutter. »Da ist man näher am Land. Wenn man krank wird, kann man gleich ans Ufer gebracht werden, das ist doch praktisch!«

»Ja«, gähne ich.

Die permanente Nähe der rettenden medizinischen Versorgung auf dem Festland scheint der Grund dafür zu sein, dass der Altersdurchschnitt auf dem gefilmten Flusskreuzfahrtschiff nochmal etwa zehn Jahre höher ist als bei uns an Bord. Mit gebeugtem Rücken schleppen sich die Senioren in Passau über die Gangway an Bord. Die Doku ist recht reißerisch aufgebaut, als wollten die Filmemacher beweisen, dass es sich bei einer Flusskreuzfahrt eben nicht um eine langweilige Verschiffung von Hundertjährigen handelt, sondern um ein abenteuerliches Unternehmen, bei dem man nie weiß, welche dramatischen Wendungen nun wieder bevorstehen. »Zwei Gäste haben sich verspätet«, sagt der Sprecher mit spannungsgeladenem Timbre. »Wenn sie nicht gleich eintreffen, könnte es zu einer Verzögerung kommen. Dies würde den gesamten Reiseablauf ins Wanken bringen. Angstvoll blicken die Passagiere ans Ufer. Endlich! Da kommen die Nachzügler!«

Dann sofort die nächste Gefahr. Eine Schleuse ist sehr eng, aber dem Kapitän gelingt es, das Schiff hindurchzumanövrieren. Dann ein gefährlicher Strudel, der Kapitän muss sich konzentrieren und kann nicht zum Schlager-Quiz in den Salon, die Moderation dort übernimmt der zweite Kapitän, dessen Fähigkeiten wohl für die Strudeldurchquerung entbehrlich sind. In Bratislava fahren die Greise mit einer Bimmelbahn umher. Zwei Gäste gehen verloren. Der Entertainment-Manager sagt, dass man nicht warten könne, auch das Schiff könne nicht warten. »Womöglich endet ihre Reise in Bratislava!« Er schimpft, Senioren zu beaufsichtigen sei anstrengender als Kindergartenkinder. In letzter Minute werden die abhanden gekommenen Greise wiedergefunden. Dann hat der Entertainment-Manager eine halbe Stunde Freizeit in der Kabine, die nutzt er, um sich körperlich zu ertüchtigen. Mit einer Rollhantel rollt er bäuchlings über den Teppich, eine andere Möglichkeit bleibe ihm hier nicht, man habe ja keinen Auslauf, und es falle ihm manchmal schwer, seine Aggressionen zu kanalisieren, die sich bei der Seniorenbetreuung anstauten. Im Salon derweil wieder Schlager-Quiz, doch schon dräut der nächste Notfall, ein Passagier hat eine Nierenkolik und muss von Bord. »Zum Glück ist das Ufer immer in Reichweite, im Gegensatz zu einer normalen Kreuzfahrt«, sagt der Sprecher.

»Siehst du, wie ich gesagt hab«, sagt meine Mutter.

Der Patient wird abtransportiert. »Bisiness as juschal«, sagt der Kapitän und lacht. In Wien der nächste Notfall, Verdacht auf Herzinfarkt, wieder wird ein Passagier ans Ufer gehievt. Im Salon Apfelstrudel und Schlager-Quiz. Am Schluss Eisparade. Torten und Eisskulpturen werden bewundert und fotografiert. »Viele Gäste sehen die Eisparade als Höhepunkt der Kreuzfahrt«, erklärt der Sprecher, »manche haben sich dazu ein Dirndl und Lederhosen angezogen, die sie extra von zu Hause mitgebracht haben.«

»Weißt du, was der Höhepunkt unserer Kreuzfahrt wird?«, fragt meine Mutter.

»Wenn Frau Kempf zum ersten Mal aufs Klo kann«, sage ich.

»Nein, das Gratis-Champagner-Buffet, da müssen wir unbedingt hin, die Frau Kempf hat mir das erzählt, das ist morgen Abend, wenn wir vom Nordkap losfahren in Richtung Hammerfest.« Das Gratis-Champagner-Buffet sei fast so etwas wie ein Geheimtipp, das werde nur ganz klein in der Bordzeitung angekündigt, damit nicht alle Gäste davon Wind bekämen. »Wieder mal typisch, an allen Ecken und Enden wollen die Geld sparen, als hätte man nicht genug bezahlt, reine Schikane!«

Bis morgen Abend kann ich wieder Alkohol trinken, zumindest ein Gläschen Champagner, beschließe ich, und verspreche meiner Mutter, mir den Termin zu merken und auf jeden Fall zwecks Ausnutzung des uns zustehenden Gratis-Champagners mit ihr dorthin zu gehen.

Meine Mutter schaltet den Fernseher aus, löscht das Licht, steht dann aber nochmal auf, um ihren Kopf durch den Vorhang zu stecken und durch die Balkonfensterfront hinauszuschauen.

»Immer noch hell«, berichtet sie, »verrückt. Und weit und breit kein Polarlicht. Wenn man sich vorstellt, dass hier schon die Wikinger gefahren sind! Unglaublich, was die für einen Antrieb hatten, das alles zu erkunden und zu besiedeln. In ihren unbequemen Booten. Die waren härter im Nehmen als wir. Die hatten kein Südtirolbuffet und keinen Drink des Tages und keine Glückscoachin.«

Ich gähne zustimmend.

»Ja«, fasst sie die bisherigen Erkenntnisse unserer Reise zusammen, »so ändern sich die Zeiten.«

Kapitel 9

Nordkap

Am nächsten Tag erlebe ich erstmals das stille Glück der Landgangsverweigerung. Wir legen früh morgens in Honningsvåg an, einem kleinen Ort in Nordnorwegen. Vom Balkon aus blicke ich auf einen riesigen asphaltierten Parkplatz und eine Felswand. Von tief unten winkt mir meine Mutter zu, die gerade einen der zwanzig Ausflugsbusse besteigt, die die Kreuzfahrer zum Nordkap befördern sollen. Da die Rückkehr erst für den Nachmittag geplant ist, vermute ich, dass das Nordkap nicht gerade um die Ecke liegt. Aber da es in der Bordzeitung als absolutes Highlight unserer Reise angepriesen wurde – *Einmal im Leben müssen Sie am Nordkap gewesen sein!* –, haben auch viele Passivsenioren die Busfahrt zum Nordkap gebucht. Eine endlose Kolonne Kreuzfahrer strömt, humpelt, schleppt sich aus dem Schiff. Gleichzeitig dockt unten wieder ein Fäkalien-LKW an. Kräftige Männer mit gelben Warnwesten legen dem Schiff mit einem dicken Schlauch einen künstlichen Darmausgang. Sogleich beginnt der Schlauch zu brummen und zu zucken, Kloakengeruch steigt auf. Da landet nun alles in einem kleinen Fischerdorf oberhalb des Polarkreises, denke ich, die Überreste des Griechischen Abends, des Südtirol-Buffets, des Sushi-Events, des europäischen Wurstbuffets. Die Globalisierung der Ausscheidungen.

Beim Frühstück herrscht erstmals eine entspannte Atmosphäre. Ich finde einen Sitzplatz am Fenster und bin hochzufrieden mit meiner Entscheidung, das Nordkap zu verpassen. Die meisten der Umsitzenden werden in den nächsten zwei Stunden wahrscheinlich auch noch das Schiff verlassen, denn es gibt gestaffelte Abfahrtszeiten für die Ausflugsbusse, wahrscheinlich damit das Nordkap nicht unter der Last aller Kreuzfahrer im Meer versinkt.

»Alles gutt, Madaaame?« Na gut, ein Nachteil des nur locker besetzten Frühstücksraums ist es, dass die Kellner mehr Zeit haben, sich um die Gäste zu kümmern. Aber selbst die Tatsache, dass José-Wilhelm Arango – so sein Namensschild – hartnäckig grinsend neben mir stehen bleibt, ist heute in Ordnung.

Unsere Kommunikation, denke ich, ist nicht sinnloser als die meisten anderen Gespräche an Bord.

»Alleine, Madaaame?«

»Ja.«

»Ah, nicht gut! Coffee, Madaaame?«

»Ja, gerne.« Er schenkt mir Kaffee nach.

»Wo Mama?«

»Mama?«

»Ja, Mama, sonst always here with Mama.«

»Mama is at the Nordkap. In Autobus.«

»Ah, warum du nicht gehen?«

»I'm sick.«

»Seasick, Madaaame? Ah, nicht gut!«

»Not seasick. Nur erkältet.«

»Viele Leute seasick on board!«

»Ja.«

»Aber breakfast, Madaaame.«

»Ja, breakfast.«

»I bring you eggs?«

»Nein, danke.«

»Traurig, Madaaame?«

»Was?«

»Smile, Madaaame!«

Eine ältere, einzeln sitzende Dame mit roséfarbener Steppweste und Pastellbluse winkt ihn zu sich heran, sodass ich in Ruhe essen kann. Die Seniorin gibt ihm ihr Smartphone, damit er sie beim Frühstücken fotografiert. Das Bild gefällt ihr nicht, sie sagt, sie wolle mehr Hintergrund drauf haben. Der nächste Versuch scheint zu klappen, doch dann winkt sie ihn nochmals zurück, eins noch bitte, da sei jetzt zu viel Buchsbaumhecke drauf.

»Alles gutt, Madaaame?« Während José-Wilhelm Arango die Seniorin fotografiert, steht nun sein Kollege Merlin Ramirez neben mir. Ich nicke mit vollem Mund und stehe auf, um den Rückzug anzutreten, jetzt doch etwas genervt.

»Alleine, Madaaame?« Wie oft habe ich das schon gehört auf dieser Fahrt? Was wäre, wenn ich sagen würde: Ja, ich bin alleine, schrecklich alleine, Merlin, ich bin die einsamste Frau auf der Welt! Wahrscheinlich würde er dann auch wieder mit »Coffee, Madaaame« antworten.

Ich flüchte in die Kabine. Als ich an der Seefahrer-Lounge vorbeigehe, spricht mich eine verwirrte Seniorin an. Sie suche ihren Mann, ob ich ihn vielleicht gesehen hätte.

»Vorhin war er noch da! Schuster, wir heißen Schuster, wir sind aus Lüneburg. Genau hier habe ich ihn aus den Augen verloren.«

Ich rate ihr, in ihrer Kabine nachzusehen oder ihn an der Rezeption ausrufen zu lassen, doch sie schaut mich weiterhin durchdringend an, wiederholt mehrfach ihren Namen und ihren Wohnort, als wolle sie unbedingt, dass ich die Infos im Gedächtnis behalte, bis schließlich der Verdacht in mir aufsteigt, sie könnte ihren Mann heimlich umgebracht und über Bord geworfen haben. Und jetzt spricht sie Passagiere an und spielt die besorgte Ehefrau, was ich dann später bei der Polizei bestätigen soll. Meine Gruseltheorie fällt in sich zusammen, als sie plötzlich »Ach, da ist er ja!« ruft und auf einen Greis mit Rollator zueilt, der sich gerade aus dem Aufzug schiebt.

Aber tatsächlich, denke ich, verschwinden ja jedes Jahr Menschen spurlos von Kreuzfahrtschiffen. Solch eine Reise ist eigentlich die perfekte Gelegenheit, um einen Mord zu begehen, und eigentlich finde ich es fast verwunderlich, dass nicht noch viel mehr langjährige Ehepaare die Gelegenheit nutzen, sich gegenseitig umbringen, zumindest die Assis in der Nachbarkabine wären prädestiniert dafür. In unserem Badezimmer beim Zähneputzen höre ich sie nebenan poltern und schreien, kann aber keine ganzen Sätze verstehen, nur »Idiot« und »halt's Maul« und »Vollversager«.

Draußen ist es auf einmal düster, Sturmböen kommen auf.

Möwen sausen am Balkonfenster vorbei, halten wahrscheinlich Ausschau nach Brot werfenden Kreuzfahrern. Aufgrund des heftigen Winds vollführen sie brutale

Richtungswechsel, es sieht aus, als würden sie im Flug immer wieder von einer riesigen unsichtbaren Fliegenklatsche getroffen.

Ich suche die ganze Kabine ab, da ich das Buch nicht mehr finde, das Günther mir geschenkt hatte. So arg spannend war der Ozean-Tango zwar gegen Ende hin nicht, und ich kann mich kaum erinnern, wann und was ich zuletzt darin gelesen habe, aber dass es jetzt auf einmal verschollen ist, verstehe ich nicht. Eigentlich dachte ich, ich hätte zuletzt mit dem Buch auf dem Balkon gesessen und es dann dort auf dem kleinen Tisch liegen lassen. Es kann ja wohl kaum weggeweht sein. Oder doch? Vielleicht hat einer der isländischen Flugtrolle es mitgehen lassen. Oder habe ich es doch in der Bibliothek liegen lassen? Oder im Marktstüberl? Im Fitnessstudio? Ich beschließe, vor dem Mittagessen – ob man will oder nicht, man denkt auf dem Schiff irgendwann wirklich nur noch ans Essen – auf der Suche nach dem Ozean-Tango einen kleinen Rundgang zu machen. In der menschenleeren Bibliothek werde ich ebenso wenig fündig wie im Fitnessstudio, wo ich aber zu meiner großen Überraschung auf das Ehepaar Kempf treffe. Sie stehen beide schwitzend auf runden, vibrierenden Scheiben und halten sich an den senkrecht aufragenden Griffen des seltsamen Rüttelgeräts fest.

»Aus Langeweile und Verzweiflung haben wir uns mal auf die Power-Plattform gestellt«, ruft Frau Kempf mir zu, »zweihundert Euro pro Sitzung!« Die Passiv-Rüttelgymnastik der vibrierenden, brummenden Scheiben führe angeblich dazu, dass das Körperfett durchgeschüttelt und erhitzt werde und dadurch schmelze.

»Natürlich glauben wir nicht dran, oder, Franz?«

»Ja«, ruft ihr Mann freudig. »Das Einzige, was wir hier verbrennen, ist Geld.«

Sie habe zuvor eine auch sehr teure Analyse der Körperzusammensetzung machen lassen, sagt die vibrierende Frau Kempf. Ich stelle mir die Fitness-Analystin vor, wie sie die Ergebnisse begutachtet und mit ernstem Blick verkündet: »Frau Kempf, Sie bestehen zu 98 Prozent aus Fett.«

Man habe ihr daraufhin ein »Metabolic Coaching« aufschwatzen wollen, aber das hätte jeden Tag Sport mit einem »Personal Coach« bedeutet. »Ich wollte ja nur auf die Rüttelplatte, weil ich die Hoffnung habe, dass das auch die Verdauung anregt!«

Wo denn meine Mutter sei, will Frau Kempf wissen.

»Am Nordkap.«

»Ach Gott, die Arme, was will sie denn da?«

Darauf weiß ich so recht auch keine Antwort. Die Vibration der zwei Power-Plattformen verstärkt sich, lässt dann wieder nach. »In Würzburg damals im Klinikum, da gab's das beste Essen, das war wie im Hotel«, ruft Frau Kempf, ohne dass mir der Zusammenhang klar wird zum Nordkapbesuch meiner Mutter. Ich will mich zum Gehen wenden, aber sie redet munter weiter, wobei sie kaum noch zu verstehen ist, denn die Rüttelplatten schalten sich nun auf höchste Stufe, und das Ehepaar Kempf muss sich mit aller Kraft an den Haltegriffen festklammern, um nicht heruntergeschüttelt zu werden. »Abano Therme«, höre ich durch das hochtourige Dauerbrummen, »Schlammpackung, dann Bad Füssing, da wird Moor angebaut, offene Badekur, wir lassen uns alles erstatten!« Irgendwas mit Thalassotherapie erzählt sie, unterirdischer Bademantelgang in die Saunawelt, nebenan die Lymphklinik, »literweise kriegen die Leute da das Wasser rausgepumpt«. Ein Fehler sei die Reduktionskost gewesen, versehentlich angekreuzt, dann Sekt, Bier, Wein und Sambuca im Hänselstadl, neben der Kurschattenfabrik, »wir haben ja beide Vorhofflimmern!«

Ich verabschiede mich und überlasse sie ihren Geräten, die anscheinend auch ein wenig das Hirn durcheinanderrütteln.

Das Mittagessen nehme ich im Papageno ein, das meine Mutter wegen der dortigen Opernmusik ja verschmäht. Ich sitze an einem großen runden Tisch mit Blick auf den gerade leeren Parkplatz – alle Ausflugsbusse sind wohl unterwegs – und die schwarze Felswand.

Ein Kellner namens Rabindranath Khan kommt an meinen Tisch und fragt: »Rotwein, Madaaame?«

Noch ehe ich antworten kann, hat er mir ein großes Glas eingeschenkt und ist wieder verschwunden. Den Almabtrieb und den Glühwein-Schnaps scheint mein Körper mittlerweile wieder abgebaut zu haben, deswegen sitze ich noch eine Weile da, nippe am Wein, starre an die Felswand und denke, dass es wirklich eine gute Entscheidung war, mein Handy auszuschalten. Ich bin so weit weg von allem wie noch nie. Am Nordkap. Naja, eigentlich nur im Papageno in einem Schiff vor einer Felswand irgendwo in der Nähe des Nordkaps.

Vier Senioren nähern sich dem Tisch, darunter die Pferdekopfhanseaten, das trinkfreudige Pärchen vom Gratis-Sektbuffet. Sie zeigen auch diesmal kein Zeichen des Wiedererkennens, nicken mir nur kurz zu, setzen sich vor die Felswand, schenken sich Wein ein und unterhalten sich mit dem anderen Paar über zurückliegende Ausflüge auf Island, jedoch mit seltsam unmotivierten, ausdruckslosen, ja geradezu gleich tönenden Stimmen. Wenn ich die Augen zumache, kann ich kaum unterscheiden, wer von den Vieren welchen Satz sagt. »Island sei schon beeindruckend gewesen«, wird gemurmelt. »Beeindruckend, ja. Gib mal das Salz. Wobei, wohnen möchte ich da nicht. Ich auch nicht. Diese Einsamkeit. Ist halt viel Natur. Aber auf diesem Hochplateau, das war so unordentlich, diese ganzen Landmaschinen, die da herumstanden. Landmaschinen? Ja, auf diesem Hochplateau. Die haben wir nicht gesehen. Da hatten Sie sicher einen anderen Ausflug. Island Null Eins hatten wir, zu den Wasserfällen. Und wir waren Island Null Vier, bei der heißen Quelle. Auf einem Hochplateau waren wir auch, aber da waren keine Landmaschinen. So weit, so offen. Die ganzen Bäume, alles weg. Nur Geröll. Nur Wüste. Zum Anschauen ist das nett. Ja, wohnen möchte ich da nicht. Roland, zeig mal das Foto von den Landmaschinen. Man glaubt uns sonst nicht, dass da mitten auf dem Hochplateau diese hässlichen Landmaschinen standen. Die hab ich nicht fotografiert. Du hast doch Fotos gemacht bei dem Fotostopp? Da haben wir doch noch gesagt, schau mal, wie hässlich das aussieht, dass die da einfach ihre Geräte stehen lassen. Ich hab die Landmaschinen nicht fotografiert. Weil die so hässlich aussahen. Ach, Sie haben drumherum fotografiert. Genau. Ich will die doch nicht auf den Fotos haben. Island ist schon beeindruckend. Die Lasagne ist sehr gut. Der Wein auch. Dafür dass es nur Tischwein ist. Der Lachs ist etwas sehnig. Find ich jetzt gar nicht. Doch, der ist zu sehnig. Nordkap waren wir schon. Wir auch. Zweimal. Muss man nicht noch öfter hin. Für einen Tischwein ist der wirklich gut. Island, ja. Wie gesagt: Wohnen möchte ich da nicht.«

Als ich unsere Kabinentür öffne, biegt meine Mutter, mit Einkaufstüren bepackt, gerade vom Treppenhaus in den Gang unseres Decks ein und kommt auf mich zugerannt, als sei der Teufel hinter ihr her.

»Ines!«, schreit sie panisch, »Ines, die Galerie ist weg! Die ganze Galerie ist weg!«

Mein Puls ist sofort auf hundertachtzig, denn im ersten Moment denke ich, dass unser Schiff sich in einer ernsten Notlage befindet, dass irgendeine Galerie am Außendeck abgebrochen ist, dass wir zu sinken drohen, aber wie sich herausstellt, meint sie die Bildergalerie in ihrem Handy, alle Fotos, die sie gemacht habe, seien weg, das Symbol der Foto-App sei verschwunden. In der Kabine händigt sie mir ihr Smartphone aus und lässt sich haareraufend mit ihren Einkaufstüten aufs Bett fallen.

»Ich wollte nur die Hochzeitsvideos löschen, Yvonne hat mir so viele Filme von irgendeiner Feuerwehrhochzeit geschickt, wo sie waren, da tanzen die endlos zwischen den Heuballen, lauter Leute, die ich gar nicht kenne, die hat mir den ganzen Speicher verstopft, und jetzt ist die Galerie weg!«

»Mama, reg dich nicht so auf, die ist nicht weg, ich find die schon wieder.«

»Die ganzen schönen Fotos von unserer Reise! Wobei, man hat ja eh nichts gesehen, immer nur Nebel, am Nordkap hat man auch nichts gesehen!«

Während ich in den Tiefen ihres Smartphone-Speichers die verlorene Galerie suche, berichtet sie mir von dem strapaziösen Ausflug ans Nordkap. Zunächst eine ewige Busfahrt, dann vor Ort eine einzige Nebelbank, und bis zur Rückfahrt der Busse sei den Kreuzfahrern nichts anderes übrig geblieben, als sich in einem »Nordkap-Dokumentationszentrum« herumzudrücken und übervteuerte Souvenirs einzukaufen. Sie zerrt ihre Errungenschaften aus den Tüten: Ein Grillhandschuh in Form einer Wikinger-Handpuppe, mit Elchen bedruckte Servietten, eine Fliegenklatsche mit Geweih-Griff, dämonisch grinsende Trolle als Kühlschrankmagneten, eine Packung »Wikinger-Fischkräuter für die nordische Küche«, ein Plüsch-Eisbär, ein mit Eisbären bedrucktes Tablett, Filz-Tassenuntersetzer mit der Aufschrift *I Love Norway*, zwei Rentier-Schlüsselanhänger, Wikinger-Hustenbonbons, ein Plüsch-Husky, der auf Knopfdruck bellt, eine mit Walrossen bedruckte Jute-Einkaufstüte. Da Tabea ja eine Pferdefreundin sei, habe sie für die Enkelin außerdem ein rosa T-Shirt »mit dem Sleipnir drauf« erstanden.

»Sleipnir?« Ich schaue fragend von ihrem Smartphone auf.

»Kennst du nicht den Sleipnir? Das achtbeinige Pferd vom Odin, guck mal, wie schön!« Sie hält das T-Shirt in die Höhe und stopft es kurz darauf missmutig zurück in die Tüte. Aus Langeweile und weil es im »Nordkap-Dokumentationszentrum« WLAN gegeben habe, habe sie Yvonne ein Foto des Pferde-T-Shirts geschickt, was aber nur in einer »neuen Stufe der Eskalation« gemündet sei. Yvonne habe ihr umgehend geantwortet, dass ihr Mann Horst, der Oberstudienrat, entsetzt sei ob dieses angekündigten Mitbringsels, denn Sleipnir, das Pferd Odins, sei ein rechtsradikales Symbol, und er lasse es nicht zu, dass seine Tochter so etwas trage.

»Die spinnen doch!«, ruft meine Mutter, »dieser besserwisserische Schnarchsack, mich so zu bevormunden, als würde ich den Enkeln Nazi-Souvenirs schenken. Ich bring denen überhaupt nichts mit, das T-Shirt zieh ich selbst an! Hast du die Galerie gefunden?«

»Ja.« In der Tat ist es mir gelungen, ihre Foto-Galerie, die sie wie auch immer in einen Dokumenten-Unterordner verschoben hat, wieder auf der Startseite ihres Displays zu installieren.

»Ach, Gott sei Dank!« Überglücklich nimmt sie ihr Smartphone wieder in Empfang und zeigt mir die Bilder, die sie am Nordkap gemacht hat. Man sieht graue Felsen und bunte Outdoorjacken, Kreuzfahrer von hinten, die ebenfalls in den Nebel hinein fotografieren, dann ein Dutzend verwackelte Fotos eines Möwenschwarms. Sie habe »in weiser Voraussicht« beim Frühstücksbuffet Brötchen, Croissants und auch einige Salamischeiben und Miniwürstchen eingepackt und am Nordkap an »die hungrigen Möwen« verfüttert, »schau mal, wie ausgehungert die waren, die haben mir alles fast aus der Hand gerissen!« Ein unsympathischer Kreuzfahrer habe sie während ihrer großen Fütterungsaktion angesprochen und sie dafür gerügt, ins ökologische Gleichgewicht einzugreifen.

»So ein Quatsch«, schimpft meine Mutter, »die Menschen machen die Erde kaputt, die Tiere finden nichts zu essen mehr, ich sorge nur dafür, dass das ökologische Gleichgewicht wieder hergestellt wird.« Am liebsten hätten die ausgehungerten Vögel übrigens die aufgeplatzten Miniwürstchen vom English Breakfast Buffet gegessen.

In einer halben Stunde finde übrigens ein Vortrag über die nordischen Götter statt, da könne man ja hingehen, danach mit dem Ehepaar Kempf ins Marktstüberl zum Großen Elsässer Käseabend, und dann später zum Gratis-Champagner-Buffet, und dann sei der Tag auch schon wieder rum.

»Oh, Yvonne hat auf mein Foto vom Nordlicht reagiert!«

»Hast du ein Nordlicht gesehen? Ich dachte, es war nur
Nebel.«

Natürlich habe sie kein Nordlicht gesehen, erklärt
meine Mutter, aber um Yvonnes nervige Nachfragen zu
befriedigen, sei ihr im Dokumentationszentrum die Idee
gekommen, ein riesiges, an der Wand hängendes Poster
eines prachtvollen Nordlichts abzufotografieren. Sie
zeigt mir das Foto, und sie hat recht, es handelt sich um
ein prächtiges Exemplar der Aurora Borealis. Grün, blau
und violett fluoresziert es in surrealer Schönheit hinter
einer Bergkette. Noch surrealer ist allerdings die Tatsache, dass meine Schwester offensichtlich von der Echt-
heit dieses Fake-Fotos restlos überzeugt ist.

»Eine wunderbare Aufnahme«, liest meine Mutter mir
vor, »ganz, ganz toll, das muss wirklich beeindruckend
sein, so etwas in echt zu sehen! Siehst du, es gibt sie auch
im Sommer!!«

Der Erfolg ihrer Bilderfälschung bringt sie auf die Idee,
noch mehr Fake-Fotos anzufertigen. Aufgeregt blättert
sie in einem Stapel Prospekte und Tourismus-Broschü-
ren, die sie vom Nordkap mitgebracht hat, und fotografiert die dortigen Bilder ab. Alex habe sich nämlich ab-
fällig geäußert, dass wir auf unserem »Monsterschiff«
abgekapselt seien von der Tierwelt, wohingegen er und
Patrick auf ihrer Safari im ökologisch nachhaltigen Elektro-Jeep täglich »auf Tuchfühlung« mit Elefanten, Giraf-
fen und Nashörnern seien, man bekäme dadurch einen
»ganz neuen Respekt vor der Natur«.

»Von wegen Tuchfühlung«, lästert meine Mutter,
»schau dir mal die hässlichen Fotos an, die er geschickt

hat, man erkennt überhaupt nichts!« Auf einem der Safari-Bilder soll angeblich ein Warzenschwein zu sehen sein, aber auch ich kann es nicht entdecken, es muss sich irgendwo in der schlammigen Kuhle befinden, die Alex vom Elektro-Jeep aus geknipst hat. Auf einem anderen Bild ein Elefant von hinten, der gerade im Gebüsch verschwindet, eigentlich sieht man nur das linke Hinterbein, die restlichen Fotos stammen von einer »Nachtsafari mit Taschenlampen« und sind zum Großteil schwarz.

»Hier soll ein Leopard drauf sein«, sagt meine Mutter kopfschüttelnd, »naja, hoffentlich hat der Elektro-Jeep eine gute Batterie, sonst stehen sie da ohne Akku in der Wildnis, da gibt's dann mehr Tuchfühlung mit der Natur, als denen lieb ist, wenn die Leoparden das merken!«

Kurz darauf jauchzt sie vor Freude auf. Ihre neuesten Fake-Fotos sind wohl umgehend auf großen Zuspruch gestoßen. »Wow, wie hast du das denn so super belichtet? Respekt, Mama!«, liest sie mir die Nachricht meines Bruders vor. Auch Yvonne schreibt *Wow, was für beeindruckende Impressionen!!!* in die Familiengruppe. Sogar mein Vater hat reagiert: *Sehr schön, tolle Fotos, da erlebt ihr ja richtig was,* hat er geschrieben. *Hier alles okay, viel Spaß noch, Papa.* Ich kann mich nicht erinnern, jemals eine ausführlichere Botschaft von ihm gelesen zu haben.

»Siehst du, wie schlimm unsere Familie ist«, ruft meine Mutter, »nur mit Lug und Betrug kriegt man mal nette Reaktionen. Verrückt, die können doch nicht ernsthaft glauben, dass die Fotos echt sind! Dass wir in echt solche Dinge sehen?!«

Ich lasse mir die »Impressionen« zeigen, die sie von unserer Kreuzfahrt in die Familiengruppe gestellt hat.

Tatsächlich sind sie eigentlich recht unglaubwürdig, vor allem im Gegensatz zu den verwackelten Nebel- und Regenbildern zuvor. Man sieht: Die Schwanzflosse eines Wals, der gerade ins Meer eintaucht, gestochen scharf in Nahaufnahme. Ein Eisbär, der gerade eine Robbe aus einem Eisloch zerrt. Eine Herde Rentiere, die auf den Betrachter zustürmt. Ein prächtiges dickes Walross auf einer Klippe, im Hintergrund ein Regenbogen. Ein riesiger Wasserfall, den wir nie gesehen haben. Nochmal ein Wal, der meterhoch aus dem Meer springt. Niemand scheint es zu hinterfragen, dass wir auf einmal derart »auf Tuchfühlung« mit der Natur sind. Während ich durch die Fake-Fotos scrolle, hat meine Mutter ein großformatiges Poster eines Nordlichts aus einem der Prospekte herausgetrennt und mit Tesafilm an der Kabinenwand fixiert.

»Ines, zieh deine Jacke an und stell dich davor, dass es aussieht, als würden wir gerade ein Nordlicht sehen!«

»Mama, das ist übertrieben, das erkennen die doch sofort, dass das nicht echt ist!«

Sie lässt sich nicht beirren, trifft sogar Vorkehrungen für eine glaubwürdige, schummrige Beleuchtung, indem sie alle Lampen bis auf die im Bad ausschaltet. Ich stelle mich mit Mütze, Schal und Mantel direkt vor das Plakat.

»Ja, das sieht total echt aus«, jubiliert meine Mutter, »halt mal den Daumen nach oben!«

»Wieso?«

»Das machen die doch immer so auf den Fotos. Daumen nach oben, als Zeichen, wie toll das Nordlicht ist!«

Ich recke folgsam den Daumen hoch und grinse dämlich in die Kamera.

»Perfekt, das stell ich gleich in unsere Gruppe! Oje,

schon so spät, wir wollten doch zum Göttervortrag, hopp hopp, wir müssen los!«

»Ja, ich muss nochmal schnell auf Toilette.«

Als ich aus dem Bad komme, teilt meine Mutter mir mit, mein Handy würde brummen.

»Was?! Das kann nicht sein, ich bin im Flugmodus.«

»Doch, das brummt!« Meine Mutter hält mir mit leicht schuldbewusstem Blick, wie mir scheint, mein Smartphone entgegen, das zuvor auf meinem Nachttisch gelegen hatte.

»Mama! Du hast das nicht etwa aktiviert?!«

»Ich wollte nur schauen, wo bei dir die Galerie ist! Ob du die auch auf der Startseite hast. Vielleicht hab ich aus Versehen …«

»Oh nein.« Ich sehe bestürzt auf mein Handy, das nicht mehr im Flugmodus ist und sich sogleich eifrig mit irgendeinem norwegischen Mobilfunknetz verbunden hat. Hundertvierundzwanzig ungelesene Nachrichten. Oh mein Gott.

»Kostet dich das jetzt Geld? Das wollte ich nicht, Entschuldigung, ich kenn mich doch nicht aus, mach es am besten schnell wieder aus, sonst kriegst du eine teure WLAN-Rechnung!« Natürlich ist ihr die Tragweite ihres Handelns nicht bewusst. Natürlich ist mein Problem nicht die Möglichkeit einer »teuren WLAN-Rechnung«, sondern die Möglichkeit einer Günther-Nachricht mit unabsehbaren Auswirkungen auf meine mühsam festzementierte Trennungsabsicht. Andererseits, denke ich, während wir uns auf den Weg zum Götter-Vortrag in der Casablanca-Lounge machen, könnte ich die mütterliche Smartphone-Aktivierung als willkommene Prüfung ansehen. Ich kann schließlich nicht bis ans Ende meiner

Tage auf dem Schiff bleiben und mein Handy im Flugmodus lassen, um mich gegen eventuelle Ex-Liebhaber-
Nachrichten zu immunisieren. Lächerlich. Du nimmst
jetzt das Handy mit, Ines, schaust kurz alle Mitteilungen
durch, emotional unbeteiligt, wie ein Zen-Priester, der
die Mitteilungen aus der Außenwelt an sich herabrieseln
lässt. Als seien es Kirschblüten, die vom Baum fallen, an
ihm abgleiten und sachte zu Boden sinken, ohne den geringsten seelischen Aufruhr zu erzeugen.

Der emsige Dr. Jesper Müller hat bereits mit seinem
Vortrag begonnen, als wir die abgedunkelte Lounge er-
reichen und uns in die letzten zwei freien Sessel am
Rand quetschen. Die nordische Götterwelt wird vom
Bordlektor fast ebenso konfus aufbereitet wie die Welt
der Islandtrolle, ständig wiederholt er, das passe alles gar
nicht in eine halbe Stunde, aber er habe nicht länger
Zeit. In so einer halben Stunde könne man jedoch im
Prinzip so gut wie gar nichts erzählen, das lohne sich gar
nicht, er wolle es trotzdem versuchen. Uns sei sicherlich
Snurri Sturluson ein Begriff, der habe die *Edda* geschrieben, aber immer aus seinem persönlichen Blickwinkel,
er habe einfach Sachen dazugedichtet, die gar nicht stattgefunden hätten.

»Siehst du, Fake News«, raunt meine Mutter, »gab's
schon früher, nicht erst seit Trump.«

Jozunheim sei die Welt der Riesen, Asgard die Welt
der Asen, die Asen seien Götter, Midgard sei die Mittel-
welt der Menschen, und nicht zu vergessen Bifröst, die
Brücke zwischen der Götterwelt und den Menschen,
aber nur die Asen könnten über Bifröst zu den Menschen, nicht die Menschen zu den Asen. WhatsApp ist
meine Bifröst zur Außenwelt, und der Großteil der Nach-

richten, die zu mir gekommen sind, stammen aus der Familiengruppe. Yvonne hat schon auf mein Nordlicht-Foto reagiert, das sei *supercool*. Eine Arbeitskollegin fragt, ob ich nächsten Monat einen freien Tag mit ihr tauschen könne, sie sei da auf einer *ganztägigen Baby-Shower* eingeladen. Eine Freundin schickt Fotos von ihrer Rucksackreise mit ihrem Mann durch Thailand, hauptsächlich Göttertempel, Affen und Cocktails.

»Und die Schlange umrahmt den ganzen Kosmos«, verkündet Dr. Jesper Müller, »allein über die Schlange könnte man einen eigenen Vortrag halten, dann gibt es noch die Wanen und die Alben, das ist hochinteressant, aber würde zu weit führen, wir haben leider nur eine halbe Stunde Zeit!« Ganz wichtig sei natürlich Yggdrasil, die Weltesche, und Urdr, ein Brunnen mit drei Quellen, und unten bei den Quellen, ja, da säßen die Nornen, und auch über die Nornen lohne sich ein eigener Vortrag. Doch lieber wolle er noch etwas von Thor erzählen: »Thor hat Blitze, Thor hat den Hammer, merken Sie sich den Hammer, mit dem Hammer zerschlägt er die Brücke Bifröst, und dann bringt er den Riesen mit dem Hammer um. Es gab nämlich einen Hammerraub der Riesen, und der Hammerräuber wird erschlagen.«

»Ach Gott, wie grausam«, sagt meine Mutter, »naja, heute geht's genauso zu, man muss nur mal Nachrichten schauen.«

Ich schaue Nachrichten. Zwölf an der Zahl von Günther, mehr als befürchtet, weniger als erwartet. Zunächst zaghafte Nachfragen. Wo ich gerade sei? Ob ich nicht mal ein Lebenszeichen schicken könne? Zwischendurch ein Link zu einer Dokumentation, die er gerade schaue. Ein buddhistischer Schweigemönch und ein Hirnforscher treffen sich im Himalaya. Der Hirnforscher misst die Hirnströme des meditierenden Mönchs und erkennt durch die neurologische Ausprägung des Schweigens, ob der Mönch mit den Thesen des Hirnforschers übereinstimmt oder nicht. Günther, was guckst du da wieder für komplizierte Sachen?, denke ich. Dann schickt er mir eine Liste von Wörtern, die es im Deutschen nicht gibt.

Pisan zapra, malaiisch: Die Zeit, die es dauert, um eine Banane zu essen.

Komorebi, japanisch: Sonnenlicht, das durch Baumkronen fällt.

Sjostygg, norwegisch: Jemand, der so hässlich ist, dass die Flut sich weigert zu kommen, wenn er an der Küste steht.

Tlazlimquiztli, aztekisch: Der Geruch, der Ehebrechern anhaftet.

Iktsuarpok, Inuit-Sprache: Ungeduldig und erwartungsvoll nach dem erwarteten Besuch Ausschau halten.

Goya, urdu: Langsam aufkommende Ungläubigkeit, die beim Geschichtenerzählen entsteht.

Und dann starre ich auf die letzten drei Nachrichten von gestern. Die langsam aufkommende Ungläubigkeit dauert mindestens so lange, wie es dauert, eine Banane zu essen.

Wer ist denn dieser Typ??? Da hast du mich ja schnell ersetzt.

Kurz danach dann: *Naja, musst nicht antworten, ich will es gar nicht wissen. Bin traurig und vermisse dich. Du liest das ja sowieso nicht, weil du mich ignorierst oder mich schon vergessen hast, und du hast ja auch vollkommen recht, ignorier mich, lösch mich, blockier meine Nummer, werde mich ab sofort auch nicht mehr bei dir melden.*

Letzte Nachricht heute Nacht: *Ich vermiss dich trotzdem.*
Typisch Günther, denke ich, seine sprunghaften Gedanken eins zu eins einzutippen. Aber woher um Himmels willen weiß er von mir und Johann? Wen soll er sonst mit »dieser Typ« meinen?

»Thor behauptet, er könne ein Trinkhorn in einem Schluck austrinken«, ruft der Lektor, »aber das Trinkhorn wird nicht leer, da es mit dem Weltenmeer verbunden ist!«

Die Alpenglüh'n-Party, überlege ich, der Almabtrieb, die Heiße Liebe im Eismeer. Er muss ein Foto von Johann und mir auf der Alpenglüh'n-Party gesehen haben. Entweder ein Bild, das der Bordfotograf gemacht hat, mit dem Lebkuchenherz, oder, schlimmer noch, eins der von Katrin so eifrig angefertigten Knutschfotos beim Sprung über den Polarkreis. Die Variante Bordfotograf schließe ich aus, denn erstens ist das Foto meiner Erinnerung nach recht harmlos, zweitens wird das Schiff wohl nicht ungefragt irgendwelche Fotos von Passagieren ins Internet stellen. Oder doch? Haben wir bei der Buchung ein Häkchen gesetzt, mit dem wir bestätigen, alle unsere Bildrechte abzutreten und dem Schiff zur Verfügung zu stellen? Ich gebe den Namen unseres Schiffs, den ja auch Günther kennt, ins Suchfeld ein und komme auf eine Homepage, auf der man unsere Position einsehen kann, die nächsten Häfen, die nächsten Ausflugsmöglichkeiten, auch eine Live-Webcam am Bug gibt es, allerdings finde ich auf die Schnelle keine aktuellen Fotos von Passagieren.

Die Option, dass Günther vielleicht ein Freund des Aktivpärchens ist und sie ihm Kreuzfahrtfotos geschickt haben, auf denen er dann überraschenderweise seine treulose, außereheliche Ex-Affäre erkennt, ist absurd. Die einzig plausible Lösung dieses Rätsels scheint bei Instagram zu liegen. Katrin muss dort unsere Polarkreis-Knutschfotos hochgeladen haben, warum auch immer und mit welchen Hashtags auch immer. Wenn Günther dem Hashtag unseres Schiffs folgen und sie das Foto unter diesem Schlagwort eingestellt haben sollte, wäre es theoretisch möglich, dass er mich und Johann gesehen hat, scheinbar in heißer Liebe im Eismeer vereint. Allerdings hat Günther weder Facebook noch Twitter noch Instagram, was Social Media betrifft, ist er ein vollkommen ahnungsloser Senior.

»Uns läuft die Zeit davon«, zetert der Lektor, um das Unheil des Zeitschwunds dann damit zu bekämpfen, dass er nur noch unvollständige Satzfetzen ausstößt. »Hymer, der Riese, ein Ochsenkopf am Angelhaken, er holt die Schlange heraus, aber Hymer durchschlägt die Kette, und dann Sleipnir, das Pferd mit den acht Beinen! Um sehen zu können, muss er ein Auge verlieren, und die Runen, er hat Runen geworfen, als er an der Weltesche hing, und sicher kennen Sie den flügellosen Wurm, der ist auch ein Drache, an Bischofsstäben, der Drache als Schutzsymbol der norwegischen Stabkirchen!«

»Ich dachte, die sind alle abgebrannt«, sagt meine Mutter, »gibt's überhaupt noch Stabkirchen?«

»Auch die Weltesche Yggdrasil ist in der Kirche, Gott der Fruchtbarkeit, Schwester Freya, aber nicht die richtige Schwester, im Mittelmeerraum, die Venus ist ja auch der Freitag!«

Mir schwirrt der Kopf, und mich überkommt der Drang, jetzt und sofort von diesem Schiff zu verschwinden. Ich kann nicht mehr, ich bin vollkommen überfordert, von allem.

»Loki, merken Sie sich Loki, wir haben keine Zeit, der Vater Riese, die Mutter Göttin, er ist ein Gestaltwandler, er ist das Chaos, seien Sie vorsichtig, wenn Sie ihn treffen! Und dann Ragnarök, die Götterdämmerung, die Götter werden verschwinden, vom Schicksal übermannt, aber so geht es uns allen, ich muss Schluss machen, die Zeit, die Zeit!«

Während Dr. Jesper Müller von der Bühne taumelt, wahrscheinlich noch von der Wucht seines eigenen Vortrags ergriffen, erheben sich auch die Kreuzfahrer und strömen übergangslos hin zum Großen Elsässer Käseabend. Ich lasse mich von der Menge mitziehen und finde mich wenig später an unserem angestammten Tisch im Marktstüberl wieder. Frau und Herr Kempf sitzen schon bereit, vor sich mehrere Teller mit Speckflammkuchen, Baguette und aufgehäuften Käsebrocken. Der Kapitän meldet sich mit einer Durchsage von der Brücke: Er lobt die Passagiere, die wieder alle pünktlich an Bord zurückgekehrt seien; man habe nun abgelegt und nehme Kurs auf Hammerfest, es herrsche gute Sicht und nur mäßiger Wellengang, und er wünsche uns allen guten Appetit. Danach meldet sich der Entertainment-Manager. Uns erwarte wieder ein tolles Abendprogramm, allem voran die große Eisbärparty in der Ocean Bar. »Lassen Sie sich verzaubern von der Welt der Eisbären! Und um unseren Beitrag zum Klimaschutz zu leisten, haben wir uns hier noch eine ganz besondere Aktion ausgedacht, seien Sie gespannt!« Alternativ könne man sich auch noch für eine Wodkaverkostung in der Seefahrer-Lounge, für einen Frikadellen-Kochkurs in der

Bordküche oder für ein Gin-Tasting in der Bibliothek an-melden. Am Ende der Durchsage erwähnt er auch noch kurz und mit leiser gedrehtem Mikro, wie mir scheint, das »Champagner-Buffet mit Lachs- und Hummer-Kana-pees um halb elf auf dem Pooldeck, zum Tagesausklang nach diesem ereignisreichen Tag am Nordkap!«

Um mich herum mahlen die Kiefer, lautes Gelächter und Gerede, die Abgeknickten schieben sich vorbei, Frau Kempf ist kreidebleich, kaut, stöhnt und hält sich den Bauch. Ich habe auf einmal eine kurze Vision, eine Idee für eine Aktion, die es an Bord noch nicht gibt, die aber sicherlich gut von den Kreuzfahrern angenommen wer-den würde: Ich sehe vor mir, wie am letzten Abend auf der Theaterbühne diejenigen Passagiere ausgezeichnet werden, die am meisten gegessen und getrunken haben. Es gibt auch Einzelwertungen, der Vertilger der meisten Süßspeisen wird geehrt, das meiste Fleisch, die meisten Cocktails, das meiste Bier. Man müsste die Kreuzfahrer zu Beginn und am Ende wiegen, überlege ich, aber dann drifte ich ergebnislos in die Frage ab, ob es physikalisch möglich wäre, dass Passagiere im Laufe einer dreiwöchi-gen Kreuzfahrt kollektiv so viel zunehmen, dass das Schiff sinkt.

»Frau Kempf, Sie müssen ins Bordklinikum, so geht das doch nicht weiter«, schimpft meine Mutter.

»Mein Bauch ist ganz hart, und mir ist schlecht«, stöhnt Frau Kempf, »seit wir auf dieser Rüttelplatte im Fitness-studio waren, ist es noch viel schlimmer geworden.«

»Sie dürfen nicht so viel Käse essen, das stopft doch zusätzlich! Herr Kempf, sagen Sie doch auch mal was, sie muss ins Bordklinikum, die können ihr doch was Starkes zum Abführen geben.«

Herr Kempf stopft sich den letzten Rest Flammkuchen in den Mund, noch etwas Käse hinterher, dann wischt er sich den Schweiß von der Stirn, stemmt sich in die Höhe und sagt: »Ja«. Meine Mutter habe recht, man werde jetzt das Bordklinikum aufsuchen. Frau Kempf ist so schwach, dass sie kaum noch allein aufstehen kann. Ihr Mann und meine Mutter haken sie links und rechts unter und wuchten den menschlichen Koloss in die Höhe.

»Ich bring sie kurz ins Bordklinikum«, sagt meine Mutter mit einem Blick über die Schulter zurück zu mir, »sonst stürzt sie noch!«

»Soll ich mithelfen?«

»Nein, nein, geht schon, iss du mal was, ich bin gleich wieder da.«

In Zeitlupe entfernt sich die mächtige Dreierreihe. Ich habe nicht den geringsten Hunger, schenke mir nur ein großes Glas Rotwein ein und versuche, den durchdringenden Käse- und Speckgeruch um mich herum zu ignorieren. Auf Instagram tippe ich den Namen unseres Schiffs ins Suchfeld ein. Tatsächlich haben unter diesem Hashtag einige Dutzend Kreuzfahrer aktuelle Fotos eingestellt, und sofort entdecke ich auch besagtes Bild von mir und meinem Glückspaten auf dem Pooldeck. Die Peinlichkeit des Knutschmotivs wird dadurch verstärkt, dass neben uns auch noch mit debilem Grinsen der betrunkene Udo zu sehen ist, zwei Daumen nach oben gereckt.

»Eine Sache, die wir an Kreuzfahrten so sehr lieben«, hat Katrin als Bildbeschreibung gepostet, »ist, dass man an Bord immer wieder tolle Leute kennenlernt! Hier unsere neuen Freunde Ines und Johann, mit denen wir einen super lustigen Abend bei der Alpenglüh'n-Party und

beim gemeinsamen Sprung über den Polarkreis verbracht haben! Auch Wurfi und Bärli hatten mega viel
Spaß.«

Das Foto hat siebenundachtzig Likes. Ich ärgere mich,
weniger darüber dass Günther, wie auch immer, wohl
dieses Foto entdeckt hat, denn letztlich kann es mir ja
nur recht sein, dass er jetzt endlich davon absieht, mir
weitere Nachrichten zu schicken. Aber ich will nicht ungefragt von diesem seltsamen Aktivpärchen als Inhalt
für ihren Insta-Account herhalten. Nach einem weiteren
Glas Wein beschließe ich, Katrin und Udo zu suchen und
sie zu bitten, das Foto zu löschen. Bestimmt sind sie auf
der Eisbärparty, überlege ich, denn wo eine Party steigt,
sind sie ja »immer am Start«. Meine Mutter ist noch
nicht zurück, wahrscheinlich sitzt sie zusammen mit den
Kempfs im Wartezimmer des Bordklinikums, da vor ihnen noch eine Reihe weiterer verstopfter Kreuzfahrer-
därme durchspült oder sonstige Gebrechen behandelt
werden müssen. Wenn sie mich nicht mehr im Marktstüberl vorfindet, wird meine Mutter sicherlich kurz in
Panik geraten. Aber eigentlich müsste sie mittlerweile
kreuzfahrterprobt genug sein, um nicht gleich anzuneh-
men, dass ich mich über die Reling gestürzt habe, sondern dass ich allein den Weg zurück in unsere Kabine
finden werde.

In der Ocean Bar hat im Vergleich zur Alpenglüh'n-
Party eine drastische Umdekoration stattgefunden. Statt
Tischchen stehen überall leuchtende Plexiglaszylinder,
in denen ein rätselhaftes Lichtsystem dafür sorgt, dass
die Zylinder in fluoreszierenden Übergängen die Farbe
wechseln, von Weiß zu Türkis, von Türkis zu Dunkelblau,
von Dunkelblau zu Violett und wieder zu Weiß. Ansons-

ten gibt es bis auf die Beleuchtung der Bar keine Lichtquelle im Raum. Wahrscheinlich soll dadurch eine Art Nordlicht-Effekt erzielt werden. Große, spitz zulaufende Styroporplatten in Weiß lehnen ringsum an den Wänden, eine Nebelmaschine bläst Dampf von der Bühne auf die Kreuzfahrer, die am Fuße der Styroporeisberge in ihren Sesseln eifrig an weißen Cocktails saugen. Immerhin, die Musik gefällt mir besser als die Après-Ski-Beschallung vor zwei Tagen, auch wenn ich nicht deuten kann, ob es sich um elektronisch bearbeitete Walgesänge oder eine Art sphärische Weltraummusik handelt. Zumindest ist sie völlig ungeeignet zum Mitsingen. Ein Eisbär auf zwei Beinen geht an mir vorbei, gefolgt von einem zweiten. An der Bar entdecke ich einen weiteren Menschen im Ganzkörper-Eisbärenkostüm, der gerade den Bärenkopf abnimmt, um ein Glas Bier zu trinken.

»Die Eisbär-Challenge geht weiter!«, ruft ein Moderator im Glitzerhemd, der plötzlich mit Mikrofon auf der Bühne erscheint, »machen Sie mit und helfen Sie den Polarbären! Für alle, die erst jetzt dazugekommen sind: Sie können sich an der Bar gratis ein Eisbärkostüm ausleihen! Für jede Stunde, die Sie als Eisbär unter uns sind, spendet die Reederei fünf Euro an eine Stiftung, die sich für den Schutz der Eisbären einsetzt, denen ja das Eis unter den Tatzen wegschmilzt, wie Sie wissen! Machen Sie mit, ja, supi, ich sehe schon, wir werden immer mehr Eisbären! Auch unser erster nautischer Offizier ist hier irgendwo im Eisbärfell versteckt, außerdem weitere Mitglieder der Crew und des Animationsteams, und wer weiß, vielleicht ist der nette dicke Bär, der gerade neben Ihnen sitzt, ja sogar der Kapitän höchstpersönlich!!«

Ja, es könne auf Dauer etwas heiß werden unter dem Fell, räumt er ein, aber auch wer sich nicht in einen Eisbären verwandeln wolle, habe hier und jetzt die Möglichkeit, etwas für den Klimaschutz zu tun: »Bestellen Sie einfach unseren Cocktail des Tages: Die schmelzenden Polkappen. Hier gehen zehn Cent pro verkauftem Getränk an die Eisbär-Stiftung!«

Wenn das Aktivpärchen sich schon in ein Eisbärpärchen verwandelt hat, habe ich keine Chance, sie zu finden, denke ich, denn die Bärenmenschen – mittlerweile tummeln sich etwa zehn Stück auf der Tanzfläche und an der Bar – sind nicht voneinander zu unterscheiden. Ich will gerade den Rückzug in die Kabine antreten, da tippt mir Katrin von hinten auf die Schulter.

»Hey, wie cool, dass wir uns hier treffen! Ihr wart so plötzlich verschwunden neulich Abend!« Udo hat sie im Schlepptau, beide haben hochrote Gesichter und erzählen mir, sie kämen gerade vom Hot-Desert-Spinning-Marathon im Fitnessstudio, eine Stunde Indoor-Cycling im vierzig Grad heißen Raum. »Holla, das war hart!«, ruft Udo, »das war hart, jetzt wird gefeiert!«

»Wir müssen dir noch einen Cocktail ausgeben, Ines!«, fällt Katrin ein. »Neulich hat dein Freund ja alles bezahlt, wir sind dir immer noch ein Getränk schuldig!«

»Ich hol uns einen Cocktail des Tages!« Bevor ich etwas erwidern kann, ist Udo in Richtung Bar verschwunden. Neben mir am fluoreszierenden Stehtisch holt Katrin sofort Wurfi, Bärli und Smartphone aus der Handtasche und beginnt zu fotografieren, was mir gelegen kommt, denn so kann ich gleich mein Anliegen loswerden.

»Das Foto von uns auf Instagram«, fange ich an.

»Total süß, oder?« Sie strahlt mich an. »Hat mittlerweile schon neunundneunzig Likes!«

»Ja, aber lösch das bitte.«

»Wieso, gefällt's dir nicht?«

»Doch, aber ich will das nicht so öffentlich im Internet haben.«

Sie wirkt entgeistert, reagiert aber gefasst. »Ja, gut, ich hätte auch erstmal fragen müssen, aber ihr wart ja auf einmal weg. Aber sorry, du hast recht, ich lösch es.«

Erleichtert verfolge ich die Tilgung des Knutschfotos, die sie vor meinen Augen, wohl um größtmögliche Transparenz bemüht, sogleich durchführt. Währenddessen knallt Udo drei Cocktailgläser auf den Stehtisch.

»Schmelzende Polkappen!«, ruft er, »Cocktail des Tages, da kommt der Erlös dem Klimawandel zugute oder so, ich hab den Typ an der Bar nicht so genau verstanden.« Der Cocktail ist cremig weiß, schmeckt nach Kokosmilch, Rum, Sahne und Ananassaft. Im Prinzip nix anderes als ein Piña Colada, nur mit dem Unterschied, dass sich hoch über den Rand des Glases ein Berg Eiswürfel auftürmt.

»Ach krass«, sagt Katrin, »jetzt kapier ich den Namen, da muss man schnell trinken, bevor die Eiswürfel schmelzen, sonst läuft ja alles über. Wo ist eigentlich Johann?«

»Bei der Gin-Verkostung in der Bibliothek«, behaupte ich und bemühe mich um zügiges Abtrinken der schmelzenden Polkappen, um mich dann auf die Kabine in Sicherheit zu bringen vor weiteren Nachfragen und drohenden Verwicklungen, die einen auf dem Schiff jederzeit ereilen können. Zum Glück ist Johann nirgends zu sehen, aber das kann sich ja jederzeit ändern, deswegen sollte ich möglichst schnell verschwinden. Dann kann er meinetwegen in die Fänge des Aktivpärchens laufen und ihre Fragen zur Gin-Verkostung und dem Verbleib seiner Freundin beantworten.

Blubbernd sauge ich meine Polkappe leer, bedanke mich für die Einladung und verabschiede mich.

»Oh, jetzt schon? Na gut, wir sehen uns bestimmt morgen Abend, da ist Chartbreaker Party mit DJ Mike!«

»Vorher sind wir beim Power-Pilates«, ergänzt Udo. »Anderthalb Stunden Pilates mit Bleigürtel und Gewichtsmanschetten, das wär bestimmt auch was für dich!«

»Ja, mal schauen«, kommentiere ich ihre grausigen Pläne.

Ob ich noch schnell ein Foto machen könne, bittet mich Katrin und drückt mir ihr Smartphone in die Hand. Sie wolle so gern ein Foto von Wurfi, Bärli, Udo und ihr zusammen mit einem der Eisbären. »Weil Bärli ist doch auch ein Eisbär, das wär total witzig für Insta, so ein Bild mit uns allen und einem richtigen großen Eisbär!« Sie geht zur Tanzfläche, um einen der sich dort hin und her wiegenden Eisbärenmenschen anzusprechen, aber in diesem Moment greift der Moderator wieder zum Mikrofon und ruft alle Eisbären auf die Bühne. Etwa zwanzig kostümierte Kreuzfahrer erklimmen die Stufen, wo der Moderator ihnen eine Medaille umhängt. »Das habt ihr euch verdient für euer Engagement, bislang sind schon hundertzehn Euro an Spendengeldern zusammengekommen!« Nun werde man zusammen mit den übrigen Gästen noch einige Eisbärenlieder singen, »und dann gehen alle aufs Pooldeck zum Champagner-Buffet, und da werdet ihr sehen, meine lieben Eisbären, da seid ihr mit eurem dicken Fell dann klar im Vorteil!«

»Oh Mann, jetzt sind die alle auf der Bühne«, mault Katrin, »ich wollte doch, dass Ines ein Foto mit einem Eisbären macht!«

»Also zwei Eisbären sind gerade nach draußen zu den Aufzügen gegangen«, sagt Udo.

»Dann fragen wir die, kommt mit!« Katrin und Udo streben dem Ausgang zu, auf der Suche nach einem Eisbär-Fotomodell. Das Treppenhaus und der Vorraum vor den Aufzügen sind jedoch menschen- und bärenleer.

»Hä, wo sind die denn so schnell hin verschwunden? Ich hab die eben gesehen, ehrlich.« Udo dreht sich ratlos im Kreis.

Im Gang, der links vom Treppenhaus abgeht und in dem sich Passagierkabinen befinden, höre ich ein leises Klappern und sehe einen weißen Fellrücken in einer Kabinentür verschwinden, die zufällt.

»Ähm.« Ich deute mit dem Finger in Richtung der Tür. »Da ist, glaub ich, gerade einer drin verschwunden. Oder beide.«

»In der Kabine?« Katrin ist empört. »Das gibt's doch nicht, dass die sich einfach heimlich von der Party entfernen. Hundertprozentig wollen die das Fell klauen!«

»Meinst du?« Udo kratzt sich am Kopf.

»Klar, weißt du, was so ein Ganzkörperkostüm kostet? Die sind total lebensecht gearbeitet, mit Sicherheit wollen die die Kostüme klauen!«

»Vielleicht müssen sie nur mal aufs Klo«, verteidige ich die potenziellen Eisbärenkostüm-Diebe.

»Glaub ich nicht, in der Ocean Bar sind doch auch Toiletten, naja, wir werden es herausfinden.«

Katrin geht zur Tür und klopft energisch an.

»Katrin, oh Mann, ist das peinlich«, sagt Udo. »Was sagst du denn, wenn sie aufmachen?«

»Dann frag ich höflich, ob wir ein Foto machen können, ist doch nichts dabei, was seid ihr denn für Spießer? Hallo, aufmachen!« Sie klopft nochmals, energischer.

»Wir wissen, dass Sie da drin sind«, ruft sie dann, wie in einer Polizeiserie.

Die Tür wird aufgerissen. Ein männlicher Eisbär ohne Eisbärenkopf, dafür mit hochrotem Gesicht, schaut heraus. Es ist Johann, der uns mit wachsendem Entsetzen anstarrt. Katrin, Udo und ich starren zurück.

»Johann, mach die Tür zu! Was soll das?! Wer sind Sie?! Gehen Sie bitte mal von der Tür weg?! Das ist Verletzung der Privatsphäre, verschwinden Sie, ich werde mich sofort an der Rezeption beschweren!« An der quäkenden Stimme erkenne ich die Glückscoachin, auch wenn sie im Gegensatz zu Johann nicht den Kopf abgenommen hat und ihr Geschrei daher in unpassend dumpfer Tonlage durch den schallschluckenden Bärenschädel zu vernehmen ist. Mit einer Tatze drängt sie Johann in die Kabine zurück, mit der anderen schlägt sie uns die Tür vor der Nase zu.

»Oh mein Gott«, sagt Katrin nach kurzer Schockstarre, »das war ja dein Freund! Was macht der denn ... Hä? Ich kapier das nicht.«

»Tja, ich vermute, er betrügt mich mit einer Eisbärin«, sage ich.

»Holla«, sagt Udo, »holla, das ist hart.«

»Also ich muss los, wie gesagt.« Ich gebe Katrin ihr Smartphone zurück. »Ihr findet bestimmt jemand anderen, der ein Foto macht. Tschüs!« Ich winke und entferne mich schnell Richtung Treppenhaus, höre aber noch, wie

Katrin fassungslos fragt: »Wie kann sie denn da so cool bleiben?«

Als ich gerade unser Kabinendeck erreicht habe, ertönt eine Durchsage. Mein Name und meine Kabinennummer werden ausgerufen, ich solle mich an der Rezeption melden. Die Frauenstimme wiederholt alles noch einmal. »Bitte kontaktieren Sie umgehend die Rezeption!«

Du liebe Zeit, was ist denn jetzt schon wieder passiert? Ich renne die Treppen hinunter, so schnell ich kann, währenddessen ertönt ein gellender Alarmton, dann eine weitere Durchsage: »Guten Abend, hier spricht der Kapitän, ich bitte um Ihre ungeteilte Aufmerksamkeit!« Leider müsse er uns mitteilen, dass sich ein medizinischer Notfall an Bord befinde, weswegen in Kürze ein Rettungshelikopter auf dem Pooldeck landen werde. Er bitte alle Passagiere, sich umgehend vom Pooldeck zu entfernen, auch das Champagner-Buffet, das dort in Kürze stattfinden solle, müsse aufgrund des Notarzteinsatzes leider entfallen.

»Ines, mein Gott, wo warst du denn?! Ich hab dich überall gesucht!« Meine Mutter erwartet mich in höchster Aufregung an der Rezeption, ein Rucksack zwischen ihren Füßen. Frau Kempf müsse abtransportiert werden, ruft sie, während ich keuchend versuche, nach dem Treppenhaussprint wieder zu Atem zu kommen. Darmverschluss, irgendetwas drohe zu platzen, sie müsse notoperiert werden, man sei schon zu weit vom Hafen entfernt, als dass man sie mit einem Rettungsboot holen könnte, daher der Hubschraubereinsatz. Sie habe eben ein paar Sachen in unserer Kabine zusammengepackt, sie müsse jetzt nach oben aufs Pooldeck, der Helikopter werde in wenigen Minuten erwartet.

»Wieso, fliegst du denn mit?!«

»Ja, ich muss mit, der Herr Kempf ist zu schwer!« Frau und Herr Kempf zusammen, so erfahre ich, würden die Maximallast überschreiten, die der Hubschrauber transportieren könne. Zumindest habe es im Bordklinikum so geheißen, das sei nicht zu verantworten. Frau Kempf habe aber, schon halb im Delirium, auf einer Begleitperson bestanden, »und ich muss ihr doch helfen, sie hat mich ja damals auch gerettet im Fastenhotel, wo ich fast verhungert wäre!« Herr Kempf habe ihr eine Vollmacht übertragen, sie müsse los.

»Wo fliegt ihr denn hin?«

»Keine Ahnung, Hammerfest oder Tromsø, in irgendein Krankenhaus! Gut, dass ich sie gezwungen habe, ins Bordklinikum zu gehen, sie wäre sonst heute Abend noch geplatzt! Ich meld mich, pass auf dich auf, ei, ei, ei, sind das Abenteuer, da will man eine geruhsame Kreuzfahrt machen, und dann so was! Wenn Alex wüsste, dass ich jetzt auch noch im Hubschrauber fliege! Der stößt bestimmt auch ganz viel CO_2 aus!«

»Aber wie treffen wir uns dann wieder?«

»Naja, keine Ahnung«, sagt sie plötzlich mit einer Unbekümmertheit, die mir an ihr völlig neu ist, »wenn alles gut geht, kann ich ja in Hammerfest oder Tromsø wieder zusteigen, ansonsten bleib ich in Norwegen. Ich hab extra meine Kreditkarte aus dem Safe geholt! Was soll ich denn zu Hause, da warten nur Wäscheberge und die undankbaren Enkel, und dein Vater hat sowieso vergessen, wann wir wiederkommen. Ob ich eine Woche früher oder später da bin, fällt ihm gar nicht auf, Hauptsache ich bin zurück, bevor die Kühltruhe leer ist.«

Sie umarmt mich und eilt davon, die Treppen hinauf

zum Pooldeck. Ich bleibe ziemlich benommen an der Rezeption stehen. Kaum dass meine Mutter verschwunden ist, biegt Johanns Vater um die Ecke und strebt mit grimmigem Blick der Rezeption zu. Das sei ja wohl nicht ernst gemeint, zetert er, die Wodka-Verkostung falle aus, habe man ihm gerade mitgeteilt.

»Ja, es findet ein Rettungseinsatz statt«, erklärt die Rezeptionistin, »das Pooldeck und die Bereiche drumherum werden gerade abgesperrt. Sie müssen das verstehen, auch das Champagner-Buffet muss leider ausfallen.«

»Mein Sohn hat extra das Wodka-Tasting für mich gebucht, gebucht und bezahlt, das hat er mir geschenkt, der wollt mir a Freud machen«, schimpft Herr Wagner und stößt mit seinem Stock in den Boden, »wenn ich a einziges Mal an einer Aktivität teilnehmen will, sagens die ab, des is doch a aanzige Schikane!« Von wegen Freude machen, denke ich, Johann hat bestimmt nur das Wodka-Tasting für seinen Vater gebucht, um ungestört in der Kabine seiner Glückseisbärin das Fell vom Leib reißen zu können.

»Wir könnten Sie alternativ auf das Gin-Tasting in der Bibliothek umbuchen«, bemüht sich die Rezeptionistin um Deeskalation, »das findet auf jeden Fall statt, das ist weit genug weg vom Rettungseinsatz.«

»I will a Wodka-Tasting machen, kaa Gin-Tasting! Der neumodische Fusel, hörns auf, i hatt a Gin-Vergiftung im Burgenland, nie mehr!«

»Ansonsten gibt es noch die große Eisbärparty in der Ocean Bar, da wird sicherlich auch Wodka ausgeschenkt.«

»Hörns auf, i hab genug, i mach gar nix mehr, i geh in mei Kabine unn machs Licht aus!«

»In Ihrer Kabine sind zwei Eisbären, seien Sie vorsichtig«, sage ich.

»Was?« Er dreht sich mit irrem Blick zu mir um.

»Ja, wirklich, zwei Eisbären, ich hab sie selbst gesehen. Ich würde da jetzt nicht unbedingt reingehen.«

»Ja, sann jetz alle deppert?!« Er eilt im Stechschritt an mir vorbei in Richtung Treppenhaus.

In Zeitlupe und mit schweren Gliedern, als hätte ich einen Bleigürtel und Gewichtsmanschetten fürs Power-Pilates an, schleiche ich zurück in unsere leere Kabine. Dort sieht es aus, als wäre gerade eingebrochen worden. In ihrer Eile hat meine Mutter beim Rucksack-Packen den halben Schrankinhalt herausgezerrt. Übers Zimmer verteilt, liegen ihre Einkäufe vom Nordkap, auf Bett und Boden Medikamentenpackungen, Schuhe, Bordzeitungen, Handtücher. Noch einmal ertönt eine Durchsage des Kapitäns. In Kürze werde die Landung des Rettungshubschraubers erwartet. Man solle sich dringend vom Pooldeck und allen abgesperrten Bereichen fernhalten, keine Fotos und Filme vom Rettungseinsatz machen, der aufgrund des aufkommenden Windes durchaus kein Kinderspiel werde. Ich ziehe mir meinen Mantel, Mütze und Schal an und stemme die Schiebetür zum Balkon auf. Vielleicht kann ich einen Blick auf den Hubschrauber erhaschen. Zumindest mal zum Abschied winken. Mich erwartet das diffuse Licht der Mittsommernächte. Am Horizont ist eine schmale graue Küstenlinie zu erkennen. Ich blicke nach oben. Kein Hubschrauber zu sehen, nur die Kommandobrücke und der Schornstein. Geradezu majestätisch zieht unser Schiff eine Schleppe aus Rußschwaden hinter sich her. Sinnfrei, aber elegant verdrecken wir das Europäische Nordmeer.

Auf einmal von Ferne ein Knattern, das lauter wird. Den Helikopter selbst sehe ich nicht, er muss sich von einer anderen Seite des Schiffes aus genähert haben. Von oben nun ein gewaltiges Dröhnen und Brausen, kurz sehe ich die kreisenden Rotorblätter, als er sich von oben langsam aufs Pooldeck absenkt.

»Schluppi, der Hubschrauber!« Neben mir erscheint der männliche Part der Nachbar-Assis auf seinem Balkon. Schluppi kommt auch auf den Balkon, sie trägt eine rosa Mütze mit Hasenohren, die Gesichter der beiden erscheinen noch verlebter und violett aufgedunsener als zu Beginn der Reise.

»Du sollst nich immer Schluppi sagen, du Arsch!«

»Der Hubschrauber landet gerade, wegen dem das Champagner-Buffet ausfällt!«

»Als wie wenn du überhaupt weißt, was Champagner ist«, schnauzt ihn Schluppi an, »du kennst doch nur Doppelkorn, du Vollidiot!«

»Ich geh rein, so was brauch ich mir echt nich anhörn!«

»Gehst du ins Bad?«, schreit die Frau ihrem Mann nach. »Ey, gehst du ins Bad? Du willst doch nur wieder scheißen! Geb's zu, du willst doch nur wieder scheißen! Geb's doch wenigstens zu! Ach, Vollidiot!« Sie zündet sich eine Zigarette an.

Aus dem Augenwinkel sehe ich plötzlich, dass auf ihrem Balkontischchen mein Buch liegt. Der Ozean-Tango, den ich nicht mehr gefunden hatte. Seltsam. Haben die Assis mir mit einer Greifzange das Buch vom Balkontisch geklaut? Oder hat eine der Putzfrauen es versehentlich mit dem Besen auf den Nachbarbalkon geschoben?

Unsere Balkontrennwände gehen nicht bis zum Boden, es wäre also eine plausible Erklärung. Die Frau hantiert gerade, die Zigarette zwischen die Lippen geklemmt, mit einer Schnapsflasche und schenkt sich in einen Plastikbecher ein.

»Entschuldigung?« Ich lehne mich etwas zu ihr hinüber.

»Hä, ja?«

»Das ist mein Buch. Das Buch da auf dem Tisch.«

»Ach, Ihnen gehört das? Hab mich gewundert, wie das hierhergekommen ist, das lag hier bei uns aufm Boden.«

»Ja, ist wohl aus Versehen zu ihnen rübergerutscht. Keine Ahnung. Ich hatte es auf dem Balkon vergessen. Dann war's auf einmal weg.«

»Das ist total interessant«, sagt die Assi-Frau zu meiner Überraschung. »Ich hab gedacht, das is ein Zeichen, dass hier auf einmal ein Buch liegt. Dass ich mal wieder ein Buch lesen soll. Ich hab seit zwanzig Jahren kein Buch mehr gelesen. Der Arsch hält mich ja total in Beschlag! Der Vollidiot. Der is so hohl in der Birne. Der liest nur Getränkekarten.«

»Ja.«

»Das ist total interessant, mit dem Tango und so. Aha, da kommt das von Ihnen, ich hab gedacht, wieso fällt hier das Buch vom Himmel. Ich komm überhaupt nicht zum Lesen. Der Vollidiot, komplett in Beschlag nimmt der mich. Haben Sie einen Mann?«

»Nee.«

»Glück gehabt. Lassen Sie bloß die Finger von denen. Ey, alles Vollidioten!«

»Ja.«

Sie will mir den Ozean-Tango herüberreichen, aber ich winke ab.

»Ach, behalten Sie's.«

»Echt jetzt?«

»Ja.«

»Das is nett, weil das is echt das erste Buch, wo ich seit zwanzig Jahren les. So interessant. Mit dem Tango! Das is alles undenkbar mit dem Arsch! Dass wir mal Tango … Ach, scheißegal.«

»Ja, behalten Sie's.«

»Ja, was woll'n Sie dafür haben?«

»Nix.«

»Echt jetzt? Kein Geld?«

»Nee.«

»Cool. Dann kriegen Sie wenigstens en Schnaps. Der Vollidiot säuft sowieso zu viel. Der soll nich so viel saufen.« Sie schenkt einen Plastikbecher mehr als halbvoll ein und gibt ihn mir.

»Ähm. Danke, was ist das?« Lieber mal nachfragen, denke ich.

»Wodka. Russischer Wodka. Geht rein wie'n Schwert. Also in Magen. Kannst überhaupt nix besseres trinken. Prost.«

»Prost.« Wir stoßen mit den Plastikbechern an.

»Ah, der Hubschrauber fliegt gleich weg.« Sie deutet nach oben, wo das Dröhnen wieder anschwillt.

»Ich geh mal rein, ich muss gucken, was der Vollidiot macht. Der macht nur Scheiße, wenn der alleine is. Wenn ich's Ihnen sage: nur Scheiße.«

Sie verschwindet. Ich setze mich auf den Klappstuhl neben den Balkontisch, lege die Füße nach oben auf die Reling und nippe am Wodka. Auf die Kreuzfahrt, denke ich. Auf die Freiheit. Auf die Rettung von Frau Kempf, die hoffentlich vor dem Platzen einen Operationssaal erreichen wird. Auf Katrin, Udo, Wurfi und Bärli. Auf Johann, der vielleicht in diesem Moment von seinem Vater bei einer Eisbärenpaarung überrascht wird. So etwas mitansehen zu müssen, wäre sicherlich eine weitere Schikane für den geplagten Herrn Wagner.

Ohrenbetäubendes Knattern von oben. Mit blinkenden Lichtern steigt der Helikopter direkt über mir empor, bleibt kurz in der Luft stehen, dann dreht er ab und verschwindet nach rechts aus meinem Blickfeld.

Das Dröhnen wird leiser, geht ins Brummen des Schiffsmotors über, verliert sich schließlich ganz. Nach einer Viertelstunde macht der Kapitän eine Durchsage, dass man den medizinischen Notfall an Bord »sauber abgewickelt« habe, eine etwas pietätlose Formulierung, denke ich. Als sei der abtransportierte Patient ein unrentabler Firmenanteil, der abgestoßen werden muss.

Ich lehne mich zurück. Genieße die Ruhe, den kalten Wind und mein einsames Wodka-Tasting. Glatt und grau glitzert die Oberfläche des Meeres.

Seit Frau Kempf nicht mehr an Bord ist, so scheint es mir, liegt unser Schiff nicht mehr ganz so tief im Wasser wie zuvor. Aber das kann auch nur eine Sinnestäuschung sein.

Epilog

»Und was ist dann mit der Frau passiert, die abtransportiert wurde? Hat sie überlebt?«

»Ja, sie ist gleich notoperiert worden. Ihr geht's wieder gut. Aus Dankbarkeit hat sie meine Mutter auf eine Flusskreuzfahrt eingeladen.«

»Flusskreuzfahrt? Stell ich mir langweilig vor. Also wenn, dann würde ich eine richtige Kreuzfahrt machen.«

»Ja, aber der Vorteil ist, da ist das Ufer immer in der Nähe. Da muss kein Hubschrauber kommen, wenn man einen Darmverschluss hat oder so. Deshalb ist das gerade bei Senioren sehr beliebt, weil man sich da sicherer fühlt als auf dem offenen Meer.«

»Ach so. In Anbetracht meines Alters sollte ich mir das vielleicht dann doch nochmal überlegen.«

Günther starrt sinnierend auf den Fluss, auf dem gerade kein Kreuzfahrtschiff vorbeifährt. Es ist einer der letzten heißen Sommertage. Wir sitzen schon seit einer Stunde im vertrauten Areal des Wurstbänkchens, dessen drohende Schließung offensichtlich abgewendet werden konnte. In den vergangenen drei Monaten muss sogar eine Art kulinarische Offensive stattgefunden haben, denn neben Currywurst steht nun auch ein ominöses *Hessisches Festtagsschnitzel, lecker gefüllt mit Schinken und Kochkäse* auf der schwarzen Plastikschiefertafel. Ein mit Tesafilm an der Wurstbude befestigtes Plakat weist zudem auf einen *Holzfällernachmittag mit Spare Ribs bis die Hose kracht* hin.

Es ist unser erstes Wiedersehen, drei Monate nach der Kreuzfahrt, und wahrscheinlich ist es die Macht der Gewohnheit, Nostalgie oder auch nur Einfallslosigkeit, die uns das Wurstbänkchen ansteuern ließ, denn eigentlich könnten wir uns jetzt auch ganz offiziell in einem schicken Café inmitten der Fußgängerzone niederlassen. Der aktuelle Stand der Dinge: Sanna ist in Finnland und will so schnell nicht wieder zurückkommen. Als Günther mich auf Instagram »mit diesem Typen« gesehen habe, habe er ihr alles erzählt. Von unserer Affäre, dass ich Schluss gemacht und offensichtlich schon einen Neuen hätte, er mich aber nicht vergessen könne und jeden Tag im Internet via Webcam die Route unseres Schiffes verfolge. Daraufhin habe Sanna eine »Übungsgeige« an der Wand zertrümmert und ihre Sachen gepackt. Mehr Infos habe ich nicht, aber Günther wollte mich ja treffen, um mir persönlich zu erzählen, was sich in den letzten Monaten alles ereignet hat. Unter der Bedingung Treffen, einverstanden, aber nur als Freunde, hatte ich nach längerem Abwarten schließlich zugestimmt. Und nun sitzen wir uns hier mit zwei Dosen Cola gegenüber, neben uns auf den Bierbänken eine Rentnergruppe, die die verspeisten Würste gerade mit Kümmelschnaps begießt. Dabei bestätigt man sich gegenseitig, dass ein bewegungsarmes, nahrungsreiches Leben gesünder sei als umgekehrt. Das abschreckende Fallbeispiel eines gemeinsamen Bekannten wird geschildert. Halbmarathon sei er gelaufen, zwanzig Kilo abgenommen, dann Knie kaputt, neues Kniegelenk, Krankenhauskeim, tot.

Günther hat ein geschmackloses Hemd an, das ich

noch nie an ihm gesehen habe. Es ist kurzärmlig, braun, mit einer Art Gatter-Aufdruck: sich überkreuzende schwarze Balken. Er sieht aus wie ein Jägerzaun.

»Was schaust du so komisch?«

»Du hast so ein schlimmes Hemd an.«

»Das Hemd ist toll!«, protestiert er und sieht an sich herunter. »Das hab ich mir selbst gekauft letzte Woche. Gefällt es dir nicht?«

»Nee. Diese Balken, das sieht aus wie ein Jägerzaun. Oder wie ein Gehege.«

»Ja, ja, das symbolisiert die ganze Wildheit, die in mir steckt und nicht raus darf.«

Ich verdrehe die Augen, kann aber ein Grinsen nicht unterdrücken.

»Sag mal, wie hast du eigentlich dieses Foto gefunden?«, frage ich Günther nach längerem Schweigen. »Du hast doch gar kein Instagram.«

»Hab ich mir eingerichtet.«

»Und warum? Seit ich dich kenne, schimpfst du über Social Media, das wär so gefährlich, wegen Datenschutz, und Zeitverschwendung sowieso.«

»Ich hab dein Schiff und eure Route gegoogelt. Und da hab ich gesehen, dass viele Leute in diesem Instagram Fotos einstellen. Und da hab ich gedacht, das ist ja interessant, da konnte ich immer aktuelle Bilder sehen, vom Schiff, und von den Orten, wo ihr gerade seid. Von dir selbst hab ich ja kein einziges Bild bekommen!«

»Warum sollte ich dir Bilder schicken? Wir hatten gerade Schluss gemacht, falls du dich erinnerst.«

»Ja, und jedenfalls war ich froh, wie ich dieses Instagram entdeckt habe. Ich hab jeden Tag reingeschaut, ob es neue Fotos gibt, das war viel interessanter als die Webcam vom Schiff, da hat man meistens nur Nebel gesehen.«

»Das ist ja Stalking.«

»Wenn die Zielperson vom Stalking gar nichts bemerkt, ist es kein Stalking«, verteidigt sich Günther.

Ich bin also eine Zielperson? Soso. »Die Wörter waren übrigens interessant, die du mir geschickt hast«, sage ich, »für die es im Deutschen keine Entsprechung gibt.«

»Ja, die sind toll«, strahlt Günther, »da hatte ich eine Doku gesehen über einen Sprachforscher, der seit dreißig Jahren solche Wörter sammelt. Hara Hatchi Bu!«

»Was?«

»Das ist japanisch und heißt, sich nur zu achtzig Prozent satt essen. Ein Verb, das auf einer Kreuzfahrt wahrscheinlich nicht oft gebraucht wird, nach dem, was du mir erzählt hast.«

»Das stimmt.«

Die Rentner neben uns lästern nun über einen weiteren, vom Schicksal grausam bestraften Gesundheitsfanatiker. Rennrad sei er gefahren, Alpenüberquerung, Deutschlandumrundung, jetzt habe man ihm das Herz verödet. Obwohl er immer so eisern gewesen sei, das nütze alles nichts, Zeitverschwendung, zwanzig Jahre habe er am Stück, vorneweg, wenn man es zusammenrechne, nur auf dem Rennradsattel verbracht. Was hätte man alles Sinnvolleres anstellen können mit der Zeit. Prost, Prost.

Günther räuspert sich. »Der Typ da auf dem Foto, bist du mit dem jetzt zusammen?«

»Einem Stalker sollte man solche Informationen nicht geben«, antworte ich, »das verstärkt nur seinen Wahn.«

»Ja. Ach Gott. Du hast recht, ich frag nichts mehr.«

»Nein, der *Typ*, wie du ihn immer nennst, der kam dann auf dem Schiff mit einer Eisbärin zusammen. Das Letzte, was ich gesehen habe, war, wie er sie im Liebesrausch in seine Kabine gezerrt hat.«

»Ein weiblicher Eisbär?«

»Ja, ein weiblicher Eisbär, mit Intimschmuck.«

»Das sind ja Abgründe. Sodomie auf hoher See. Über so was müssten die mal berichten, das wäre ein gefundenes Fressen für die Kreuzfahrtkritiker. Wenn da jetzt auch noch vom Aussterben bedrohte Tiere missbraucht werden. Das ist ja das Einzige, was man der Kreuzfahrtbranche bislang noch nicht vorgeworfen hat.«

»Sie hat es freiwillig gemacht.«

»Du hast ihn hoffentlich auch freiwillig geküsst, nicht unter Zwang.«

»Günther, du nervst.«

»Entschuldigung. Ich sag nichts mehr.«

»Ich hatte zu viel Almabtrieb an dem Abend.«

»Almabtrieb?«

Ich winke ab. »Erzähl ich dir wann anders.«

»Apropos Almabtrieb«, sagt Günther, »da hab ich neulich eine interessante Doku gesehen, über das Allgäu, da ist Overtourism, die Besucherterrassen auf den Berghütten brechen zusammen, und die Tiere flüchten.«

»Hab ich auch gesehen, den Bericht.«

»Echt?«

»Ich hab ziemlich viele Dokus gesehen auf dem Schiff. Über Bergmessies in der Schweiz, die sich auf den Weltuntergang vorbereiten. Über sibirische Tierschützer.«

Das sei löblich, freut sich Günther, dass ich so lehrreiche Dokus anschaue, da könne man so viel lernen. Er habe übrigens kürzlich bei einem Preisausschreiben in seiner Fernsehzeitschrift mitgemacht, »da kann man als ersten Preis eine Kreuzfahrt gewinnen!«

»Aha.«

»Für zwei Personen, allerdings nur Innenkabine. Also wenn, dann würde ich schon eine Kabine mit Balkon wollen, aber da kann man ja bestimmt ein Upgrade buchen.«

»Ja.« Ich kichere in meine Cola-Dose.

»Warum lachst du?«

»Weil ...« Ich beschließe, ihm nichts von Herrn Wagners Kampf um eine Balkonkabine zu erzählen, das würde jetzt zu weit führen. »Ich lache, naja, weil es ja recht unwahrscheinlich ist, dass du gewinnst. Aber du redest schon wieder so euphorisch, als wär das so gut wie sicher.«

»Aber es könnte doch sein! Ich bin total optimistisch. Immerhin hab ich gerade eine Glückssträhne!«

»Aha, wieso?«

»Wieso?! Ich sitze hier mit dir im Wurstbänkchen. Nachdem ich mich schon damit abgefunden hatte, dass du für immer im Nordpolarmeer verschollen bist und ich nie mehr wieder was von dir höre. Also, wenn ich bei dem Preisausschreiben gewinne, kommst du dann mit?«

»Auf keinen Fall«, wehre ich lachend ab, »ich hab jetzt wirklich erst mal genug von Kreuzfahrten.«

»Wenn ich nicht gewinne«, fährt er fort, »könnten wir auch selbst eine Kreuzfahrt buchen, das sah so toll aus, die Fotos in diesem Instagram! Ich würde auch gern mal so was machen. Bevor ich völlig vergreist bin und nur noch aufs Flusskreuzfahrtschiff kann. Da gibt's ja so tolle Routen, ich hab schon ein bisschen recherchiert, zum Beispiel von Hamburg über Schottland, Island, Grönland nach Kanada und New York. Oder würdest du lieber ins Mittelmeer? Oder Karibik? Man kann auch von Hamburg aus auf die Kapverden!«

»Günther, hör auf. Auf keinen Fall mach ich jemals wieder eine Kreuzfahrt, da musst du dir jemand anderen als Reisebegleitung suchen.« Ich nehme seine Hand, streichle seinen Handrücken, zum ersten Mal seit so langer Zeit. Wir sitzen schweigend da, während die Senioren neben uns mit Aquavit anstoßen. Das sei Linienaquavit, höre ich, der Schnaps auf der Welt, der am Weitesten gereist sei. Der fahre im Schiff über den Äquator und zurück.

Es sind zwar schlimme Reisepläne, denke ich, die mein Gegenüber da verfolgt. Andererseits muss ich zugeben: Im Hinblick auf mein eigentliches Vorhaben, endlich mit Günther zusammen zu sein, kommt mir die drohende Kreuzfahrt gerade recht.

**Susanne Hasenstab beobachtet
genau und erzählt humorvoll und
voller Ironie davon, was eine ganze
Generation Frauen um die 30 bewegt.**

SUSANNE HASENSTAB

Irgendwo
zwischen
Liebe
und
Musterhaus

ROMAN

blanvalet

416 Seiten. ISBN 978-3-7341-0666-8

Katja ist Anfang dreißig und arbeitet beim »Sonntags-Blitz«, der
Gratis-Zeitung ihres Heimatorts, bei der sie nach dem Praktikum
irgendwie hängen geblieben ist. Während ihr Freund Jonas das
Projekt Eigenheim vorantreibt, überkommt Katja beim Brunch
mit werdenden Müttern und Pärchenausflügen zur »langen
Nacht der Musterhäuser« zunehmend ein Gefühl der Beklem-
mung. Sie flüchtet sich in einen schrägen Zirkel kleinstädtischer
Möchtegernliteraten und -künstler und begegnet auf einer alko-
holgeschwängerten Abendveranstaltung dem Krimiautor Robert
Klotzky, der mit seinen literarischen Leistungen bei Katja einen
bleibenden Eindruck hinterlässt. Sie muss sich fragen: Will sie
Jonas mitsamt seinen Träumen vom Musterhaus eigentlich noch?

Lesen Sie mehr unter: **www.blanvalet.de**

Liebe Leserinnen und Leser,

ihr liebt Bücher und verbringt
eure Freizeit am liebsten
zwischen den Seiten? Wir auch!
Wir zeigen euch unsere liebsten
Neuerscheinungen, führen euch
hinter die Verlagskulissen und
geben euch ganz besondere
Einblicke bei unseren
AutorInnen zu Hause.
Lasst euch inspirieren, wir
freuen uns auf euch.

Euer

Blanvalet Verlag

blanvalet.de

@blanvalet.verlag

/blanvalet